피었으므로, 진다

피었으므로, 진다

2016년 7월 1일 초판 1쇄 | 2016년 7월 25일 초판 4쇄 발행
지은이 · 이산하

펴낸이 · 김상현, 최세현
책임편집 · 손현미 | 디자인 · 김애숙

마케팅 · 권금숙, 김명래, 양봉호, 최의범, 임지윤, 조히라
경영지원 · 김현우, 강신우 | 해외기획 · 우정민
펴낸곳 · (주)쌤앤파커스 | 출판신고 · 2006년 9월 25일 제406-2012-000063호
주소 · 경기도 파주시 회동길 174 파주출판도시
전화 · 031-960-4800 | 팩스 · 031-960-4806 | 이메일 · info@smpk.kr

쌤앤파커스(Sam&Parkers)는 독자 여러분의 책에 관한 아이디어와 원고 투고를 설레는 마음으로 기다리고
있습니다. 책으로 엮기를 원하는 아이디어가 있으신 분은 이메일 book@smpk.kr로 간단한 개요와 취지,
연락처 등을 보내주세요. 머뭇거리지 말고 문을 두드리세요. 길이 열립니다.

이
산
하
시
인
의
산
사
기
행

피었으므로,
진다

글 이산하 | 사진 임재천 외

쌤앤
파커스

나를 찍어라.

그럼 난

네 도끼날에

향기를 묻혀주마.

_이산하

1부 모든 것은 기울어진다

2부 모든 것은 사라진다

3부 기울어지다 사라진다

ⓒ 임재천

모든 것은 기울어진다

수만 년 전에 소멸된 별빛을 바라보며
우리는 어디에서 와 어디로 가느냐고 물을 것이고,
갈 곳이 한 뼘 발아래임에도
천 리 길인 양 하염없이 배회할 것이다.
눈물은 아래로 내려가고 숟가락은 위로 올라갈 것이다.

꽃이 져야
열매를 맺는다

미황사

절의 언어는 침묵과 소리다.
목탁소리와 종소리, 북소리, 독경소리
그리고 물소리, 바람소리 같은 것들이면 충분하다.

해남 미황사는 전쟁에 패한 장수가 낙향해 복사꽃 그늘 아래 어머니의 무릎을 베고 누워 강 건너 논물이 들어가는 것을 물끄러미 바라보고 있는 절이다. 때로는 농부의 발소리를 듣고 자란 쌀 한 톨을 생각하며 잠시 피었다 지는 하얀 벼꽃 같은 절이기도 하다. 벼꽃이 피는 것은 '개화(開花)'라 하지 않고 이삭이 나온다 하여 '출수(出穗)'라 한다. 그렇다. 미황사가 아름다운 것은 절이나 주변 풍광 때문이 아니라 벼꽃 같은 내면의 출수 때문이다.

미황사

땅끝마을로 가기 전에 오른발은 일몰의 발자국을 찍고 왼발은 일출의 발자국을 찍어보고 싶다는 생각이 들었다. 그리고 나란히 찍힌 발자국들을 뒤돌아보며 어깨에 내려앉은 눈을 털고 싶었다. 올 한 해를 내가 얼마나 깊이 살아왔는지, 또 그 깊이가 얼마나 타인들과 더불어 걸으며 찍은 것인지를 발자국에 쌓인 눈을 보며 확인하고 싶었다. 확인은 뼈아픈 자기 성찰의 첫걸음이다. 한 사람이 어떻게 살아왔는지는 그가 걸어온 발자국을 보면 알 수 있다. 세상을 지탱한 발의 무게가 힘겨울수록 발자국의 주름살도 골이 깊을 것이다.

하물며 삶의 족적이 마감되는 여기는 땅끝마을이 아니던가. 더 이상 나아갈 수도, 더 이상 머무를 수도 없는 곳. 난 잠시 망명객처럼 서성거렸다. 원래의 간명한 모습으로 돌아간 겨울나무들 사이로 눈 대신 바람이 불었다. 원래의 모습으로 돌아가는 것들은 모두 무심한 듯 치밀하다. 눈은 발자국을 남기고, 비는 지우고, 바람은 지워진 상처들을 쓰다듬고, 구름은 다시 지상의 척도를 가늠한다. 지상의 나는 나의 척도를 가늠한다. 난 나를 위해 얼마나 나를 비웠는지, 난 타인을 위해 얼마나 나를 버렸는지, 난 진보적 가치를 위해 얼마나 나를 진보적 수사로 위장했는지, 또 세상의 역주행이 계속될 내년 연말에도 여전히 이런 자문을 반복할지 거듭 나를 가늠한다.

서울에서 해남 달마산의 미황사까지는 천 리 길이 넘는다. 아침에 떠나 저녁에 닿았다. 시골 버스를 놓치고 휴대폰을 분실하는 등의 여러 우여곡절로 예정보다 늦었다. 하지만 미황사 절경 가운데 하나인 낙조를 볼 수 있었으니 그나마 다행이었다. 까치집에 불을 켠 듯 진도 바다로 떨어지는 석양은 달마산과 미황사를 붉게 물들였다. 배흘림기둥에 머문 영주 부석사의 석양이 슬플 이유 없이도 슬퍼지는 빛깔이라면, 미황사의 석양은 슬퍼도 슬퍼할 수 없는 빛깔이다. 지금까지 내 가슴에 가장 애틋한 절로 새겨진 것은 화순 운주사였다. 이제 미황사도 그렇게 되리란 예감이 들었다.

석양이 사라지고 완전히 어두워지자 별들이 보이기 시작했다. 띄엄띄엄 솟은 별들은 때로는 나무의 간격처럼, 때로는 목탁소리의 간격처럼 순간순간을 유지하며 빛났다. 문득 저 별빛들이 수만 년 전의 별빛이란 생각이 들자 내 몸이 분열되어 아득하게 흩어졌다. 지금까지 사라진 실체의 허상에만 집착한 탓이다. 그래도 태양이 소멸되면 8분밖에 햇빛을 볼 수 없지만, 별은 소멸되어도 최소 4년 이상은 별빛을 볼 수 있다는 사실에 애써 위안했다. 그런데 과연 내가 소멸되면 나의 별빛은 몇 년이나 빛날 수 있을까. 스스로 빛날 수 없는 지구에 잠시 기식하면서 그게 가당키나 한 일일까. 실체는 짧고 허상은 길다. 산사의 별빛이 묵언으로 나에게 전한다. 나를 쳐라. 그리고 모든 허상을 쳐라.

아득히 흩어진 몸을 겨우 수습해 경내 주변의 오솔길을 걸었다. 어두워서 동백꽃은 보이지 않았다. 묵언수행 중인 몇몇 스님들의 방에 불빛이 보일 뿐 모두가 잠든 밤이었다. 추위 탓인지 내 발소리 외에는 아무 소리도 들리지 않았다. 새소리도 풀벌레 소리도 들리지 않았다. 저미도록 적막한 산사의 밤은 무심히 깊어갈 뿐이었다.

미황사

이른 새벽, 잠결에 어디선가 자박자박 발소리가 들렸다. 나는 재빨리 일어나 대웅보전 앞으로 갔다. 어제 새벽예불 참관을 위해 옷을 그대로 입은 채 잠들었다. 스님 한 분이 법당으로 들어가 불상 앞에 촛불을 켜고 향을 피웠다. 그리고 마당 한가운데로 나가 삼배 후 목탁을 두드리며 도량을 깨웠다. 산사의 새벽을 알리는 도량석이었다. 어둠을 걷고 빛을 품듯 중생의 미혹과 번뇌를 걷어 깨달음을 얻는 의식이다. 스님의 법문이 시작되었다.

동방을 씻어내 맑은 도량 이루고
남방을 씻어내 청량함으로 장엄하고
서방을 씻어내 안락정토 만들고
북방을 씻어내 영원토록 평안한 곳 이룹니다.
도량이 청정하여 더러움 없사오니
삼보님과 천룡님네 이 도량에 오시옵소서.

이윽고 도량석이 끝나자 청운당 옆의 범종각에서 스님 한 분이 천천히 종을 울렸다. 범종각에는 종 외에 법고와 목어, 운판은 보이지 않았다. 범종소리가 달마산의 잠든 나무와 새들을 깨운 다음 멀리 진도 앞바다로 나가 물고기들의 지느러미를 어루만졌다. 보통 범종각에 있는 불전사물(佛殿四物)이라고 하면 법고와 목어, 운판, 범종을 말한다. 법고는 지상의 생명, 목어는 물속의 생명, 운판은 공중의 생명, 범종은 지하의 중생들에게 들려주는 법문이다. 불전사물의 울림은 속세를 비롯한 산사 대중 모두 이 새벽예불에 참여해 함계 깨달음의 세계로 나아가자는 뜻이다. 스님들만의 수행과 성불이 아니라 모든 중생이 더불어 성불하자는 지극한 마음이 담겨 있다. 원래 절의 언어는 침묵과 소리다. 목탁소리와 종소리, 북소리, 독경소리, 풍경소리 그리고 물소리, 바람소리, 빗소리, 새소리 같은 것들이면 충분하다.

새벽 4시쯤 범종소리가 멈추자 마침내 대웅보전 법당에서 새벽예불이 시작되었다. 미황사의 원칙대로 스님들을 비롯해 이 산사의 모든 대중들은 빠짐없이 참여한 듯했다. 전체 40명 정도로 그리 많지 않았다. 스님들과 방금 범종소리에 눈뜬 대중들이 삼배를 올린 다음 합송을 했다.

제가 지금 맑은 청정수를 감로차로 변하게 하여
불법승 삼보전에 받들어 올리오니
원컨대 어여삐 여겨 거두어 주옵소서.

청정수가 신심(信心)이라면 감로차는 깨달음이다. 맑은 신심으로 깊이 수행하여 자신을 일깨우겠다는 게송이다. 새벽예불은 그 자체가 하나의 법문이다. 나도 부처가 되겠다는 발원의 시간이자 천지의 뭇 생명들과 더불어 깨달음을 이루자는 약속의 시간이다. 그래서 어느 절이든 새벽예불이 가장 장엄하고 가장 아름다운 것이다.

게다가 겨울 산사의 차가운 새벽 공기는 정신을 번쩍 들게 하는 죽비와 다름없지 않던가. 미황사 주지인 금강스님도 주저 없이 이 새벽예불이 미황사

미황사

의 '가장 아름다운 시간'이라고 거듭 강조했다. 물론 그중에서도 한겨울 음력 보름날 새벽에 하얀 달이 서쪽 바다를 은빛으로 물들인 다음 황금빛으로 변하는 깊은 침묵의 새벽을 으뜸으로 꼽았다. 새벽예불 직전의 그 황홀한 순간에는 금강스님도 대웅보전으로 가던 발걸음을 잠시 멈춘 채 넋을 잃는다.

지난가을 청도 운문사 새벽예불을 참관했던 나로서는 미황사의 새벽예불이 깊이 각인되지는 않았다. 물론 두 예불은 저마다 사찰의 배경도 다르고 특성도 달라서 섣불리 비교할 수 없다. 모든 슬픔은 유일하고 고유하다. 예불도 마찬가지다. 사람의 눈이 두 개인 까닭은 초점을 하나로 맞춰 정확히 보라는 것이지, 두 개를 서로 비교해 분리하라는 것이 아니다. 트라우마의 뿌리 가운데 하나이기도 한 이 '비교'라는 표현은 자본의 피를 먹고 자라는 인간성 파괴의 독극물이다.

예술에서는 그 독성이 더욱 치명적이다. 비교라는 이름으로 실험적이고 독창적인 세계가 얼마나 조롱받고 멸시받으며 폐기처분되었던가. 내가 우리 국어사전에서 가장 먼저 추방해야 할 단어로 주저 없이 꼽는 것도 바로 이 비교라는 몰개념이다. 비교는 경쟁을 낳고, 경쟁은 전쟁을 낳고, 전쟁은 악마를 낳는다. 그리고 악마는 꼴찌부터 잡아먹는다. 인간은 피라미드 같은 세상의 벽돌 한 장이다. 위에서 밟을수록 더욱 아래를 밟는다. 가장 밑바닥의 벽돌이 가장 먼저 부서진다.

새벽예불이 끝나고 처소인 세심당 정진실로 돌아와 다시 몇 시간 눈을 붙인 다음 아침 공양(식사)을 했다. 스님들과 일반 대중을 따로 구분하지 않고 같은 공양간에서 같이 공양했다. 사찰음식이 대부분 그렇듯 소박하고 담백하고 정갈한 풀밭이었다. 뷔페식으로 차려진 반찬은 호박죽을 포함해 열 가지가 넘었다. 모두 말없이 식사한 다음 마지막엔 발우에 물을 부어 깨끗이 비웠다.

아침 공양을 하고 방으로 돌아와 '1박 룸메이트'인 40대 노총각과 많은 얘기를 나눴다. 항공대 출신의 비행기 부품 전문 기술자인 이 노총각은 벤처사업을 하다 실패해 알코올중독으로 폐인이 되었다. 수녀인 친누나의 소개로 이 절에 들어와 8개월째 자원봉사를 하며 심신을 수양하고 자신을 치유하는 아주 모범생 같은 인상의 남자다. 그가 지금까지 직접 경험한 절집생활의 결론은 '훌륭한 절에 훌륭한 주지스님'이었다. 그러면서 "이런 절이라면 머리 깎고 싶은 생각도 든다"고 진담 같은 농담을 했다.

이때 밖에서 목탁소리가 "딱— 딱—" 두 번 길게 울렸다. "아침 울력(노동) 신호예요" 하고 장래 삭발할지도 모를 전직 폐인이 파카를 챙기며 말했다. 나도 따라 일어났다. 대웅보전 앞으로 가니 수십 개의 빗자루가 계단에 있었다. 오늘 울력은 경내 '마당쓸기'인 듯했다. 스님들과 일반 대중들이 속속 모여들었다. '템플스테이'나 '7박8일 참선수행 프로그램'에 참가하러 왔는지 외국인들도 여럿 보였다. 모두 일렬횡대로 서서 넓은 대웅보전 마당부터 쓸었다. 내 빗자루에 그동안 쌓인 오만과 독선과 탐욕과 위선 같은 먼지들이 쓸려나가기를 바랐다. 욕심이 과했는지 빗자루의 살이 자꾸 부러졌다. 그러나 빗자루를 바꾸지는 않았다.

"울력 목탁이 들리면 누운 송장도 벌떡 일어난다"는 말이 있다. 예외가 없다는 말이다. 대중들이 함께 일하는 육체노동인 울력은 '운력(運力)'에서 비롯됐다. 또 여럿의 힘을 구름처럼 모은다는 뜻에서 '운력(雲力)'이라고도 한다. 일반인에게는 노동이지만 절에서는 수행의 하나다. 땅끝까지 고뇌를 안고 온 사람이나 아이들과 가족여행 온 사람, 멀리 외국에서 템플스테이를 온 사람 등 미황사에서 하룻밤이라도 묵는 사람이라면 예외 없는 게 울력이다. 한여름에는 한문학당 어린이들의 고사리손도 동원되었다. 스님들과 이야기도 나누고 자연과 대화를 갖는 시간이기도 하다.

아침 울력시간에 함께 대웅보전 마당을 쓸었던 초면의 금강스님을 세심당 차실에서 다시 만났다. 내 산사기행집인 《적멸보궁 가는 길》을 내놓자 스님도 《땅끝마을 아름다운 절》이란 저서를 꺼내 사인을 해주신다.

"물고문 좀 받으러 왔습니다. 하하."

"아, 그래요? 실컷 해드리지요. 하하."

"고문실치고는 책이 많네요."

"물고문기술자가 되려면 이론도 겸비해야 해서…… 하하."

금강스님은 1989년, 한때 400여 명의 스님과 12암자를 거느렸던 미황사가 폐허가 되었다는 소식을 듣고 이 절로 왔다. 2년 후 절을 떠났다가 다시 2000년에 돌아와 주지를 맡았다. 백양사 운문암에서 공부하던 중 잠시 들렀다가 발목을 잡혔다. 그때까지 주지였던 현공스님이 자리를 내놓고 사라진 것이다. 등 떠밀려 주지가 된 금강스님은 세심당 차실에 앉아 차만 축냈다. 혼자 마시

미황사가 가장 아름다운 시간이라는 새벽예불 직전, 그 황홀한 순간에는 금강스님도 대웅보전으로 가던 발걸음을 잠시 멈춘 채 넋을 잃는다. ⓒ 다경스님

면 주지가 빈둥거리는 것처럼 보일까봐 아무나 잡고 차를 권했다.

얼마 후 "미황사에 가면 주지스님이 차도 공짜로 원 없이 주고 인생 상담도 해준다"는 소문이 퍼지자 방문객도 늘어났다. 스님이 하루에 마시는 것만도 수백 잔이었고, 방문객들도 계속 마셔야 한다고 해서 자연스레 '물고문' 같은 별명이 붙었다. 스님이 따라준 작설차를 마셨는데 맛이 씹힐 정도로 좋았다. 오래전 폐사지나 다름없었던 절을 이렇게까지 만든 것은 기적이라고 감탄하는 사람이 많아 이것저것 질문했다.

"처음 여기 왔을 땐 석 달 동안이나 아무도 없이 버려진 절이었어요. 1,300년 전에 지은 거찰이 퇴락해 대웅전과 응진전밖에 없었고, 경내가 모두 잡목과 넝쿨로 뒤덮여 매일 눈만 뜨면 은사스님과 마당의 나무와 잡초들을 베고 돌을 날랐어요. 황무지 개간이나 마찬가지였는데, 그렇게 마당에 햇빛이 들도록 터를 닦는 데만 꼬박 2년이 걸렸지요."

예불시간을 빼고 일만 하는 금강스님을 가리켜 주민들은 '지게 스님'이라고 불렀다. 터를 잡은 뒤 금강스님은 꼼꼼하고 믿음직한 현공스님(현 미황사 회주스님)을 모셔와 미황사 주지스님이 되어달라고 부탁한 다음, 전국 선방과 백양사로 들어가 수행에 전념했다. 현공스님이 이때부터 금강스님이 닦아놓은 터에 명부전을 비롯해 삼성각, 만하당, 부도암 등을 하나씩 짓기 시작해 오늘의 아름다운 미황사에 이른 것이다.

2000년부터 금강스님은 한문학당을 비롯해 템플스테이, 7박8일 참선수행, 괘불재, 산사음악회 등 다양한 프로그램을 만들었다. 매년 미황사 방문객이 10만 명을 넘는다. 템플스테이 참가자도 연간 5천 명을 넘어 전국 대사찰들보다 배로 많다. 머나먼 산골의 작은 절인데도 가을 산사음악회와 괘불재에는 전국에서 2천여 명이 운집한다. 퇴락한 천년고찰에서 현대 사찰의 모델로 떠오른 미황사의 주지스님은 좀 더 멀리 내다보고 있는 듯했다.

"절의 주인은 주지가 아니라 절을 찾는 사람들입니다. 부처님이 차별 없는 '승가공동체' 모델을 만드신 것처럼 미황사도 출가자만의 수행공동체가 아니라 모든 사람들이 더불어 사는 새로운 공동체 모델을 만들 겁니다. 그래서 미국과 인도, 티베트, 일본, 타이, 미얀마 등 세계 웬만한 수행센터는 거의 다녀왔지요. 여건은 천년 이상의 역사 기반이 받쳐주는 한국이 가장 좋아요."

금강스님은 사람들이 절로 찾아오기 전에 늘 먼저 지역주민들에게 다가갔다. 가뭄이 들면 주민들과 기우제를 지내고, 매년 정초에는 빠짐없이 마을로 내려가 당제를 지내주었다. 또 마을에 있는 초등학교 분교가 폐교될 위험에 처하자 앞장서서 '분교살리기운동'을 펼쳐 전교생이 5명밖에 안 되는 학교를 통학버스까지 운영하는 50명 이상의 학교로 되살려놓기도 했다. 오랫동안 차담을 나누고 일어서자 스님이 미소를 지으며 손으로 가리켰다.

"아, 가실 때 미황사 온 기념으로 저기 동백꽃 한 송이만 곱게 꺾어가세요."

"아마 법정스님이 열반 전 마지막으로 본 꽃도 이 미황사 동백꽃이겠지요?"

"아, 그걸 어떻게?"

"……."

나는 세심당 밖으로 나왔다. 비가 조금씩 내렸다. 풍경소리가 젖어갔다. 나는 수십 년 동안 산사를 찾아다니며 많은 스님들을 만났다. 하지만 이처럼 표정 없이 멀리 내다보며 통찰하고 성찰하는 스님은 처음이었다. 아마 스님은 '소통과 배려'라는 1차 화두 다음에 올 '미황사공동체'의 2차 화두를 그리고 있는 듯했다. 문득 "나무는 꽃을 버려야 열매를 맺고, 강물은 강을 버려야 바다에 이른다"는 《화엄경》의 한 대목이 떠올랐다. 미황사가 다시 보이기 시작했다. 단청이 벗겨졌지만 그대로 둔 대웅보전을 다시 둘러보니 보이지 않았던 것들이 보이기 시작했다. 주춧돌에 새겨진 거북이와 꽃게, 천장의 일천불 벽화와 금색의 두루미 그림, 범자(梵字) 글씨 같은 것들이다.

비를 맞으며 부도전으로 올라가는 달마산의 고요한 천년 숲길을 따라 천천히 걸었다. 봄이면 박새나 휘파람새, 곤줄박이들의 노래가 들릴 것이다. 미황사는 옛날부터 선객 스님들이 참선하던 도량이어서 그 흔적이 부도밭에 많이 남아 있다. 부도는 입적한 큰스님들의 사리를 모은 불교식 무덤이다. 동백숲을 지나 500미터쯤 올라가니 동쪽으로 21기의 부도와 5기의 탑이 나오고, 다시 서쪽으로 100미터쯤 가니 6기의 부도가 울창한 숲에 싸여 있었다.

모두 1700년경부터 세워진 것들이다. 부도에 새겨진 문양들이 마치 어시장과 동물원에 온 듯 절로 웃음 짓게 만들었다. 대웅전 주춧돌에도 새겨진 꽃게와 거북이를 비롯해 문어, 오리, 물고기, 원숭이, 토끼, 용머리, 도깨비, 연꽃 들이 새겨진 부도들은 종교적인 권위를 보여준다기보다는 어린아이의 그림처럼 천진난만했다. 특히 열심히 방아 찧는 토끼나 점잖게 한쪽 다리를 꼬고 있는 황새와 오리, 물고기를 쫓는 꽃게, 지붕 위의 다람쥐, 사리병 속의 연꽃, 물고기를 꽉 물고 있는 꽃게 들이 더욱 그랬다.

부도전에서 돌아오다 빗길에 미끄러져 절뚝거리며 내려왔다. 미황사를 떠나기 전 마지막으로 동백숲을 향해 내려갔다. 금강스님이 곱게 꺾어가라고 허락한 한 송이 동백꽃이 눈에 아른거렸다. 2010년 3월 10일 법정스님 입적 전날, 금강스님은 가수 노영심을 통해 눈 맞은 미황사 동백꽃과 매화를 병원 중환자실에서 폐암으로 투병 중인 법정스님에게 전했다. 자신의 고향인 먼 해남에서 온 붉은 동백꽃을 보며 법정스님이 가느다란 목소리로 말했다.

"내가 못 가니 그대가 왔구나. 멀리서 오느라 고생 많았다."

누운 채 물끄러미 보던 법정스님의 눈시울이 조금씩 젖어갔다. 어쩌면 평생 좇고 좇아온 화두 한 송이가 죽기 전날에야 비로소 무심한 듯 찾아왔는지도 모른다. 그것이 무심하도록 서러운 화두 56년이라면, 차라리 꽃을 꺾는 대신 산을 옮기거나, 다리를 건너는 대신 강을 옮기는 게 더 불이(不二)다웠을지도 모를 일이다.

무릇 같은 강물에 두 번 발을 적실 수는 없는 법. 올라갈 때 못 본 꽃일지라도 내려올 때 보이는 그 꽃은 이미 다른 꽃이거늘, 어찌 수직으로 수평을 가늠할 것인가. 아마도 그때 법정스님의 젖은 눈빛은 실은 동백꽃이 아니라 꺾어진 가지의 생채기에 머물러 있었으리라. 머무는 것과 동시에 마지막으로 생채기를 눈빛으로 단청했으리라. 이 꺾어진 가지의 생채기가 진정 법정스님의 화두 한 잎이라면, 불일암의 목련나무 그늘과 빈 의자는 어느 날

갑자기 동백꽃처럼 떨어진 인혁당 8명의 젊은 목숨들과 그 영혼들을 위한 초혼의 적멸보궁일지도 모른다.

사제지간인 금강스님은 그 며칠 전에도 보고 싶다는 법정스님의 말을 전해 듣자마자 해남에서 서울의 병실까지 달려가 쾌유를 빌며 동백꽃과 매화를 직접 전했다. 금강스님과 꽃을 본 법정스님이 눈물을 흘렸다. 금강스님은 고등학교 때 물리 선생님이 준 《육조단경》이라는 책과 대흥사 지운스님의 서가에서 뽑은 법정스님의 《말과 침묵》을 읽으며 불교의 매력에 깊이 빠졌다. 그리고 고등학교 졸업식 바로 다음 날 첫차를 타고 해인사로 달려가 정식으로 행자생활을 시작했다.

금강스님은 동백꽃은 두 번 핀다고 했다. 첫째는 겨울에 처음 필 때, 둘째는 그 꽃이 봄에 통째로 떨어졌을 때다. 바닥에 통째로 떨어진 꽃을 '다시 피는 것'으로 보는 스님의 눈이 강을 버리고 비로소 바다에 닿은 강물의 숨결처럼 가슴 저미도록 애틋하다. 나는 동백숲에서 끝내 동백꽃을 꺾지 못했다. 실은 나의 생채기를 스스로 단청할 엄두가 나지 않았던 것이다. 그동안 내 가슴속에 차곡차곡 쌓인 허무의 잿더미는 그토록 난공불락이다.

12월 말, 지구가 태양을 한 바퀴 돌았다. 내년까지 다시 또 돌 것이다. 여전히 인간은 수만 년 전에 소멸된 별빛을 바라보며 우리는 어디에서 와 어디로 가느냐고 물을 것이고, 갈 곳이 한 뼘 발아래임에도 천 리 길인 양 하염없이 배회할 것이다. 또 여전히 눈물은 아래로 내려가고 숟가락은 위로 올라갈 것이다. 밥그릇이 비워져야만 모든 것은 수평에 이른다. 머나먼 수평의 세계. 그 세계보다 더 머나먼 빛의 디아스포라.

눈꺼풀 하나가 세상을 열고 닫는 것도 수직인 세상일진대 빛은 어찌하여 어둠의 각도마저 파놉티콘으로 만들었는지, 난 마냥 아득하고 마냥 적막할 뿐이다. 오래전부터 둥근 지구 중력의 주요 성분이 계급이라면, 돌고 도는 것 역시 그 계급적 성분을 더욱 감시하기 위한 보이지 않는 원형감옥일지도 모른다. 그 감옥처럼 그동안 난 타인이 아니라 내 주위만 맴돌았다. 맴돌면서 진보적 수사의 근원에 대해 끊임없이 질문하고 자문했다. 그때마다 '또 다른 내'가 대답했다. 그것은 타인이 내 주위를 돌기를 바라는 내 본성의 거처라고……

이 모든 것들을 비워가는 땅끝마을의 겨울.

법정스님이 '홀로 감춰두고 싶은 절'이라고 가슴 깊이 숨겨놓은 미황사.

난 마지막으로 살을 주고 뼈를 거둬 퇴각한다. 하얀 눈밭에 떨어진 붉은 동백꽃처럼 더 이상의 퇴로는 없다. 퇴로가 차단된 땅끝마을의 미황사는 그러므로 모든 인생의 아름다운 옥쇄다. 열매를 맺기 위해 아름다움을 버리는 꽃의 옥쇄. 미황사는 그런 꽃 같은 절이다.

가장 먼 여행

운문사

나에게 운문사 가는 길은 가장 먼 여행이다.
그러나 난 머리끝에서 발끝까지 가지 못했다.
중간의 가슴을 거치지 못했기 때문이다.

가장 먼 여행은 머리끝에서부터 발끝에까지 이르는 여행이다. 그러나 중간에 반드시 가슴을 거쳐야 갈 수가 있다. 앞으로 나의 산사여행이 계속되는 동안 생각의 무게를 지탱한 머리와 세상의 무게를 지탱한 발 사이에서 난 하염없이 배회할 것이다. 그와 더불어 가슴을 통과한다는 것이 얼마나 삼엄하면서도 얼마나 허망한 일이 아닐 수 없는가를 거듭 깨닫게 될 것이다.

나는 평소 내 몸과 마음이 서로 충돌해 분열되면 대체로 몸의 주장을 듣는 편이다. 마음은 문명의 비곗덩어리지만 몸은 자연의 파동이기 때문이다. 얼마 전 가을 산사를 그리며 대구 팔공산으로 향하던 내 발길이 문득 청도 운문사로 방향을 틀었다. 아마도 몸의 미세한 파동을 확인하기 위해서일 것이다. 물론 파동의 거점은 가슴이다. 그러나 그 거점은 앞으로 바람과 바람 사이의 간격으로 걸을 내 보폭에 따라 수시로 은신처를 바꿀 것이다.

고려 태조 왕건과 후백제의 견훤이 '맞짱'을 뜨던 중 위기에 몰린 왕건이 8명의 장수를 가게무샤(影武者)처럼 자신으로 위장시킨 다음 도망쳤다는 대구 팔공산. 그 팔공산 자락에는 수많은 절들이 참수된 장수들의 핏자국을 덮고 있다. 봄마다 울창한 오동나무들이 꽃과 향기를 방생하는 동화사를 비롯해 고려대장경을 보관했던 부인사, '기도빨'이 좋아 소원 하나는 반드시 들어준다는 선본사 갓바위부처, 일연스님이 《삼국유사》를 저술했다는 인각사, 대웅전의 현판 글씨가 추사 김정희의 친필이라는 은해사 등 그야말로 산 자체가 하나의 거대한 '집사촌(集寺村)'이다.

또 국내를 넘어 일본·중국·미국 등 세계 각국 관광객들의 발길도 끊이지 않는다. 그러다 보니 '영업 실적'이 가장 우수한 갓바위부처의 점유권 논쟁도 뜨겁다. 지형적으로 대구, 경산, 영천으로 산의 동맥이 겹쳐진 탓이다. 국보급 문화재가 하나도 없는 경산시에서는 갓바위부처의 소속이 '경산시 외촌면'이라는 안내판까지 세워 행정적 영역표시를 분명히 했다. 무소유의 부처가 토지대장에 인감을 찍은 것이다. 어느 절간이든 무소유의 목탁소리가 높을수록 시줏돈 불전함의 키도 높아진다. 불전함은 간혹 돈 대신 아주 '기발한' 것들로 채워질 때도 있다. 몇 년 전 조계사 불전함에서는 순복음교회의 헌금봉투들이 발견되기도 했다. 그 봉투에는 이런 선교용 문구가 적혀 있었다.

"예수 믿으면 천국! 불신자는 지옥! 아~멘!"

서울에서 대구로 가 청도 운문사행 시외버스를 탔다. 창밖에는 아침부터 가을비가 귀뚜라미소리처럼 일정한 간격으로 계속 내렸다. 팔공산 동화사의 말사인 운문사로 가기 위해서는 경산을 거쳐야 했다. 경산은 우리 불교계의 거목인 설총, 원효, 일연스님의 출생지로 유명하지만, 정작 그 유명세에 버금갈 고색창연한 사찰이 없었다. 그래서 아마도 갓바위부처 영역표시 안내판에서 보듯 관광도시 세팅에 더욱 적극적인지도 모른다. 경산은 나와도 인연이 깊은 곳이다. 창밖의 자욱한 빗속으로 36년 전의 뜨거운 여름이 아련하게 떠올랐다.

1977년, 부산의 고등학교 2학년이던 난 여름방학 때 여기 경산의 한 암자로 들어가 책을 읽으며 글을 쓰곤 했다. 깊은 산속의 아담한 암자였지만 큰절을 마다하고 일부러 자원해서 온 새벽이슬 같은 여승도 있었고, 뻐꾸기가 울 때마다 엄마가 보고 싶다며 대숲에 숨어 혼자 훌쩍이던 어린 동자승도 있었다. 암자의 주지스님은 내 외할머니인 견성스님이었는데, 오소리도 잡을 골초였다. 외할머니는 저녁예불이 끝나면 배롱나무에 기댄 채 석양을 하염없이 쳐다보는 게 일상이었다. 그럴 때면 항상 곰방대에 봉초를 엄지로 꾹꾹 눌러 담아 뻑뻑 빨아당긴다. 하루는 내가 먼 산을 보며 슬쩍 물었다.

"할무이요, 맨날 뭘 그리 번민하십니꺼?"

"고걸 알면 내가 와 이카겠노?"

"또 괜히 물었네. 근데 담배는 말라꼬 그리 피우십니꺼? 시님이 오소리 잡을 끼도 아이고……."

"이 곰방대 하나로 맨날 부처님도 태우고 향도 피우고 을매나 좋노! 안 글나?"

"마 됐심더."

외할머니와 이렇게 선문답 같은 대화만 나누던 어느 날, 백구두를 신은 한 젊은 객승이 비를 흠뻑 맞으며 암자로 왔다. 그는 오자마자 고열을 앓으며 쓰러졌고 절집 식구들은 미음을 먹이는 등 정성껏 병간을 했다. 며칠 후 깨어난 스님은 곧바로 일주일간 '묵언 면벽수행'을 했고, 난 외할머니의 명령대로 공양 배급담당을 했다. 스님은 하루 종일 꼼짝도 않고 텅 빈 벽만 쳐다보았다. 가마솥처럼 달아오른 골방에 웃통만 벗은 그의 등짝에는 모기들이 잔뜩 붙어 있었다. 걱정하던 외할머니가 모기장과 모기향을 피워줬지만 스님은 치워버렸다. "모기향은 화생방 살생"인 데다 "스님이 궁상맞게 모기장 안에서 도를 닦을 수 없다"는 게 이유였다. 그때 내가 외할머니한테 쪼르르 달려가 고자질하며 성토를 했다.

"염병~ 도 닦는데 모기장이면 어떻고 돼지우리면 어때! 세계위인전 보니 다들 시베리아 같은 감옥에서도 기똥차게 한소식씩 하더구먼. 할무이 안 그런교?"

"하모. 근데 그리 생각하는 녀석이 백구두 흑구두는 와 따지노? 남이사 뭘 신든 한소식만 하믄 되지. 안 글나?"

"그, 그러게요······."

  사실 처음 카바레 제비처럼 백구두를 신고 왔을 때부터 난 스님을 가자미
눈으로 보며 '괴짜땡초'로 낙인을 찍은 터였다. 나중에 알았지만 스님은 어릴
때 장의사로 염을 하며 살던 술주정꾼 아버지 밑에서 자랐다. 술주정에다 폭
력까지 행사하던 남편한테 환멸을 느낀 어머니는 읍내 5일장을 보러 갔다가
영영 떠나버렸다. 그때 어린 스님도 함께 갔는데, 어머니가 눈깔사탕을 사주
며 이거 먹고 있으면 볼일 보고 금방 돌아오겠다고 했다. 그런데 눈깔사탕을
다 먹고 날이 어두워지고 있는데도 금방 오겠다던 어머니는 나타나지 않았다.
그 후로 어린아이는 눈깔사탕을 먹지 않았다. 그때가 떠올랐는지 스님은 나
와 여행하다가 하모니카를 불며 가끔 엄마를 불렀다. 그러면서 눈물을 글썽
거렸다.

  "또 운다. 중놈이 엄마가 어딨노!"

  "그래, 니 말이 맞다. 내가 그놈의 눈깔사탕에 환장해 엄마를 잃었삤다 아
이가."

  "스님한테 엄마가 눈깔사탕이라는 화두를 줬네 뭐. 그라고 거 앞으로 한
소식 할라카믄 넘어야 할 고개들도 만만찮을 낀데······."

  "어쭈?"

  "앞으로는 암만 달콤하더라도 함부로 먹지 마이소. 단디 명심하소!"

  "지랄한다. 마 니가 스님해뿌라."

고등학생 때 처음 본 운문사의 새벽예불을 지금도 잊을 수 없다. 대웅전 법당의 붉은 촛불 아래 에서 복사꽃 같은 어린 여승들이 합송하는 모습은 처연한 비장미의 절정이었다. ⓒ 임재천

그때 일주간의 면벽수행을 끝낸 스님이 암자를 떠났고 나도 마치 귀신한테 홀린 듯 졸졸 따라갔다. 우리는 주로 강가에서 저녁노을 아래 밥을 지으며 노숙을 했다. 쌀뜨물 같은 그리움이 강물 위로 흘러가다가 하얀 김처럼 모락모락 피어올랐다. 어둠이 내리면 강가에 누워 스님은 하모니카를 불고, 난 별들을 헤아렸다. 별과 별 사이로 사다리를 놓는 상상을 하면 저절로 시가 써졌다. 스님과 나의 전국 산사여행이자 만행(萬行)은 그렇게 시작되었다. 대학에서 세계사와 인도철학을 공부했다는 스님의 법명은 법운(法雲)이었다. 김성동의 소설 《만다라》에 나오는 파계승이자 끝내 '자발적 죽음'을 택한 지산스님과 비슷했다.

그 법운스님이 맨 처음 나를 데려간 절이 바로 이 운문사였다. 그로부터 36년 후, 그러니까 17살에 처음 간 절을 53살이 되어서야 두 번째로 다시 가고 있는 것이다. 물론 그동안 여러 차례 갈 기회가 있었지만 그때마다 몸이 아파 가지 못했다. 몸은 정직하고 파동은 전달하고 자연은 최종적으로 승인한다.

버스가 운문사 입구에 도착했을 때 비는 이미 그쳤고 오히려 햇빛이 나기 시작했다. 유흥가로 변한 마을은 초가와 슬레이트 지붕 대신 현대식 건물 일색이었다. 36년의 세월은 모든 것을 바꿔놓았고 그 중심에 내 눈과 마음이 있었다. 사물을 바라보는 눈의 깊이와 사물을 받아들이는 마음의 넓이에 따라 변화의 진폭이 달라진다. 늘 그렇듯 보이던 것이 보이지 않을 때와 보이지 않던 것이 보이기 시작할 때가 가장 위험한 순간이다. 그러니 눈을 깜빡인다는 것은 그 변화의 찰나를 깜빡이는 자기방어 기제인 것이다. 하물며 사물의 현상과 이면의 간극을 통찰하고 허공의 바닥까지 손으로 탁, 탁 치며 성찰해버린 자는 얼마나 위험할 것인가.

절 입구 매표소를 지나자 커다란 일주문 대신 '솔바람길'이라고 쓰인 진입로 이정표가 나오면서 울창한 솔밭이 펼쳐졌다. 고등학교 때도 보았던 나무들로 거의 수령이 100년 이상에 키가 40~50미터나 되는 적송(赤松)들이다. 그런데 곧은 소나무들은 사라지고 대부분 굽은 것들만 더욱 외로운 각도로 휘어진 채 남아 있었다. 물론 선선해진 가을 날씨라 절의 단풍을 보러 왔거나 진입로 양쪽으로 주렁주렁 열린 청도 반시(씨 없는 감)를 막대기로 따는 관광객들은 군데군데 여전했다. 차도와 구분해 새로이 인도로 만든 솔바람길 산책로는 유모차나 휠체어도 자유롭게 다닐 만큼 잘 다듬어져 있다. 그러나 계곡의 일부 구간은 기존의 도로가 있는데도 굳이 나무 데크를 설치해 경관을 해쳤다. 비가 온 직후라 솔바람길은 솔숲과 풀들의 그윽한 향기로 가득 채워졌다. 다만 울창한 소나무들이 뿌리를 제대로 내릴 수 없었는지 마치 곡예를 하듯 뒤틀려 있어서 여간 안타까운 게 아니었다.

유홍준 교수는 《나의 문화유산답사기》 운문사 편에서 이 소나무들을 "마치 늘씬한 각선미의 여인들이 물구나무서기를 하고 있는 듯하다. 나는 운문사 소나무의 각선미가 하도 인상 깊이 박혀 이화여대 앞 어느 란제리 가게 진열장에 도전적으로 배치된 스타킹 마네킹 다리를 보면서 운문사 소나무를 연상한 적도 있다"고 말했다. 그러나 내가 보기에 척박한 땅에서 일제의 벌목과 송진 적출까지 겪으며 아주 힘겹게 자란 운문사 소나무들은 전혀 각선미가 없고, 거의가 무말랭이처럼 고통스럽게 비틀어져 있을 뿐이다. 또 설사 그렇더라도 여대 앞 속옷가게의 마네킹 다리에 비유하다니, 명품 '문화유산주의자'로서는 아주 고약하고 변태스러운 취향이 아닐 수 없다.

오른쪽의 맑은 개천을 끼고 30분쯤 걸어가자 낮은 기와담장이 나오면서 바로 경내 입구인 범종각 앞에 닿았다. 구름으로 들어가는 산문, 운문사(雲門寺)다. 신라 진흥왕(560년) 때 창건된 운문사는 신라 화랑들의 군사수련장이자 일연스님이 주지로 5년 동안 머물며 《삼국유사》를 집필한 절로 유명하다. 또 고려 무신정권 때는 공주 '망이·망소이의 천민항쟁'에 이은 경상도 '김사미 농민항쟁'의 본거지였고, 조선시대에는 활빈당의 거점이기도 했다. 항쟁지도자였다가 참수된 김사미는 운문사의 사미승 출신이었다. 또 항쟁 실패로 운문산 깊이 피신해 완강히 버틴 '운문적(雲門賊 : 당시 무신정권이 농민반란군을 부르던 호칭)'의 슬픔과 한은 고려가사 〈청산별곡〉의 행간 속에 댓잎처럼 서걱대고 있다.

언뜻 경상도 모든 '반란의 거점'으로도 보이는 이 운문사는 현재 공주 동학사, 수원 봉녕사, 김천 청암사 등 전국 5대 비구니 전문강원 가운데 학풍이 가장 엄격한 최대 규모의 비구니 승가대학이다. 1958년 불교정화운동 직후 비구니 전문강원으로 개설되었고, 1977년 4년제 정규 승가대학으로 개칭돼 해마다 약 260명의 비구니 학인스님들이 이곳에서 노동과 학문을 병행하고 있다. 사미계를 받아 경쟁률 5 : 1인 시험에 합격해야 입학할 수 있어서 재수, 삼수생도 많다. 35만원 정도의 입학금만 내면 졸업 때까지 등록금이 전액 무료다. 학제는 일반 대학의 학년이란 호칭 대신 치문반(1년), 사집반(2년), 사교반(3년), 대교반(4년)이라고 부른다. 물론 중도 탈락하지 않고 졸업하면 정식 비구니계를 받는다.

운문사 승가대학에서 공부 이상으로 강조하는 것은 울력이다. "하루 일하지 않으면 하루 먹지 마라(一日不作 一日不食)"가 수행규범인데, 7세기 중국 선종의 '합법적' 창시자인 도신선사의 농선결합(農禪結合)에서 비롯된 백장청규의 하나다. 당시 여러 종파들은 황실과 귀족의 우산 아래 절대적 보호와 지원을 받았다. 그러나 도신선사는 국가권력으로부터 독립하고, 인도불교를 답습한 걸식수행에 몸살을 앓는 백성들의 부담을 덜기 위해 비주류 하층승려와 떠돌이 유랑승들을 거둬 생산공동체를 만들었다. 그는 수도승들이 포도주와 맥주를 제조한 중세 유럽의 수도원처럼 승려들과 함께 야생차도 재배했다. 이것이 오늘날 중국의 사찰과 세속이 차(茶) 문화로 유명하게 된 모태다.

그러니까 운문사의 울력은 단순히 자급자족만을 위한 것이 아니라 번뇌 망상을 끊는 수행과정의 하나다. 운문사에 있는 일반인이라고는 운전사와 부목 4명뿐, 부엌살림을 해주는 공양주 보살도 없다. 절 주변에 펼쳐진 넓은 밭의 채소와 작물은 모두 학인들이 직접 가꾼다. 물론 예외도 있다. 겨울이면 붕어빵 장사 아줌마를 후한 일당으로 고용해 학인스님들에게 붕어빵을 실컷 만들어주기도 한다. 따뜻한 붕어빵을 먹으며 해맑게 웃는 20살 또래 까까머리 학인스님들의 모습이 눈에 선하다.

운문사 경내로 들어가자마자 가장 먼저 눈에 띄는 것은 만세루 앞의 500살 가까이 된 '처진소나무'였다. 이 소나무는 해마다 봄가을에 동곡막걸리 다섯 말씩 부어주며 특별관리를 한다. 앳된 비구니들이 소나무를 빙 둘러싸고 고랑을 파서 막걸리를 붓는 장면이 하나의 예불처럼 다가왔다. 한 고승(高僧)이 시든 나뭇가지를 꺾어 심었다는 이 '처진소나무'는 정식 소나무 품종의 하나다. 가지가 아래로 처지는 특성은 접목을 해도 유전적으로 변하지 않는다. 그런데 만세루 앞에 예전에 없었던 새로운 대웅보전이 하나 눈에 띄었다. 알아보니 1994년에 신축했다고 한다. 이제야 비로소 운문사 입구의 솔밭에 굽은 소나무밖에 보이지 않았던 이유를 알 것 같았다. 거기 수직으로 뻗어 있던 곧은 소나무들을 베어 신축 대웅보전의 목재로 사용했던 것이다.

운문사는 정갈한 평지사찰이다. 매표소 입구부터 넓은 경내까지 계단이 전혀 없다. 부속암자로 올라가는 길과 경내 각 건물 계단 외에는 넓은 종이 한 장을 펼쳐놓은 것처럼 평평하고 매끄럽다. 그래서 휠체어나 유모차들이 많이 보인다. 원래 절은 문과 계단이 많은 곳이다. 자신을 비우고 깨달아가는 과정을 하나의 수행단계로 보기 때문에 거쳐야 할 계단도 많고 열어야 할 문도 많다. 그런데 운문사는 처음부터 끝까지 수평적인 세계만 존재한다. 깨달음은 바닥에서 바닥으로 흐르는 물처럼 온다는 것의 은유일지도 모른다. 언제나 더 낮은 곳으로만 방향을 잡는 물의 화두다.

세상 다 버리고 홀로 숨어 있고 싶은 사리암과 마지막 햇살이 암벽에 간신히 붙어 있는 북대암을 다녀오니 날은 이미 어두워져 있었다. 그쳤던 비도 다시 내리기 시작했다. 절 입구의 숙소로 돌아와 쉬다가 새벽 2시에 빗속으로 다시 운문사로 올라갔다. 3시의 새벽예불을 보기 위해서였다. 난 어느 글에서 36년 전, 고등학생일 때 본 새벽예불의 인상을 이렇게 썼다.

대웅전 법당의 붉은 촛불 아래에서 수백 명의 복사꽃 같은 어린 여승들이 합송하는 모습은 그야말로 고혹적이면서도 장엄했고, 장엄하면서도 도저했고, 도저하면서도 삼엄했고, 삼엄하면서도 처연한 비장미의 절정이었다. 천둥 같은 전율, 벼락같은 충격을 받은 어린 소년은 한순간 심장이 멎었다. 그리고 어느새 자신도 모르게 눈물이 줄줄 흘러내렸다…….

신축 대웅보전 법당으로 흰 고무신을 신은 150여 명의 앳된 여승들이 발소리를 죽이며 모여들었다. 곧 합송이 시작되었다. 운문사 새벽예불을 누구는 신이 허락한 가장 장엄한 소리라 했고, 누구는 교향곡이라 했고, 누구는 그레고리안 성가라 했다. 합송과 독송에 이은 묵상은 새벽 5시쯤 끝났다. 난 비록 그때의 소년처럼 눈물 흘리지 않았지만, 그때의 소년처럼 처연한 비장미의 최절정은 아니었지만, 그때의 소년처럼 심장이 멎지는 않았지만……. 그러나 그럼에도 불구하고, 그때의 그 황홀한 경지로 돌아갈 수 없는 나 자신이 한없이 슬펐다. 몸의 감각이 자연의 파동에 찰랑거리지 않는 것이다. 생의 능선을 가파르게 넘어오면서 몸의 빈틈을 너무 단단히 막아놓은 탓이다.

나에게 운문사 가는 길은 가장 먼 여행이다. 그러나 난 머리끝에서 발끝까지 가지 못했다. 중간의 가슴을 거치지 못했기 때문이다. 내가 내 가슴을 통과한다는 것, 그것은 백척간두에서 허공으로 한 발 내딛는 그 아찔한 순간의 경지와도 같은 것이다.

영혼의 구슬과
페르시아의 흠

관음사

제주는 우리 현대사의 상처 입은 '영혼의 구슬'이다.
그러나 외롭지 않은 '구슬목걸이'다.

나는 어떤 대상을 볼 때마다 주로 '큰 것'보다는 '작은 것'을 본다. 작은 것이 큰 것을 겸하고 있기 때문이다. 20여 년 전에 본 아마존 인디언 부족의 삶을 다룬 외국의 한 다큐도 그랬다. 그 다큐에서 유난히 내 시선을 사로잡는 게 있었다. 어른들과 아이들의 목에 걸린 구슬목걸이였다. 언뜻 다 똑같은 구슬처럼 보였으나 자세히 보니 아니었다. 40여 개의 굵은 구슬들 가운데 유독 하나만 모양이 달랐다. 다른 인디언들의 목걸이도 마찬가지였다. 모두 구슬이 하나씩 깨어져 있었던 것이다. 실수가 아니었다. 의도적으로 깨어진 구슬을 하나씩 끼워 목걸이를 만든 게 틀림없었다. 상처 없는 여러 구슬들 사이에 상처 입은 구슬 하나를 넣어 목걸이를 완성한 것이다.

문득 아름답고 정교한 카펫을 짤 때 일부러 흠집을 하나씩 남겨놓는다는 아랍의 한 소설이 떠올랐다. 그것을 '페르시아의 흠'이라고 했던가. 어쩌면 인디언의 구슬목걸이 역시 아랍의 카펫처럼 의도적으로 상처를 낸 것인지도 모른다. 그러니까 상처와 흠결이 전혀 없는 완벽한 것, 즉 완벽주의를 저해한 것인지도 모른다. 아니다. 완벽주의를 저해한 게 아니라 완벽주의에 저항했다는 표현이 옳을 것이다. 아니나 다를까, 인디언 목걸이에 대한 자료를 찾아보니 한 다큐 잡지에서 그 깨진 구슬을 인디언들은 '영혼의 구슬'로 부른다고 했다.

깨진 구슬이 없으면 '완벽한 목걸이'가 될지는 몰라도 상처 입은 '영혼의 목걸이'는 될 수 없을 것이다. 다수의 상처 없는 구슬들은 소수의 상처 입은 구슬을 서로 감싸고 배려함으로써 똑같은 존재로 거듭난다. 영혼을 지닌 것은 완벽할 수 없고 완벽 속에는 영혼이 없는 것이다. 완벽한 세계를 완성으로 보지 않고 '인간적인 것'을 완성으로 보는 인디언의 통찰. 처음부터 인디언에게는 완벽한 것은 존재하지 않았다. 가장 인간적인 것이 가장 완벽할 뿐이었다. 상처와 결핍을 인간의 완성을 위한 존재로 보는 인디언의 영혼. 이 세계는 인디언의 목걸이들처럼 어디든 상처가 있고, 그 상처가 하나라도 아물지 않고 남아 있다면, 그 세계는 완전할 수가 없다는 것. 이 장엄한 화두로 인해 다큐를 보던 그때의 내 영혼은 자지러지고 말았다. 그 이후 내 영혼은 남루했고 자지러진 영혼은 아직도 일어나지 못하고 있다.

제주의 봄은 노란 복수초에서 시작된다. 그러나 진짜 제주의 봄은 붉은 동백꽃이 지고 노란 유채꽃이 피면서 시작된다. 떨어진 동백꽃 위로 유채꽃이 노랗게 단청을 할 때마다 제주인들의 발걸음은 버려진 무덤인 듯 허청대고, 가슴은 무덤 앞의 꽃인 듯 미어진다. 4·3 전날, 관음사로 오르는 내 발걸음도 허청대고 잿더미 같은 가슴이 미어지기는 마찬가지다.

제주시 한라산의 동북쪽 산천단에서 3킬로미터쯤 떨어진 관음사는 도내 40여 개의 사찰을 관장하는 본사다. 제주도에 불교가 처음 전래된 시기는 한반도에 귀속되기 전인 탐라국 시대로 이때 해로를 통해 남방불교가 전파되었을 가능성이 높은 것으로 추정한다. 관음사가 불교전래 초기에 창건돼 발전했을 것으로 보는 것은 제주의 여러 신화, 전설, 민담에 관음사를 제주방언으로 괴남절, 개남절, 동괴남절, 은중절이라고 부르는 것이 민간에 유포되어 전하기 때문이다. 제주시 아라동의 넓은 산야에 방생하는 관음사는 제주 불교의 중심이다. 중심은 가장자리에서 비롯되고 가장자리는 중심에서 비롯되므로 이제부터 가장자리의 살을 벗겨 중심의 **뼈**를 수습하기로 한다. 물론 살과 **뼈**의 경계를 찾다가 해보다 내가 먼저 저물지도 모른다. 저물면 또 별빛 따라 거처를 옮기면 될 일이다.

큰 일주문을 지나자마자 돌하르방 같은 수많은 현무암 불상들이 나온다. 이들은 돌길 양쪽의 편백나무와 삼나무 밑의 돌담을 따라 멀리 천왕문까지 정좌해 있다. 언뜻 양쪽으로 양머리를 한 스핑크스 조각들이 도열한 이집트 카르낙신전 입구를 연상시킨다. 어느 절에서도 보지 못한 제주 관음사만의 독특하고 삼엄한 '부처터널'이다. 방문객들을 좌선으로 맞는 미륵불상들은 108개였고 전부 개인의 시주로 만들었다. 얼핏 같은 것 같지만 자세히 보면 모두 미소나 손모양이 조금씩 다르다. 불상을 조각할 때 석공의 스케치북에 표시되었을 108개의 차이점들이 눈에 선하다. 동서남북 부처의 수호신들을 모신 천왕문을 지나자 '4·3유적' 안내판이 보인다. 제주 어느 유적이든 4·3항쟁에 대한 설명 부분에서는 용어선택에 상당히 민감하다. 되도록이면 좌우 양쪽을 자극하지 않는 표현을 찾기 위해서다. 요즘은 달라졌지만 예전에는 국회의원 선거에서도 '무소속' 후보가 아니면 명함 내밀기도 어려웠다.

1948년 4월 3일(당시는 대한민국 정부수립 이전 미군정시대였다)을 기하여 제주도 전역에 소요와 혼란이 발생했고, 이를 진압하는 과정에 중산간에 위치한 마을들이 없어지고 수많은 사람들이 죽음에 이르게 되는 사태의 진전을 통칭 '4·3사건'이라고 한다.

당시에 선량한 제주도민 대다수가 낮에는 토벌대에 몰리고 밤에는 입산한 무장대에 몰려서 뺏기고 맞고 도망 다니다 죽음에 이르게 되는 사연들이 무수히 속출했다. 사태 진전과 진압 과정에서 많은 사람들이 반국가 사범으로 취급되어 무참하고 잔인하게 재판 없이 현장에서 죽임을 당했다.

관음사의 위치가 전략상 요충지였는지, 토벌대와 입산 무장대가 관음사 지역을 중심으로 상호간에 첨예하게 대치했고, 이러한 과정에 관음사는 안타깝게도 모든 건물과 시설이 전소되었다. 관음사 도량을 중심으로 사방 주변 일대에 크고 작은 경계참호와 부대 숙영시설을 설치한바, 그 유적들이 보존되어 4·3사태 진전 시 제주의 참극이자 민족의 비극을 생생하게 증언하고 있다.

_ '4·3유적' 안내판

산과 마을 중간에 있는 관음사의 지리적 위치로 보아 당시 토벌대와 유격대 간의 치열한 공방전을 충분히 짐작할 수 있다. 토벌대는 유격대를 공격하다가 마을로 후퇴하기 좋고, 유격대는 마을의 토벌대를 공격하다 유사시에 산속 깊이 잠적해버리기 좋다. 쌍방이 선점해야 할 공수전환의 교두보였다. 총탄이 빗발쳤을 유적지는 그 당시 적정파악을 위한 경계참호였다. 폐허의 유적지는 사방에 낮은 돌담을 쌓는 제주도의 무덤 같았다. 총성도 새소리로 바뀐 그 무덤을 벚꽃과 불상들이 지켜보고 있다.

사천왕문을 지나 대웅전으로 가는 오르막길 양쪽에도 여전히 많은 불상들이 도열해 있다. 여기 있는 불상은 모두 미륵불로 알려져 있으나 종무소의 한 스님에게 확인해보니 석가모니불, 아미타불, 약사여래불 등 여러 부처들이 함께 모여 있다고 한다. 그런데 관음사의 불상들은 모두 미륵보살처럼 갓을 쓰고 있다. 제주도의 기후특성상 비바람을 피하기 위해서일 것이다.

일주문에서 불이문까지의 좌대는 돌담 따라 일자로 이어져 있다. 또 불이문에서 대웅전까지는 불상마다 둥근 좌대를 독립적으로 갖고 있다. 그런데 불이문에서 부도밭까지의 불상들은 이중좌대였다. 이 불상들은 왜 이중좌대인지를 지나가는 스님에게 물어보니, 살짝 당황하며 나중에 전화로 알려주겠다고 했다. '나중'이 언제인지는 모르겠지만, 일주일이 넘었는데도 연락이 없다.

한라산은 무릎에 어머니의 젖가슴 같은 오름들을 깨운다. 삶의 중심보다 가장자리에 더 큰 지혜가 있다는 뜻일까. ⓒ 임재천

산 문 에 들 다

고뇌하는 사람들 속에 있으면서도
그 고뇌에서 벗어나
마을이나 숲이나 골짜기나 평지나
깨달음을 얻은 이가 사는 곳이라면
거기가 어디인들 즐겁지 않겠는가

—《법구경》

검은 현무암의 원형좌대들은 제주도 고유의 방사탑(防邪塔)을 모방하고 있다. 관음사 연못에도 있는 방사탑은 사악한 기운을 막기 위해 제주 사람들이 세운 탑 종류 가운데 하나다.

관음사 전체 규모에 비해 대웅전은 비교적 소박하다. '현무암 부처님'의 제주도 관음사(주지 성효스님)는 언제 누가 창건했는지 정확한 기록이 없다. 단지 조선 숙종(1702년) 때 제주목사였던 이형상이 제주에 "부조리와 잡신들이 많다"며 사당 500채와 사찰 500채를 전부 폐사시켰을 때 같이 폐허가 되었다는 정도의 사실만 전해진다. 그 뒤 1912년 비구니 봉려관(1865~1938년) 스님이 다시 창건해 법정암이라고 했다. 원래 제주는 '절 오백, 당(堂) 오백'이라 불릴 만큼 사찰이 많아 다른 지역에 비해 불교 교세가 아주 강했다. 그럼에도 약 200년 동안 승려도 사찰도 없는 '무불(無佛)시대'로 가장 암울한 시기를 보냈던 것이다.

본래 떠돌이 무당이었던 봉려관은 1901년 비양도로 가다가 풍랑을 만나 죽을 위기에 처했다. 그러나 관음보살의 신력으로 구사일생 살아났다. 그래서 여생을 부처님 품안에서 살기로 한 그녀는 무당에서 비구니로 전업해 절을 지었다. 주민들의 반대로 한동안 한라산으로 피신해야 했던 적도 있다. 몇 년 뒤 신도가 크게 늘어나자 절 이름을 관음사로 바꿨다. 1948년 제주 4·3항쟁으로 전소되었는데 1968년 중창해 지금에 이르고 있다.

1948년 관음사가 최대 격전지였을 무렵, 토벌대의 무차별 민간인 학살에 분노한 모슬포 제9연대 병사 451명이 탈영해 유격대에 합류하는 사건

이 일어났다. 즉시 총공세를 펼친 토벌대는 관음사를 장악했고, 이듬해에는 당시 주지였던 오이화스님을 고문하고 관음사도 불태워버렸다. 다음 해 오이화 주지스님은 고문후유증으로 45살이라는 젊은 나이에 죽었다. 곧이어 중학생이던 그의 아들도 '빨갱이 씨앗'이라는 이유로 학생 반공단체인 학련의 테러로 죽음을 맞았다.

관음사에는 '현무암 부처님'과 함께 또 하나의 자랑거리가 있다. 바로 '왕벚나무 원산지'라는 점이다. 실제로 왕벚나무 숲은 사뭇 웅장하고 아름답다. 그 주위를 무려 100살이 넘는 벚나무들이 호위하고 있다. 그러나 일주문에서 대웅전으로 들어오는 길에는 벚나무가 아니라 삼나무들이 울창하다. 부처의 세계로 가는 길은 벚꽃 같은 한때의 아름다움이 아니라 사철 푸름이 인도한다는 것의 은유일지도 모른다.

대웅전을 지나 언덕 위로 올라가면 엄청난 크기의 미륵대불이 개금불사 중이어서 이전 모습과 다른 황금색으로 바뀌어가고 있으며, 그 뒤로는 만불상이 미륵대불을 둘러싸고 있다. 이 미륵대불은 석가모니불이 입멸하고도 약 56억 년이 지나야 현세에 나타나 모든 중생을 고통에서 구한다는 부처님이다. 한라산을 등진 만불상에는 석가모니불을 비롯해 아미타불, 약사여래불, 미륵불, 관세음보살, 지장보살 등이 도열해 있다. 만 가지 얼굴을 지닌 만불상이라 해서 얼굴, 미소, 손의 형태 등 생김새가 모두 다르다고 한다. 그러나 내 눈에는 석공들이 착각했는지, 아니면 불만이 많았는지 복제품처럼 같은 것들도 많이 보였다.

어느덧 날이 저물자 젊은 스님이 종각으로 올라가 북에 이어 종을 치기 시작한다. 종각에는 청동으로 만든 종과 쇠가죽으로 만든 북, 구름을 나타내는 운판, 바다의 물고기를 나타내는 목어가 있다. 종은 고통 받는 지옥의 중생들을 구하고, 북은 지상의 네 발 달린 짐승들을 구하고, 운판은 하늘의 날아다니는 새들을 구하고, 목어는 바다의 헤엄치는 물고기들을 구하는 것을 상징한다. 스님이 치는 종소리의 긴 여운에 벚꽃이 실려 가고 있다. 오랫동안 기다렸지만 대웅전에서의 저녁예불은 없었다.

마지막으로 고승들의 무덤인 부도밭을 둘러보고 제주를 떠난다.

무릎에 어머니의 젖가슴 같은 오름들을 재우는 한라산이 오늘은 왠지 '영혼의 구슬'이나 '페르시아의 흠'처럼 보인다. 삶의 중심보다 가장자리에 더 큰 지혜가 있다는 뜻일까. '진실'이라는 이름으로 내 이마에 '천형'처럼 낙인 찍힌 제주 4·3항쟁. '한라산 필화사건' 이후 끊임없이 '진실'만 말해야 하는 고통과 압박감……. 노란 유채꽃들은 여전히 피어났고, 여전히 아름다웠다. 제주는 우리 현대사의 상처 입은 '영혼의 구슬'이다. 그러나 외롭지 않은 '구슬목걸이'다.

불일암은
잠언이다

불일암

불일암은 부사와 형용사가 없는 절이다.
동백꽃이 떨어지는 순간처럼 간명하고 간결하다.

어릴 적 내가 살던 시골은 지금도 '전국 오지기행' 같은 여행책에 나오는 깡촌이다. 그곳 초등학교 1학년 때의 일이다. 어느 날 예쁜 여선생님이 칠판에 분필로 마침표 같은 하얀 점을 하나 찍더니 우리들에게 물었다.

"이기 뭐꼬?"

하나같이 검정 고무신을 신은 코흘리개 아이들이 여기저기서 손을 번쩍번쩍 들며 소리쳤다. "물방울!" "흰눈!" "찔레꽃!" "쌀!" "달걀!" "보름달!" "눈깔사탕!" "벼꽃!" "엄마 젖!" "이모 젖!" "찐빵!" "아침이슬!" "반딧불!"…….

아마 그때 난 "선생님 눈동자"라고 대답한 듯하다. 30년 후, 동창회가 열린 그 초등학교 교실에서 난 장난스럽게 그때의 여선생님처럼 칠판에 점을 하나 찍은 다음 친구들에게 물었다.

"이기 뭐꼬?"

이젠 검은 구두에다 머리가 희끗희끗한 중년의 아저씨, 아줌마 동창생들이 열심히 풀 뜯다가 뱀을 발견한 염소처럼 당황하는가 싶더니, 이내 여름날 개구리들처럼 이구동성으로 나를 타박하기 시작했다.

"아이고~ 저 노마가 시인 같은 거 한다꼬 잠도 안 잔다 캐샀더니 영 미쳐버렸구마."

"그러게! 야, 이 바보 시인아. 그거 쩜 아이가 쩜~!"

"이 깡촌에도 시인 하나 탄생했다고 좋아했더니 말짱 꽝이네, 하하하…….'

어릴 때 물방울과 꽃과 쌀과 풀과 보름달 같은 것으로 보던 그 풋풋한 눈은 실종되고 이젠 모두 '점'이라는 문장부호 하나로 통일되어버렸다. 제도교육이 상상력에 마침표를 찍은 것이다. 전면에 나설 수 없는 이 마침표는 언제나 문장의 말석에서 부사와 형용사 같은 조문객을 맞는 게 자기 운명이다. 부사와 형용사는 문장의 조종이다. 물방울이 점으로 변한 첫 번째 이유는 언어 발생이고, 둘째는 부사와 형용사의 호객행위다. 호객은 자본의 함대 위에서 출격하는 전투기와 유사하다.

문장은 품사들의 배치를 통해 자본의 구조와 의식을 닮아간다. 품사들은 수시로 사열과 열병식을 거행한다. 세련된 언어구사에 능숙한 시인과 소설가들의 문장구조 속에는 자본주의 발달사가 녹아 있다. 문장을 구성하는 품사들 중에서도 부사와 형용사는 문장의 어깨에 단 계급장 같은 것이다. 그러므로 부사와 형용사가 자주 출격하는 작가들의 화려한 미사여구는 주어의 존엄성을 희석하면서 자본의 고공비행에 날개를 달아준다. 의식적으로는 자본에 저항하는 문장이지만 무의식적으로는 이미 자본에 부역하는 문장이다. 이제 계급장을 뗀 문장이 필요하다. 그래서 난 부사와 형용사를 절제함으로써 자본에 저항하는 문장을 쓰고자 한다. 잎이 많으면 꽃이 보이지 않는다.

불일암은 부사와 형용사가 없는 절이다.

내 고교 시절인 1970년대 후반의 송광사 불일암은 점 이전의 물방울 혹은 눈부처 같은 절이었다. 보통 한 절의 주지스님이 유명해질수록 절의 살림살이도 점, 선, 면으로 세속의 영역을 확장해가기 마련이다. 선은 소유의 경계선을 긋는 토대이고 면은 성채를 지어 군림하는 토대이다. 다행히 법정스님의 인기가 절정에 달하고 스님이 입적(2010년 3월)한 이후까지도 불일암은 동백꽃이 떨어지는 순간처럼 간명하고 간결하다. 단지 열반 이후 부쩍 늘어난 추모객들의 편의를 위해 대숲 오솔길을 조금 단장해 '무소유길'로 이름 붙인 것만 달라졌을 뿐이다. 난 그 '무소유길'을 소유욕으로 걷지는 않는지 거듭 스스로에게 물었다.

지난겨울 아우슈비츠를 비롯해 동유럽 6개 강제수용소와 파리 3개 공동묘지를 기행하는 '걸어다니는 동안거'를 했다. 그리고 돌아오자마자 산사기행 연재원고 마감 때문에 송광사 불일암을 다녀왔다. '걸어다니는 동안거'의 마지막 죽비가 공교롭게도 폐암으로 입적한 법정스님의 4주기 추모와 겹쳐져 등을 서늘하게 내리쳤다. 안팎의 기행이 모두 뒤늦은 조문과 추모의 발길이 되고 만 셈이다. 아직도 내 가슴의 굴뚝에서는 진혼곡의 연기가 솟아나고 밤마다 피가 하늘로 올라간다.

순천 송광사 불일암은 법정스님이 17년(1975~1992년) 동안 은둔하며 수행과 집필을 한 조계산 자락의 작은 암자다. 내가 고교 때 탐독한 《무소유》라는 책도 여기서 쓰였다. 처마에 풍경도 법당 마당에 탑도 전혀 없는 송광사에서 20여 분 걸어 뒷산을 넘으면 불일암이 나온다. 향긋한 편백나무와 삼나무, 대숲이 하늘을 가리는 가파른 오솔길에는 '무소유길'이라는 안내판이 여러 개 보인다. 길도 비교적 잘 닦여 있다. 모두 예전엔 볼 수 없었던 것으로 법정스님 입적 이후 쇄도하는 참배객들에 대한 배려였다.

대나무 사립문을 지나면 법정스님의 체온과 숨결이 고스란히 남아 있는 암자와 텃밭이 보인다. 법정스님의 맏상좌인 덕조스님이 지키는 암자는 법정스님의 성정처럼 정갈하다. 작은 방 두 칸의 마루에는 스님의 영정사진이 놓여 있고, 암자 귀퉁이에는 머리카락이나 먼지 하나 보이지 않을 만큼 정갈해서 보살들도 들어가기를 망설였다는 부엌이 있다. 밥솥 하나, 수저와 그릇 서너 개, 장작개비 몇 개가 전부다.

《씨울의 소리》 편집위원으로 함께 일하다가 홀연히 사라진 스님을 어느 날 함석헌 선생이 불쑥 찾아왔을 때 고구마밖에 삶아드리지 못했을 만큼 간소한 살림이었다. 작은 마당에는 스님이 손수 심은 나무들과 먼 산을 바라보며 앉앉을 '빠삐용의자', 세숫대야 등이 그대로 남아 있다. 모두 유품이었다.

  법정스님은 이 암자에서 수발드는 행자 하나 없이 홀로 수행하며 살았다. 절
집 안팎의 청소와 빨래, 밥과 설거지, 군불때기와 40여 평의 텃밭농사는 물론
화장실까지 손수 관리했다. 출입금지 팻말이 붙은 텃밭 아래 화장실을 보면
서 문득 오래전 일이 떠올랐다. 70년대 고교 시절 처음으로 이 불일암에 들러
화장실에 갔을 때, 끝내 소변을 보지 못하고 물러나와 절 밖의 대숲에서 해결
한 기억이었다. 화장실이 너무 깨끗하고 정갈해 차마 내 오물로 더럽힐 엄두
가 나지 않았던 것이다. 그런데 오늘 그것을 만회하려고 단단히 별렀더니, '출
입금지'라고 한다.

  해남 출신으로 전남대 상대 재학 중 효봉스님을 은사로 하여 순천 송광사
로 출가한 법정스님은 함석헌, 문익환, 장준하 선생과 더불어《사상계》,《씨올
의 소리》를 발행하는 등 민주화운동에 적극 참여했다. 그러다 1975년 4월 '인
혁당 재건위 사건'으로 도예종, 이수병, 하재완 등 젊은이 8명이 전격적으로
사형집행을 당하자 충격 받은 스님은 이 암자로 들어와 은둔해버렸다. 이곳
에서 스님은 "선택한 가난은 가난이 아니다"라는 청빈의 도(道)로써 무소유의
참된 가치를 실천해갔다.

  1980년 광주민중항쟁 때도 스님은 이곳에서 고통의 시간을 보냈다. 스님
은 〈한 줌의 재〉란 글에서 항쟁 실패 후 악몽 같은 나날의 참담한 심정을 견
뎌낸 그해 여름을 생생하게 기록했다. 이후《무소유》에 감명 받고 스님을 찾
는 방문객이 많아지자 1992년 재출가하는 마음으로 홀연히 불일암을 떠나 화

전민이 살던 강원도 산골 오두막으로 들어간 후 혼자 수행했다.

현재 불일암에는 법정스님이 평소 쓰던 수저와 그릇, 지게, 농기구, 굴참나무로 만든 빠삐용의자, 밀짚모자, 고무신, 바람 한 자락 등 유품이 그대로 남아 있다. 법당 문 앞에는 검은 고무신과 하얀 고무신이 가지런히 놓여 있다. 하얀 고무신은 낡아 해어진 뒤꿈치를 실로 촘촘히 꿰맨 자국이 햇빛에 도드라졌다. 그리고 흔히 후박나무로 잘못 알려진 향목련(일본목련) 옆에 스님의 유골도 모셔져 있다. 무덤인데도 비석 하나 없다. 매화와 산수유가 핀 섬진강과는 달리 아직 매화는 피지 않았지만, 출입문 옆 붉은 동백꽃에서 법정스님의 숨결을 듣는다.

나는 하루 한 가지씩 버려야겠다고 스스로 다짐을 했다. 난을 통해 무소유(無所有)의 의미 같은 걸 터득하게 됐다고나 할까. 인간의 역사는 어떻게 보면 소유사(所有史)처럼 느껴진다. 보다 많은 자기네 몫을 위해 끊임없이 싸우고 있다. 소유욕에는 한정도 없고 휴일도 없다. 그저 하나라도 더 많이 갖고자 하는 일념으로 출렁거리고 있다. 물건만으로는 성에 차질 않아 사람까지 소유하려 든다. (…) 아무것도 갖지 않을 때 비로소 온 세상을 갖게 된다.
_《무소유》 중에서

누구나 소유의 감옥에서 벗어나는 것은 쉽지 않다. '몸'과 '마음'이라는 두

법정스님의 체온과 숨결이 남아 있는 '빠삐용의자'. 스님은 이 의자에 앉아 인생을 낭비하고 있지는 않은지 돌아보았다고 한다. ⓒ 이원규

개의 완강한 벽이 가로막고 있기 때문이다. 그러나 탈옥하기 위해선 그 완강한 벽을 부숴야 한다. 몸과 마음을 해체시켜 평지의 잿더미로 돌아가 거기서 다시 시작해야 한다. 오래전 이레출판사에서 편집주간으로 일할 때 법정스님이 번역한 《숫타니파타》를 낸 적이 있는데, 그때 스님의 원고를 내 손으로 직접 다듬었다.

나는 성내지 않고 마음의 끈질긴 미혹도 벗어버렸다. 마히 강변에서 하룻밤을 쉬리라. 내 움막에는 아무것도 걸쳐놓지 않았고, 탐욕의 불은 남김없이 꺼버렸다. 그러니 신이여, 비를 뿌리려거든 비를 뿌리소서.

"무소의 뿔처럼 혼자서 가라"와 함께 내 기억에 가장 깊이 남은 이 대목은 카잔차키스의 소설 《그리스인 조르바》에도 나온다. 그 출처가 아마 이 책 《숫타니파타》인 듯하다. 언젠가 한번은 모두 빈손으로 돌아간다. 몸도 마음도 모두 묵은 껍질을 벗고 떠나간다. 법정스님이 "중은 출가할 때보다 살이 더 쪄서는 안 된다"고 했다. 시인인 내 귀에는 이렇게 들린다.
"시인은 데뷔작보다 더 비계가 낀 시를 써서는 안 된다."
가장 뼈아픈 지적이다.

송광사 불일암은 잠언이다.
더 이상 간결할 수 없는 경지다. 떠나기 전 암자 기둥 옆 빈 의자에 내 마음과 얼굴을 비춘다. "빠삐용이 절해고도에 갇힌 건 인생을 낭비한 죄였거든.

이 의자에 앉아 나도 인생을 낭비하고 있지는 않은지 생각"한다며 법정스님
이 손수 만든 빠삐용의자다. 그러나 마음도 얼굴도 비치지 않는다. 인생을 낭
비하며 마음에 먼지만 쌓인 모양이다. 설령 비친다 할지라도 잔뜩 때묻은 눈
에 보일 리도 없을 것이다.

 절 밖으로 나오다가 입구 오른쪽의 동백꽃들을 한참 쳐다보았다. 법정스님
이 인혁당 사건으로 처형된 젊은이들을 생각하며 손수 심은 꽃이다. 내 가슴
속에서 붉은 동백꽃이 수직으로 내리꽂힌다. 나도 모르게 바닥에 떨어진 꽃
을 하나 주워 되돌아가서 빈 의자 위에 올려놓고 다시 사립문 밖으로 나왔다.
날이 저문다. 절도 저문다. 나도 부사와 형용사를 거두고 저문다. 모두 저물
면서 주어로 돌아간다.

모든 것은
기울어진다

수구암

모든 것은 기운다.
사는 것도 숟가락처럼 기울기를 반복하는 것이다.

난 아직도 물을 따를 땐 주전자를 따라 몸이 살짝 기울어진다. 커피를 따를 땐 커피포트의 경도만큼 더욱 기울어진다. '뜨거운 물체'에 대한 본능적인 경계심이 균형감각을 불러오는 것이다. 기우는 것은 리듬이고 리듬은 중력의 살과 뼈 사이를 가로지르는 바람 같은 것이다. 모든 것은 기운다. 사는 것도 숟가락처럼 기울기를 반복하는 것이다. 완전히 기울면 역시 내려놓은 숟가락처럼 바닥과 일치한다. 비로소 수평자세를 취하는 것이다. 기우는 것은 모두 바닥과 일치한다.

그러나 때로는 바다 자체마저 기우는 것도 있다. 세월호의 '급변침'이 그렇다. 복원력 상실을 가져온 것은 바람이 아니라 '뜨거운 물체'이다. 그 물체의 정체가 나로 하여금 손에서 숟가락을 떨어뜨리게 한 것이다. 휘어진 숟가락 같은 수구암 가는 길은 그래서 본능적인 경계심을 불러일으킨다. 가파른 오르막길이다. 몸이 기운다. 그만큼 바다도 기운다.

지웅스님이 지키고 있는 수구암(守口庵)은 파주 보광사의 머리 위에 앉아 있는 작은 암자다. 이름처럼 "입을 닥치고 조심하며 잘 지키라"는 선객의 수행터다. 보광사 주지스님 거처 앞쪽으로 난 길은 안내판이 없어 입구를 찾기가 쉽지 않다. 이미 알고 있는 사람이나 숲속에서 길을 잃은 사람만이 찾을 수 있는 숨은 암자다. 난 오래전에 길을 잃음으로써 이 암자를 찾았다. 그리고 그 이후 자주 찾았다. 효림스님(현 세종시 경원사 주지)과 봉문스님(현 전주 모악산 대원사)이 절과 선방인 '지음당'을 지킬 때였다.

전태일문학상 특별상을 수상한 시인이기도 한 효림스님은 전 실천불교전국승가회 의장이자 이 보광사와 성남 봉국사의 주지를 지냈다. 그가 주도한 1994년의 불교개혁운동은 8·15 해방 이후 대한민국에서 공권력과 싸워 이긴 세력은 불교밖에 없다는 말이 있을 만큼 위력적이었다. 1954년의 종단 정화운동이 불교계의 일제청산이었다면 1994년의 종단개혁은 교단 민주화운동이었다. 그 인연으로 수구암은 당시 문익환, 백기완, 이부영, 김근태, 장기표 등 재야 민주인사들의 비밀 심야토론장이 되기도 했다. 예전 승병들의 아지트였던 암자로 되돌아간 것이다.

게다가 효림스님은 전향을 거부한 최남규, 배우 문근영의 외할아버지인 류낙진, 지리산 최후의 여성 빨치산 정순덕 등 죽었으나 묻힐 곳이 없는 비전향 장기수들을 위해 '통일애국열사' 묘지를 만들었다. 그러나 2005년 겨울, 묘지 보수공사 중 HID 등 보수단체들이 백주 대낮에 급습해 "빨갱이를 숭배한다"며 망치로 부숴버렸다. 새누리당의 전신인 한나라당 의원들조차도 "시대착오적 발상"이라고 비난했다.

얼마 후 효림스님은 성남 봉국사 주지로 떠나고 봉문스님이 지음당을 지켰다. 스님들의 '하안거' 사진첩을 펴낸 사진작가이자 시인인 봉문스님은 내 절친이다. 그가 상좌로 모시던 '걸레스님(중광)'의 기행을 얘기할 때면 난 배꼽을 잡고 포복절도한다. 또 그만큼 애틋하고 처연해진다. 오후의 햇살에 눈부시게 빛나는 빨랫줄의 하얀 빨래를 보면 나도 모르게 눈물이 왈칵 쏟아진다. 걸레스님의 천진하고 무구한 삶도 그와 다르지 않다. 중광스님의 걸레를 자세히 보라. 삶의 누더기이자 마음의 거울인 그것은 넓은 연잎이 원료다. 중광의 연잎은 꽃피우기를 거부한다. 그게 꽃이다. 그래서 중광스님의 걸레는 꽃피지 않는 연꽃이다.

몇 년 전, 인사동 한 갤러리에서 선(禪)사진 전시회 오프닝이 있었다. 갑자기 한 스님이 하얀 로만칼라를 단 사제복을 입고 나타났다. 그는 관람객들을 뚫어지게 보며 큰 소리로 "나는 누구입니까?"라는 물음을 던졌다. 모두 당황해서 정적만 감도는 사이 그는 유유히 사라졌다. 바로 지금 전주 모악산 대원사로 옮겨 참선정진하고 있는 봉문스님이다. 정봉주 의원이 감옥에 있을 땐

수구암에서는 고개를 들 일도 숙일 일도 없다. 그냥 수평자세로 보기만 하면 된다. 한 걸음 뒤로
물러나면 모든 것은 언제나 수평이다. ⓒ 이산하

자주 서신을 주고받은 그의 멘토였고, 크리스마스 땐 예수 탄생 축하 사진을 페이스북에 올리는 스님이기도 하다. "교회엔 사랑이 없고 절에는 자비가 없고 복지단체엔 복지가 없다"는 그의 말이 아직도 내 귀에 울린다. 그러나 "아름다움에 취하는 것도 집착이고, 자식도 먼저 떠나면 스승이 되는 것이다"라는 말은 세월호의 급변침만큼이나 나를 휘청거리게 한다.

수구암에서는 고개를 들 일도 숙일 일도 없다. 그냥 수평자세로 보기만 하면 된다. 한 걸음 뒤로 물러나면 모든 것은 언제나 수평이다. 그 수평자세로 수구암 처마를 본다. 여의주를 입에 문 두 마리 용의 발바닥이 보인다. 용의 발바닥을 보는 것도 처음이고 사람 발바닥처럼 생겼다는 것도 처음 본다. 다만 발가락이 다섯 개가 아니라 세 개다. 과거, 현재, 미래를 뜻하는 것일지도 모른다.

인도와 네팔에서는 사람이 죽으면 머리를 가장 먼저 태운 다음 마지막으로 두 발을 태운다. 생각을 지탱한 머리와 세상을 지탱한 발을 비교하며 삶의 무게를 저울질하는 것이리라. 그러다 문득 언제나 더 낮은 곳으로만 방향을 잡는 갠지스 강물을 보며 하염없이 덧없어졌을 것이다. 수구암은 용의 머리가 아니라 용의 발로 지어졌다. 머리는 걷지 않은 곳도 흔적을 남기지만 발은 걸은 만큼만 흔적을 남긴다. 그 흔적을 강물이 적신다. 적시지만 결코 동기부여를 하거나 의미를 되새기지 않는다. 그래서 내 몸속의 사막처럼 하염없이 적막하다.

내려오는 길에 보광사 대웅보전 경내를 돌아본다.

신라 진성여왕 때 도선국사가 창건했는데 그 뒤로 여러 번 불타서 무학대사 등이 다시 지었다. 우리나라 천년고찰들의 공통적인 화력(火歷)이다. 다만 영조가 생모 숙빈 최씨의 묘 소령원의 원찰로 삼으면서 왕실의 발길이 잦았다는 게 다르다. 대웅보전 위쪽의 어실각에 숙빈 최씨의 영정과 신위가 있고, 그 앞쪽에는 영조가 심었다는 향나무가 있어 영조의 극진했던 효심이 전해진다. 완고한 신분제사회라 숙빈 최씨는 왕의 어머니가 되고도 '후궁'을 면치 못했다. 숙빈 최씨는 궁중에서 물 긷기, 불 때기 등 허드렛일을 하는 무수리 출신이다. 궁녀 중 가장 지체 낮은 무수리에서 숙종의 승은을 입어 영조를 낳고 빈까지 오른 조선왕조 최초의 여성이다. 말하자면 조선왕조에서 가장 드라마틱한 수직 신분상승을 이룬 여인이다. 하지만 아들이 왕이 되기 전에 죽어 능(陵)이 되지 못하고 묘(墓)가 되었다. 생모의 미천한 출신성분을 콤플렉스로 여긴 영조는 등극 후 이 보광사의 소령묘를 소령원으로 격상했다.

대웅보전 앞에는 특이한 대방(大房) 구조의 승방이 딸린 정면 9칸의 낡은 만세루가 보인다. 왕실 원찰들은 거의가 대방이라는 구조로 지어졌다. 염불당과 주지실, 부엌과 누마루를 결합한 형태가 대방이다. 수유리 화계사나 정릉 흥천사, 홍릉 청량사 같은 절에도 대웅보전 맞은편에 대방이 있다. 모두 법당 출입이 금지된 상궁과 궁녀들이 이곳에서 예불을 할 수 있도록 하기 위한 배려였을 것이다. 만세루 툇마루 위에 걸려 있는 목어는 용의 머리를 가진 특이한 목어다. 몸통은 물고기 모양이나 눈썹과 둥근 눈, 툭 튀어나온 코, 여의주를 문 입, 머리의 사슴뿔 등은 영락없이 용의 형상이다.

수구암도 그렇고 보광사 역시 이곳저곳이 용이다. 화두는 용의 머리가 아니라 용의 발바닥이다. 원통전의 외벽 벽화도 그렇다. 용이 떠받치는 반야용선(般若龍船)에 농부와 학생, 노(勞)와 사(使)가 지혜의 상징 같은 문수동자를 앞세운 채 함께 험한 세파를 건너고 있다. 마치 1980년대 우리 민중미술에서의 걸개그림 같은 벽화다. 이 땅의 중생과 고난을 함께하는 부처의 본래 정신일 것이다. 보광사가 대중과 더불어 호흡하고 더불어 변화하려는 모습을 이 벽화에서 만난다.

대웅전의 퇴색된 단청도 더욱 정감이 가고, 법당 외벽의 벽화도 더욱 친근감이 든다. 법당 외벽은 특이하게 흙벽이 아니라 목판이다. 그 위의 벽화도 화법과 내용이 여느 벽화와는 달리 부처님 전생담과 연화장 세계를 다룬 민화풍이다. 또 노승인 듯 동승인 듯 연꽃 속에서 피어나 합장하는 이들은 심청이가 환생하듯 극락세계로 왕생한다. 그 위엔 칠보로 장엄한 보궁이 떠 있다. 불보살이 중생구제의 발원으로 내려왔음을 짐작케 한다. 뒷벽에도 용과 호랑이와 파도가 출렁인다. 옛 민화풍의 벽화들이 대웅전을 감싸고 있다.

날이 저물 무렵, 보광사 수구암을 떠난다. 갈 때 거쳤던 벽제를 통과한다. 화장터와 공동묘지가 있는 곳이다. 본능적인 경계심을 불러일으킨다. 수평인데도 몸이 기운다. 복원력 상실이다. 뜨거운 것의 정체가 나를 현기증 나게 만든다. 마음의 평형수가 절실하다.

오리 다리는 짧고
학의 다리는 길다

은해사

법당의 부처가 조용히 지켜보다가 물었다.
내 손가락 하나가 길면 넌 자르겠느냐.

여러 산사기행에서 내가 가장 눈여겨보는 것은 그 절의 특색이다. 사람마다 고유의 빛깔과 무늬가 있듯 절도 그렇다. 청도 운문사는 비구니 승가대학으로서의 삼엄한 암향이 감싸고 있다. 해남 미황사는 '승가공동체'라는 스님들만의 절담을 넘어 이웃과 소통하는 '주민공동체'로서의 무늬가 주지스님 머리 깊이 새겨져 있다. 영주 부석사는 그리워할 대상 없어도 그리움이 사무치는 절이다. 이처럼 보이지 않는 각 절의 특색에 따라 내 눈의 초

은해사

점은 끊임없이 이동한다.

그동안 모든 종교는 진화론을 거부함으로써 오히려 진화해왔다. 세속기업으로 변한 종교의 사업 아이템은 마음과 죽음이었다. 교회는 십자가의 숫자만큼 죽음에 등급을 매겨 팔았고, 절은 통과하는 문의 숫자만큼 마음에 등급을 매겨 팔았다. 사업은 세상이 불안할수록 더욱 호황이었다. 물론 벼룩시장 같은 마을 소식지의 '교회급매─신도명단 포함' '사찰급매─신도확보 노하우 전수' 등의 광고에서 보듯 경쟁에서 도태되는 소규모 자영업자들도 적지 않다. 언제부터인가 내 눈엔 TV에 나오는 각 분야의 달인들이 종교인들보다 오히려 더 높은 수행의 경지에 도달한 것으로 비쳐지기까지 했다. 아마 그 달인들이 경전까지 줄줄 외운 다음 종교사업을 시작한다면 천박하기 이를 데 없는 '통일대박' 그 이상일지도 모른다.

연초에 경북 영천의 팔공산 은해사를 두 번째 다녀왔다. 일주문을 지나 300년 동안 조성된 울창한 소나무숲에 내려앉은 눈을 보며 걸었다. 고관대작도 말에서 내려 걸어가야 한다는 하마비(下馬碑) 앞에 이르자 맞은편 만세루 종각의 현판 글씨 '보화루'가 보인다. 추사의 글씨인데 그 보화루를 지나면 이 절집의 상징인 대웅전이 나온다. 내 눈에 은해사의 특색으로는 추사 김정희의 글씨로 초점이 모아졌다. 마침 눈이 내려 사찰 풍광은 백지였다. 은해(銀海)는 '은빛 바다'란 뜻이다. 절집 주변에 안개가 자욱하고 구름이 피어날 때면 그 풍광이 마치 은빛 바다 같다고 해서 은해사로 불렸다고 한다.

은해사는 대구 동화사와 더불어 팔공산의 대표적인 사찰이다. 신라 헌덕왕

1년(809년) 혜철국사가 창건했으니 나이가 무려 1,207살이다. 그때는 이름이 해안사였는데 700년 뒤 조선시대에 큰 화재가 나서 많은 건물이 잿더미로 변했지만 주지스님이 내탕금을 받아 다시 지으면서 은해사로 고쳤다. 내탕금은 왕실 운영비 겸 비자금이다. 지방행정 관할처의 지원금이 아닌 내탕금으로 지었으니 왕실과의 밀착 관계와 사찰의 위상을 충분히 짐작하고도 남는다. 영조대왕이 "은해사의 부동산을 잘 지키라"는 어명을 직접 써서 절에 보낸 게 그 절정이었다.

그런데 1847년에 다시 또 대형화재가 일어나 극락전을 제외한 천여 칸이 모두 불타버렸다. 주지 혼허스님은 불상 속에 숨겨둔 영조의 〈어제완문(御題完文)〉(영조가 왕자 시절에 보낸 완문으로 은해사를 잘 수호하라는 내용이 담겨 있다)을 꺼내 영천군수를 비롯해 돈 많은 지방 토호들을 찾아가 조용히 내밀었다. 왕실수호 사찰이 불탔다는 것 외에는 긴말이 필요 없었다. 순식간에 시줏돈이 모아져 3년 만에 다시 지었다. 일제강점기까지 유지한 35동 245칸의 대사찰이었다. 이때 지은 각 건물들의 현판을 당대 최고의 명필이었던 추사 김정희의 글씨로 단장해 사찰의 품격을 높였다. 문루의 '은해사'를 비롯해 불전의 '대웅전', 종루의 '보화루', 조실스님 거처의 '시흘방장(十笏方丈)', 다실의 '일로향각', 백흥암의 6폭 주련, 그리고 지금도 최고작으로 꼽히는 불광각의 '불광' 등이 모두 추사의 작품이다.

당시 추사는 8년 3개월의 제주 유배에서 풀려나 용산 한강변의 초라한 집에 잠시 머물던 60대 중반이었다. 명필인 만큼 글씨 받기가 하늘의 별 따기였다. 아마도 친구인 주지 혼허스님과의 인연과 또 자신의 외고조인 영조의 〈어제완문〉을 보관하고 있는 은해사이기에 추사가 특별히 현판 글씨를 써준 듯싶다.

그런데 이 7점의 현판 글씨들 가운데 '불광'이란 편액에 대한 일화가 있다. 가로 155센티미터, 세로 135센티미터의 대작이고, '불(佛)' 자의 획 하나가 유독 아래로 길게 뻗어 있다. 이 글씨를 받은 주지스님이 목판에 그대로 새기다가 두 다리 중 길게 뻗은 한쪽 다리를 뚝 잘라 옆의 '광(光)' 자와 비슷한 길이로 새겨서 걸었다. 얼마 후 은해사에 우연히 들른 추사는 그것을 보고 얼굴이 굳어졌다. 추사는 아무 말 없이 현판을 떼어내 대웅전 마당으로 가더니 법당 문을 활짝 열어놓고 불태워버렸다. 법당의 부처가 조용히 지켜보다가 물었다. 내 손가락 하나가 길면 넌 자르겠느냐. 추사는 그 소리를 주지스님이 듣기를 바랐는지도 모른다.

지금 은해사 성보박물관에 들어서면 한눈에 들어오는 편액이 바로 그때 원형대로 다시 새긴 글씨. 팔공산 은해사에 가면 주변 풍광보다도 본사와 백흥암에 있는 추사의 글씨들을 감상하는 것만으로도 가슴이 찰랑거릴 것이다. 특히 비구니 선방인 백흥암은 비구니 스님들의 출가와 수행, 삶의 의미를 다룬 다큐멘터리 영화 〈길 위에서〉의 배경으로 나와 유명해진 암자이기도 하다.

대웅전에서 나오니 다시 범종루 쪽으로 눈길이 간다. 종루 아래의 범종과 2층 누대의 운판과 목어, 그리고 커다란 운경이 보인다. 다른 절과 달리 법고(북) 대신 운경이었다. 문득 오래전 이 은해사의 주지스님이었던 일타스님이 뇌리를 스쳤다. 일가족 41명이 스님으로 출가한 일타스님이라면 능히 그럴 법도 했다. 동물의 가죽으로 북을 만드는 대신 청동으로 운경을 만든 것이다. 살생을 피한 것이다.

더 어두워지기 전에 비구니 선방인 백흥암에 다녀왔다. 여름에는 하얀 감자꽃이 피었을 채마밭에 드문드문 시든 배추들이 눈에 덮여 있고 담장 아래에는 붉은 열매가 보였다. 다가가 자세히 보니 장미 열매였다. 매서운 추위 속에서 아름다운 장미꽃을 버리고 단단한 열매를 맺었다.

저녁 무렵 산문을 나선 후에도 여전히 '불광'이란 추사의 글씨와 '불(佛)' 자의 한 획이 너무 길다고 가차없이 잘라버린 주지스님이 머리를 떠나지 않았다. 분명히 나무판자가 너무 작았거나 아니면 너무 바빠서 길게 새길 시간이 없었을 거라고 혼자 심각하게 중얼거리며 실실 웃었다. 귤이 회수를 건너면 탱자로 변한다고 했던가. 적절한 비유가 아닌 듯하다. 오리의 다리가 짧다고 늘여버리면 얼마나 괴로울 것이며, 학의 다리가 길다고 잘라버리면 또 얼마나 슬플 것인가. 장자의 이 철학우화가 더 적절한 듯하다. 우리는 자신의 생각을 자르는 데는 너무 인색하고 타인의 생각을 자르는 데는 너무 익숙하다. 더 자를 게 없으면 일부러 만들어서 자르기도 한다.

돌아오는 길, 조금씩 비가 내렸다. 버스 유리창에 맺힌 빗방울들이 수직으로 미끄러지기도 하고 사선으로 흐르기도 했다. 빗방울들은 유리창에 부딪치자마자 자신의 형체를 완전히 허물어버렸지만 간혹 그렇지 않은 빗방울들도 있었다. 내 시선은 자기 형체를 유지하며 사선으로 여행하는 두 개의 빗방울을 추적했다. 양쪽에서 안쪽을 향해 서로 비스듬히 흘러내렸다. 흘러내리며 유리창에 자신들의 얼굴을 끊임없이 비췄다. 두 개의 빗방울은 미끄러지듯 구르면서 조금씩 자신의 둥근 형체를 허물고 해체하기 시작했다. 그렇게 서로를 향해 머뭇거리듯 애틋하고 간절하게 다가가는 빗방울들. 그들을 보며 안팎의 경계에서 쩡쩡 울리는 겨울 얼음장처럼 긴장하는 유리창의 속살.

마침내 두 개의 빗방울이 허물어지기 직전에 서로 만났다. 만나자마자 완전히 해체되어 수평자세로 돌아갔다. 그리고 지금까지 먼 여행의 바탕과 길이 된 유리창 속으로 함께 스며들었다. 완벽한 해체였다. 이 빗방울들의 먼 여행에서 가장 눈부신 점은 빗방울들이 서로 만나서 자신을 허문 게 아니라 만나기 전에 이미 자신을 허물었다는 점이다. 허문 만큼 비워지고 가벼워지는 것이다.

나는 가고 그녀는 온다. 그녀의 다리가 짧아 내가 늘리고 내 팔이 길어 그녀가 자른다. 우리가 침대에 눕자 다리와 팔이 길어 침대에 맞게 다시 자른다. 애당초 오리와 학도 이 침대에 살지 않았지만, 나와 그녀도 두 개의 빗방울만큼 자신들을 허물지 않았다. 그러니 침대를 자르지 않은 아둔함을 탓하기 전에 먼저 서로의 팔다리를 잘라 신의 노여움을 가불한 죄부터 징치할 일이다.

언제나 가장 애틋하고 간절한 것은 경계와 가장자리다. 그 위로 나는 다시 가고 그녀는 다시 온다. 서로 빗방울처럼 긴장하며 조금씩 허물어진다. 갈 때는 은해사 속으로의 여행이었고 올 때는 빗방울 속으로의 여행이었다.

아파야
새로운 것이 온다

각연사

세상은 턱걸이처럼 버티는 것이다.
버려야 새로운 것이 온다

초등학생 때 운동장 철봉에서 아이들이 턱걸이하는 걸 보는데 어느 날 눈물이 툭 떨어졌다. '아— 저렇게 버틸 만큼 버티다 결국 모두 바닥으로 떨어지고 마는구나.' 한 사람도 예외가 없었다. 그게 너무 슬퍼 또 눈물이 떨어졌다. 비도 떨어지고, 눈물도 떨어지고, 꽃도 떨어지고, 숟가락도 떨어지고……. 세상은 온통 버티다가 떨어지는 것뿐이었다. 그러나 더욱 슬픈 것은 다시 떨어진다는 사실을 알면서도 또 턱걸이를 한다는 점이다. 그때부터 눈물이 나오지 않았다. 우리는 모두 세상의 철봉에 대롱대롱 매달려 있다. 위를 보든 아래를 보든 결국 모두 바닥으로 떨어진다.

그런데 이제 와서 문득 깨닫는다. 그건 떨어지는 게 아니라고. 그곳이 원래 내 자리라고. 내가 내 생각에 갇힌 탓이다. 나는 너무 오랫동안 내 생각에 갇혀 살아왔다. 그러다 보니 낡은 것은 갔지만 새로운 것은 오지 않았다. 새로운 것이 오지 않는 것, 그게 진짜 위기다. 나는 다시 철봉에 오른다. 세상은 턱걸이처럼 버티는 것이다. 버텨야 새로운 것이 온다. 떨어지는 것은 결론이고 버티는 것은 과정이다. 그래서 결론은 슬픈 것이고 과정은 아픈 것이다. 아파야 낡은 것이 가고, 한 번 더 아파야 새로운 것이 온다.

나에게 가장 좋은 절은 마른 낙엽 같은 노승 하나가 절벽 위 암자의 툇마루에서 다람쥐와 함께 햇볕을 쬐며 이를 잡다가 꾸벅꾸벅 졸고 있는 그런 절이다. 옆에 암컷 다람쥐가 있으면 화룡점정이다. 물론 여기 괴산 각연사는 그런 절은 아니다. 노승도 없고 이도 없고 다람쥐도 없다. 아니, 있을지도 모른다. 단지 보이지 않을 뿐이다. 여기는 입구는 있고 출구는 없는 절이다. 바람도 구름도 한번 들어오면 옥쇄를 하는 천옥(天獄)이다. 허공으로 퇴로가 있으나 바람도 구름도 산을 넘지 않는다. 골짜기는 그만큼 깊고 그윽하다. 고려 공민왕이 홍건적을 피해 숨은 괴산. 벽초 홍명희가 대하소설 《임꺽정》을 쓴 곳. 명성황후가 일본군을 피해 숨은 절. 연못 속의 돌부처를 보고 지었다는 절. 길을 가다 돌연 스스로 길을 거둬 입구를 봉해버린 절. 다시 생각해보니 출구가 있는 절이다. 입구가 바로 출구였다!

속리산국립공원 북쪽의 깊은 골짜기에 자리 잡은 각연사는 보개산(750미터)과 칠보산(778미터), 덕가산(850미터)에 포위되어 있다. 새들도 넘어오기 힘든 심산유곡이라 실핏줄 같은 길 하나 외에는 아무것도 없다. 방문객도 뜸하고 절 주변에 흔한 식당이나 숙박업소 등도 모두 10리 밖에 있다. 정말 오랜만에 유흥가가 아니라 고요한 절간 같은 절에 온 느낌이다. 이처럼 속세로부터 멀리 달아나 철저하게 자신을 고립시키고 유폐시킨 절이라면 선승들의 수행처로서는 명당이 아닐 수 없다. 물론 조선시대에는 이런 '명당' 자리가 도적과 의적들의 은신처로 악용될 우려가 있어 정부가 예방 차원에서 일부러 선점해 절을 짓기도 했다.

김구 선생의《백범일지》나 민란을 다룬 영화 〈군도〉에 나오는 군도들처럼 1392년 조선 건국에 저항하는 고려 유민과 승려들이 깊은 산중으로 들어가 비밀결사를 만들었다. 군도들 가운데 가장 세력이 큰 3대 조직은 강원도가 거점인 구월산 목단설과 3남(경상도, 전라도, 충청도)을 평정한 지리산 추설, 그리고 요즘의 조폭과 유사한 한양의 북대였다. 이 군도 조직들의 두목을 '노사장(老師丈)'이라 불렀고, 그 아래 2인자를 '유사(有司)'라 불렀다. 영화에도 노사장과 유사가 등장하는데 유사를 '땡추'가 맡고 있다. 비밀결사의 정신적 지주이자 실무 간부가 승려인 것이다. 홍길동, 임꺽정, 장길산처럼 특급수배령이 내려진 '수괴'들로서는 보안이 완벽한 깊은 산중의 절집이 최적일 것이다. 군도들의 회합장소도 마찬가지다. 그러니까 옛날부터 심산유곡에 대사찰이 많았던 것은 숭유억불 정책 탓도 있지만, 이처럼 군도와 의적들의 산중요새를 미리 발본한다는 측면도 없지 않을 것이다.

물론 이 각연사도 충분히 그럴 만한 지형이다. 하지만 한때 3,000명의 승려들이 상주하며 수행했다는 주지 법공스님의 설명이 사실이라면 수배자의 은신처로서는 부적합해 보인다. 그런 대사찰에서 완벽한 보안은 불가능하기 때문이다. 아무리 묵언이 특기라지만 3,000개 입이며 1만 8,000개의 눈과 귀와 발을 무슨 수로 막을 것인가. 게다가 절 주변의 지형지물로 보아 자급자족할 만한 농경지도 없다. 그렇다면 10리 밖 민가의 전답과 수많은 사노비에 의존해야 공양이 해결되는데, 이런 상황이라면 보안은 더욱 불가능하다.

각연사에는 신라 법흥왕(재위 514~540년) 때의 유일대사 창건설과 고려 초의 통일대사 창건설이 있다. 어느 날 유일대사가 인근 쌍곡계곡에 절을 지으려고 나무를 깎고 있는데 까마귀가 자꾸 대팻밥을 물고 어디론가 날아갔다. 따라가 보니 까마귀가 대팻밥을 뿌린 연못에 광채가 눈부신 돌부처가 있어 서둘러 연못을 메우고 절을 지었다. 지금의 비로전이 그 연못 터에 있고 불상도 연못 속의 그 돌부처다. 절 이름도 연못 속의 돌부처를 보며 깨달았다고 깨달을 '각(覺)' 자에 연못 '연(淵)' 자를 써서 각연사(覺淵寺)라고 했다는 것이다. 사냥꾼이 화살 맞은 멧돼지를 따라가자 연못 속에 돌부처가 있었다는 연천 원심원사 석대암 창건설화와는 돼지와 까마귀라는 점만 다를 뿐 너무 유사하다.

그런데 설화의 배경이 되는 법흥왕 때는 괴산 지역이 신라가 아니라 무령왕과 성왕이 통치하던 백제의 영토였다. 양국이 수시로 전쟁하던 시절에 신라 스님이 무슨 재주로 비자를 발급 받았는지는 모르겠지만 백제로 침투해 사찰까지 지었다니, 그저 신통할 뿐이다. 더구나 연못 속의 돌부처인 비로자나불상의 양식도 시기가 한참 지난 통일신라 말기의 것이다. 그러니까 이 까마귀 설화는 각연사의 탄생보다도 오히려 비로자나불상의 출생비밀을 더욱 극화하기 위한 레토릭으로 보는 게 옳을 듯싶다.

다음으로 고려시대 초의 통일대사 창건설은 경내에서 1킬로미터쯤 떨어진 계곡의 통일대사탑비에서 비롯된 듯하다. 그런데 현재 대웅전과 비로전의 주초석과 석축 등이 모두 고려 이전에 만들어진 것이니 통일대사 출생 전에 이미 절은 존재했다. 그러니까 통일대사는 각연사의 창건주가 아니라 리모델링한 중창주라는 게 설득력이 높다. 결론적으로 유일대사나 통일대사의 창건설은 둘 다 사실에 부합하지 않는다.

그럼 절은 과연 언제 창건된 것일까.

1768년(영조 44년)에 펴낸 〈각연사 대웅전 상량문〉에는 낡은 대웅전의 증개축 과정과 신라 경순왕(재위 927~935년) 때 각연사가 왕의 원찰이었다는 기록이 나온다. 통일신라 말기라면 현재 남은 유물·유적의 출생과 비교적 일치한다. 비로전이나 대웅전의 주초석과 석축 등을 비롯해 비로전 동쪽 밭의 석조귀부와 1980년 보수공사 때 발견된 기와도 모두 통일신라 말기의 작품들이다. 각연사는 창건 이후 고려 초에 통일대사가 주석하면서 본격적으로 사격을 높여갔다. 고려왕실의 지원으로 번창해 조선 초까지 법등(法燈)을 유지했다. 절은 원래 현재의 대웅전에서 동남쪽으로 300미터 정도 떨어진 억새밭에 있었다. 그러다가 15~16세기경 파괴된 절을 지금의 자리로 옮긴 뒤 여러 차례 중창을 거듭했다.

조선 후기에 중창된 대웅전과 비로전에서는 주춧돌과 기둥의 크기로 절집의 높낮이를 맞춘 '덤벙주초' 양식이 눈에 띈다. 덤벙주초란 다듬지 않은 자연석을 덤벙덤벙 받쳐놓았다고 해서 생긴 말이다. 사방 주초석의 높낮이가 다른 데다 기둥에 짜 맞추는 부분도 울퉁불퉁하다. 그래서 제멋대로 생긴 돌에 맞게 나무기둥을 다듬어 맞춘다. 이를 '그렝이질'이라고 부른다.

요사채에서 계단을 오르면 절의 법당인 대웅전이 나온다. 그런데 계단을 자세히 보면 자연석이 아니다. 또 대웅전 자리에 쌓은 석축(石築)도 자연석과는 모양이 다르다. 어딘가에 사용했던 흔적이 역력하다. 바로 옛 절터에서 가져온 석탑의 석재와 주춧돌이었다. 약 4미터 높이의 이만한 돌계단을 만들 정도면 거의 5층석탑 이상이었을 것이다. 해체된 돌탑은 조선 중기 이후 지금의 자리로 절이 옮겨지면서 법당으로 인도하는 계단으로 재활용되었다. 대웅전 불단 왼쪽에 흙으로 빚은 승려상이 보인다. 두 손에 지장보살처럼 긴 지팡이를 쥔 승려상의 정체에 대해서는 정확한 기록이 없다. 절에서는 유일대사로 보고 있는데 얼핏 달마대사를 연상시키기도 한다.

그 승려상 위쪽으로 특이하게도 코끼리상이 눈에 띈다. 양산 통도사 영산전과 대구 파계사 원통전, 그리고 은해사 백흥암 극락전의 수미단에 조각된 기린들이 불쑥 떠오른다. 내가 가장 보고 싶은 것은 용의 심장을 단골 보양식으로 먹는 삼족오인데, 아직 어느 절에서도 발견하지 못했다.

대웅전을 지나면 대각선 방향으로 보리수 한 그루가 서 있는 팔작지붕의 비로전 건물이 나온다. 경내에서 가장 오래된 건물로 불단에는 비로자나불상이 모셔져 있다. 1,100년이 넘는 세월도 비껴간 듯 보존상태가 양호한 보기 드문 불상이다. 그런데 이유 불문하고 입술을 새빨갛게 칠한 게 여간 눈에 거슬리지 않는다. 비로자나불은 《화엄경》에 나오는 티 없이 맑고 무한한 빛을 발하는 최상급의 부처다. 우리나라에서는 화엄사상이 널리 퍼지면서 이 불상을 법당에 봉안하기 시작했다.

광배(光背 : 불상 뒤의 망토 같은 장식물)의 화려함과 달리 상당히 서민적이다. 염화미소가 피어오르는 소탈한 얼굴이 위압적이지 않고 서민적이다. 자세히 보니 눈과 코와 입은 작은 편이지만 귀는 발바닥이나 어릴 적 키웠던 우리 집 암소 혓바닥보다도 더 컸다. 순간 8만 가지가 넘는 수많은 경전들의 첫 구절, '여시아문(如是我聞)'이 스친다. "나는 이와 같이 들었다!" 그렇다. 말하기보다도 먼저 들을 줄 아는 자세. 지금까지 살아오면서 내가 들은 말보다 내가 쏟아낸 말 때문에 낯이 뜨거워진다.

또 내가 흘린 피보다 나로 인한 피비린내 때문에 고개가 숙여진다. 그런 내 마음을 꿰뚫은 듯 불상이 빙긋이 웃으며 결가부좌를 한 채 왼쪽 발을 공중으로 향한다. 세상의 무게를 지탱해온 발이다. 점잖고 근엄한 불상으로서는 희귀한 체위다. 문득 부처의 발바닥을 보면 극락에 간다는 말이 떠올랐다. 난 오랜만에 안구가 얼얼하도록 꿰뚫어 보며 눈도장을 찍었다. 어렴풋이 내 극락행 티켓이 예약되었다는 환청이 들린다. 여시아문에 낯 뜨거워진 게 불과 15초 전인데, 뻔뻔스럽게도 극락행 티켓이라니! 오발탄 같은 내 인생, 아무래도 이번 생은 글렀다.

수많은 경전들의 첫 구절. '여시아문(如是我聞)'. 그렇다. 말하기보다 먼저 들을 줄 아는 자세. 지금까지 살아오면서 내가 들은 말보다 내가 쏟아낸 말 때문에 낯이 뜨거워진다. ⓒ 김주대

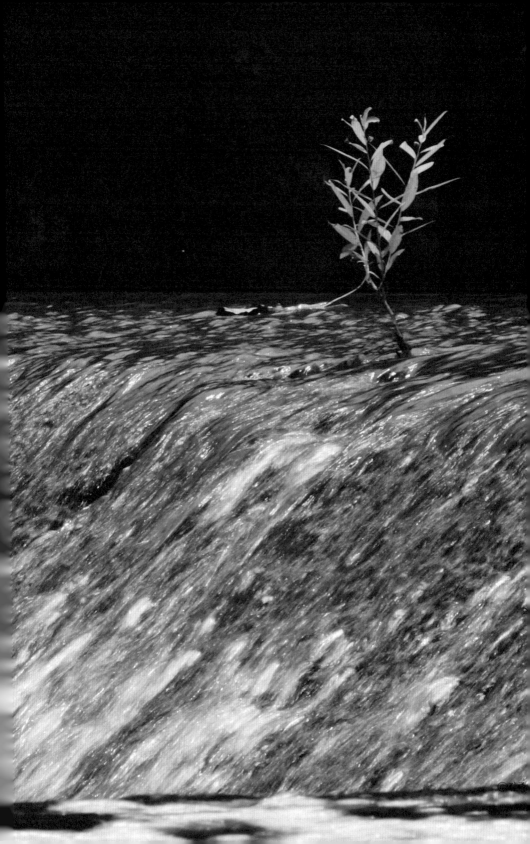

눈에 힘을 빼고 불상 하단부로 시선을 돌리자 하대석에 인물상 같은 게 새겨져 있다. 저것이 오래도록 구설수에 오르는 주악상(奏樂像)인 듯했다. 주악상은 날개가 달리거나 휘날리는 옷자락을 입은 천인(天人)이 비파, 생황, 피리 같은 악기를 연주하는 모습이다. 오대산 상원사 범종의 비천상이나 연곡사 부도, 쌍봉사 철감선사탑 등이 대표적이다. 그동안 여러 음악고고학자들이 이 각연사 비로자나불에도 하대석에 가릉빈가(극락조)라는 주악상이 새겨져 있다고 주장했다. 또 인물상은 맞지만 주악상으로 보는 건 무리라는 주장도 있었다. 풀었던 눈에 다시 힘을 주고 하단부를 뚫어지게 봤지만 파손이 심한 상태여서 판독이 쉽지 않다.

극락에 사는 상상 속의 새인 가릉빈가는 통일신라 무렵 불교미술의 단골 소재다. 황룡사지를 비롯해 분황사지, 삼랑사지, 동궁과 월지 등 여러 유적에서 발견되었다. 또 천은사지와 보문사지에서도 가릉빈가 와당이 발견되었고, 고구려 고분벽화와 고려시대 부도탑에서도 마찬가지였다. 거의 생황을 불거나 피리와 비파를 연주하는 주악상과 공양상이다. 비로전에서 나와 산자락의 옛 절터와 통일대사탑비를 찾기 전에 기와집의 해우소에 들렀다.

절간에 흔한 재래식 화장실인데, 그래도 아주 심오한 순천 선암사 화장실보다는 훨씬 경계심이 덜하다. 쥐 한 마리가 꼼지락거리는 아래가 훤히 보이고, 기대 이상의 냄새로 코뼈가 얼얼하다. 오랜만에 남대문을 개방하고 쥐 한 마리를 조준해 강속구를 날렸다. 여유 있게 피했다. 혈압이 올랐다. 그러나 직구도 소용없었고 여러 변화구마저 무력했다. 쥐새끼 한 마리를 잡는데도 구질의 한계를 실감하니, 그동안 태만했던 내 인생의 구질이야 능히 짐작하고도 남는다. 역시 오발탄 같은 내 인생, 아무래도 이번 생은 글렀다.

해우소에서 패잔병처럼 후퇴해 계곡 위로 몸을 숨겼다. 한참 올라가자 색바랜 암반이 나타났는데 통일대사 부도에 사용된 것이었다. 자세히 보면 채석을 한 흔적이 역력하다. 이 돌을 떼어내 짊어지고 산릉선으로 오르는 석공들의 비지땀이 내 등을 적신다. 마침내 억새밭으로 변한 옛 절터에 이르자 버려진 목 잘린 석조 거북이가 처연하기 이를 데 없다. 목이 달아난 빈 공간이 내가 어릴 때 빠진 우물처럼 한없이 어둡고 깊다. 각연사지 폐허엔 바람조차 머물기를 주저한다. 장려한 역류의 세월을 다시 거슬러 뼈를 묻지도 않고 그대는 어찌 석양에 무릎 꿇으며 한 번뿐인 목숨에 그토록 연연했을까. 그렇게 오뉴월 서리가 서러워 유골마저 도굴되지 않을 화두였다면, 그대는 단숨에 백척간두라도 타고 올라 벌써 육신을 허공으로 던지고도 남았으리라. 그렇게 일찍부터 목숨을 놓았다면 그대는 미련 없이도 단숨에 능히 장엄해졌으리라.

잠시 아련한 생각에 젖어 있는 사이 등껍데기에 꽃무늬가 새겨진 목 없는 거북이가 나에게로 엉금엉금 기어오는 것 같았다. 목은 없어도 튼튼한 발은 네 개나 있다. 부처도 발은 두 개밖에 없다. 어쩌면 생각의 무게를 지탱하는 머리보다 세상의 무게를 지탱하는 발이 더 중요해 네 개를 모두 남겨놓았는지도 모른다. 머리가 없는 빈자리에 작은 풀꽃들이 자라고 있다.

2기의 부도를 지나 벚꽃과 살구꽃을 구별하는 방법을 찾아내는 시간만큼 오르다 보면 불쑥 통일대사탑비가 나타난다. 탑비의 주인공은 고려 초에 당나라로 유학을 갔다 온 통일대사다. 태조 왕건의 초청을 받아 불교 교리를 강의하면 그의 설법을 듣기 위해 전국에서 사람들이 운집했다고 한다. 그가 죽자 광종은 통일대사란 시호를 내리고 당대의 문장가인 김정언에게 비문을 쓰도록 했다. 탑비의 기본 요소인 귀부는 거북머리 대신 용머리를 하고 있다. 조금 전 목 잘린 석조 거북이처럼 등에 귀갑문 무늬가 새겨져 있다. 깨알같이 새겨진 비석의 글씨는 천년이 넘는 세월 동안 마모되어 수백 자 외에는 해독이 불가능하다.

통일대사탑비를 본 다음 그의 부도로 향한다. 아침에 주운 노란 감꽃을 한 쪽박 먹는 시간만큼 산길을 오르면 불쑥 통일대사 부도가 나타난다. 이 부도는 오랫동안 각연사에서도 망각된 존재였다. 산사태로 사라졌다가 우연히 발견된 부도는 1982년에 복원되었다. 그런데 비교적 온전한 부도에는 아무 글씨도 없다. 그러니 무덤(부도)의 주인이 누구인지 알 수가 없다. 다만 부도의 생긴 모습이 대략 고려시대 초기의 형태들과 많이 닮았다. 또 국가가 공인한 고승들은 거의 탑비와 무덤이 한 쌍으로 있다. 고려 태조 왕건의 총애까지 받은 통일대사인데 탑비만 있고 무덤이 없다면 상식적으로 납득할 수 없는 문제가 아닌가. 각연사 스님과 괴산군청 공무원들이 머리를 맞대고 이리저리 뇌세포를 활성화시키다가 문득 산 아래 탑비에 공통으로 '필'이 꽂히는 순간, 이것은 통일대사의 부도로 '확정'되어버린 것이다.

보통 한 스님의 탑비와 부도는 서로 가까이 세운다. 그러나 간혹 멀리 떨어진 경우도 있다. 쌍계사와 보현사, 봉암사 부도가 그렇다. 여기처럼 탑비는 모두 산 아래 있고 부도는 산 중턱이나 정상에 세워져 있다. 추측건대 통일신라 말기부터 유행한 비보풍수(裨補風水) 사상의 영향이 아닌가 싶다. 불상의 광배처럼 높은 곳에서 천지를 한눈에 일별하며 절의 허한 부분을 채워주는 것이다. 절의 창건설화로 보자면 모든 절터가 명당자리인데, 그보다 더 나은 명당이 바로 부도 자리였다.

저녁 무렵 절을 떠나다가 문득 어릴 때의 턱걸이가 떠올라 전화를 한다.

"아프냐?"

"안 아프다."

"아프구나."

전화 받은 이는 불특정 다수다. 아파야 낡은 것이 가고, 한 번 더 아파야 새로운 것이 온다. 이번 산사기행은 '아프다'는 말이 간절히 듣고 싶은 여행이었다. 그런데 아무도 안 아프다고 하니, 정말 모두 아픈 모양이다.

각연사

나비는
수평으로 난다

원심원사와 석대암

어제보다 논물이 더 깊어졌다.
나비들의 나는 자세도 더 낮아졌다.
모든 것은 결국 낮은 자리로 돌아간다.

서울에서 파주를 지나 연천으로 가는 들판에는 모내기를 마친 어린 벼들이 자라고 있다. 이따금 논에 직접 씨를 뿌린 직파논들도 보인다. 푸른 실핏줄 같은 벼 위로 하얀 나비들이 날아다닌다. 얼마 전 저 논들은 모를 품기 위해 몸의 자세를 낮추고, 양수 같은 논물을 만들었을 것이다. 저 논물처럼 무엇을 받아들이는 것은 모두 수평자세다. 논이 몸을 낮추면 물이 들고, 물이 들면 벼가 익고, 벼가 익으면 사람이 고개 숙이고, 사람이 고개 숙이면 세상이 몸을 낮춘다. 그리고 다시 논이 몸을 열고 물을 받아 수평을 이룬다. 수직으로 출렁거리지 않고 수평으로 찰랑거린다. 나비가 날 때의 자세다. 나는 것은 수직이 아니라 수평이다. 오늘 내 눈에는 저 논물이 강물보다 깊다.

연천 동막골 입구에서 왼쪽 아미천을 따라 들어가자 띄엄띄엄 방갈로와 펜션들이 보인다. 처음 '동막골' 도로안내판을 보자마자 난 영화 〈웰컴 투 동막골〉을 떠올렸다. 영화의 원작은 영화감독 장진이 쓰고 연출한 동명의 연극이다. 연극의 무대 배경은 여기 연천의 동막골이고 박광현 감독의 영화 배경은 강원도 삼척의 동막골이다. 그게 어디든 '멧돼지'라는 이데올로기가 수시로 나타나 마을을 짓밟는 전방은 어느 곳이든 '동막골'이다. 그리고 〈웰컴 투 동막골〉은 나에게 '남북공존'을 다룬 영화들 가운데 가장 오랫동안 인상 깊이 남은 영화이기도 하다. 한동안 영화 속의 나비와 멧돼지가 내 마음을 흔들기도 했다. 멧돼지가 발톱으로 할퀴며 상처를 내면 나비는 날개로 상처를 지우며 단청을 했다.

여러 유원지가 있으나 아직 피서철도 아니고 하천의 물도 부족한 탓인지 주변이 한적하다. 동막골 계곡으로 들어가는 도로 주변으로 여러 개의 확성기가 눈에 들어온다. 군부대 훈련장들인 듯했다. 잠시 내 목적지의 지리적 정체성이 환기되며 긴장하는 사이, 도로 왼쪽으로 그 옛날의 심원사 부도밭이 나타난다. 부도밭은 12기의 승려 사리탑과 2기의 비석으로 이뤄졌다. 나비가 앉은 부도에는 도당을 비롯해 청심당, 호연당, 연월당, 총음당, 허백당, 소요당, 제월당 경헌, 취운당 학린 등의 이름이 보인다. 서산대사의 법맥을 이은,

원심원사와 석대암

조선 중기를 대표하는 선승들의 공동묘지다.

취운당 부도는 한국전쟁 때의 상흔으로 보이는 여러 발의 총탄 자국으로 파여 있다. 임진왜란이나 한국전쟁 등 수많은 전란에도 지금까지 보존되어 다행이다. 그러나 위치나 형태 등이 까막눈인 내가 보기에도 너무 엉성해 자료를 확인해보니 장소도 옮겨졌고, 유물 도굴사건으로 부도도 파손되었으며, 무계획적인 복원으로 원형이 손상되었다고 한다. 도로 좌우로 '사진촬영 금지' 경고판이 달린 군부대 철조망이 나온다. 검은 철조망 위로 하얀 나비들이 날아다닌다. 나비 한 마리를 쫓다가 놓친다. 마침내 한국 제일의 지장성지인 심원사가 눈에 들어온다.

여기는 원래 해방 이후 북한 땅이었다가 한국전쟁 이후 남한 땅이 되었다. 어느 날 자고 일어나니 토박이 주민들의 국적이 모두 바뀐 것이다. 이곳에서는 휴전선이 38선보다 더 북쪽으로 그어진 까닭이다. 한국전쟁 때는 남한군과 북한군 합쳐 1만 3,000명이나 전사한 격전지이기도 했다. 북한군의 근거지였던 큰 절과 작은 암자들은 미군이 불태웠다. 다행히 이 절의 상징인 지장보살 석상만큼은 참화를 면해 극적으로 찾을 수 있었다. 이 석상은 전쟁통에 행방이 묘연했다가 1954년 지금의 강원도 철원 심원사에 봉안되었다.

원심원사 입구에서 보니 폐사지는 흔적도 없고 대웅전과 요사채 등 커다란 건물들로 가득하다. 넓은 공터에는 원목과 대리석, 기와 등의 건축자재와 포크레인과 화물운송 차량이 보였다. 복원사업이 계속 진행 중이었다. 경내를 둘러본 다음 종무실에 들러 주지스님을 찾았다. 사전 약속이 없었는데 다행히 연락이 되었다. 정오 주지스님의 거처는 허름한 컨테이너였다. 스님이 아주 귀한 것이라며 차를 끓였다. 젊고 소탈한 스님과의 차담은 그물에 걸리지 않는 바람처럼 자유롭기도 했고, 바람 부는 처마 끝의 풍경처럼 아슬아슬하기도 했다.

"이곳은 경원선이 지나가고 금강산 가는 길목이니 복원하시면서 통일에 대한 염원도 남달랐을 것 같습니다."

"원래 이 심원사 터는 제주도를 제외하고 한반도의 한가운데에 속합니다. 부근에 '한반도의 배꼽'이라는 전곡이 있구요. 멀리 삼국시대에는 한강유역을 선점하기 위해 세 나라가 패권을 다투던 요충지였고, 한국전쟁 때도 격전지였어요. 8년 전 당시 주지스님인 세민스님이 불사 전 대웅전 앞에서 전국의 1만여 불자들이 참가하는 '6·25 전몰장병 및 호국영령 위령대재'를 성대하게 치른 것도 이 때문이었지요. 특히 위령대재에서는 한국전쟁에서 산화한 1군과 3군의 20만 장병 명단을 입수해 일일이 위패를 써서 모셨고, 외국인 전몰장병의 영가까지 천도하는 등 지극정성을 다했습니다."

정오스님이 말한 세민스님은 불교계 '염불의 1인자'로 소문났고 지관스님을 은사로 출가했다. 해인사 승가대와 일본 교토불교대 불교학과를 졸업하고, 동국대 대학원에서 석·박사 학위를 받았다. 동국대 선학과 강사와 조계사, 경국사, 선암사, 해인사 주지 등을 역임하고 2012년 원로의원에 선출됐다. 그는 해인사 주지 시절 팔만대장경의 현대적 계승을 목적으로 동판 팔만대장경 조성사업을 펼쳤다. 특히 2005년부터는 이 원심원사에 주지로 부임해 한국전쟁 당시 소실된 사찰을 복원하는 데 전력을 쏟았다.

"이 절은 한국 제일의 '생지장보살' 성지인 만큼 그 역사도 깊은 걸로 알고 있습니다."

"원심원사는 한마디로 1,300년 역사를 가진 역대 고승들의 교육도량이었습니다. 신라시대 영원조사가 영주산에 처음 흥림사라는 이름으로 창건했지만 두 번이나 불타버렸는데, 조선시대에 무학대사가 삼창하면서 산 이름도 보개산(寶盖山)으로 바꾸고, 절 이름도 심원사로 바꿨지요. 또 임진왜란 때와 순종 때도 병화로 소실되었어요. 그전에는 250칸의 당우와 12개의 부속암자, 1,609위의 불상, 32위의 탱화, 탑 2기 등을 갖추고 있어서 대찰의 위용을 충분히 짐작할 수 있지요.

그 뒤 1939년까지 일부 당우를 복원하고 천불전을 조성하는 등 불사가 속속 진행됐어요. 일제강점기에는 독립운동가인 백용성 스님을 비롯해 전 조계종 종정 서암·월하스님, 전 태고종 종정 안덕암 스님 등 수많은 선지식을 배출한 호국불교의 요람이었지요. 그런 만큼 세민스님도 이 원심원사 복원에 더욱 공을 들였을 겁니다. 게다가 호국영령과 전몰장병을 위안하기에 최적의 위치인 데다 과거 보개산이라는 명산의 정기가 서린 한국 최고의 지장성지라 수행과 기도의 영험이 컸다는 점이 작용했을 겁니다."

"한국전쟁 이후 절이 폐허로 변하고 군사보호구역으로 지정돼 민간인 출입이 통제되었지요?"

"그렇습니다. 휴전 이후 이 절터는 국유지가 되고 육군5사단 포병대대 내로 편입되었어요. 그래서 휴전선이 그어지고 2년 후인 1955년에 당시 주지인 김상기 스님이 강원도 철원에 새로 절을 짓고 이름도 심원사로 지었지요. 말하자면 폐사지로 변한 옛 심원사의 포교당 격인 신심원사(新深源寺)라 할 수 있어요. 하지만 원래 자리를 되찾아 복원하려는 노력은 꾸준히 지속됐습니다.

그래서 1997년에는 영도스님이 국유지로 변한 원래의 심원사 전체 250만 평을 5년간의 긴 소송으로 되찾았지요. 250만 평이면 여의도의 세 배가 넘어요. 그리고 2003년에는 경기도와 연천군의 지원으로 이 옛터를 발굴해 본당인 천불전(극락보전)부터 복원하면서 오늘에 이르고 있지요. 사찰 명칭은 같은 교구(제3교구) 내에선 중복해서 지을 수 없기 때문에 '원래의 심원사'라는 뜻에서 원심원사(元深源寺)로 지은 겁니다."

"이 절이 한때 대사찰의 면모를 갖추었던 건 조선 태조 이성계의 왕사인 무학대사의 힘이 큰 듯한데……."

"양주 회암사를 근거지로 활동하던 무학대사가 이 절에 주석하면서부터 사세가 크게 번창한 게 사실입니다. 당시 화재로 소실된 절을 재건해 왕의 처소로 사용했고 귀빈용 분청자기와 청화백자도 대량 발굴되었지요. 또 저 위의 석대암은 철종 때 왕실의 내탕금으로 중건한 겁니다."

"그런데 원심원사의 창건 시기가 문헌마다 다르게 나옵니다. 1942년 일제 강점기에 나온 《심원사지》에는 신라 진덕여왕 원년(647년)에 영원조사가 창건했고, 석대암은 성덕왕 때(720년) 이순석이 창건했다고 나오고……. 그렇지만 고려 충렬왕 때(1307년) 민지(1248~1326년)가 쓴 〈보개산 석대기〉에는 설화만

나올 뿐 구체적인 창건 기록은 없어요. 혹시 원심원사 폐사지 발굴 때 나온 가장 오래된 유물로는 어떤 게 있었나요?"

"일휘문 막새와 단판연화문 막새가 나왔어요. 이 막새들은 고려시대 초기의 유물이고 아직 신라시대의 유물이 출토된 적은 없습니다."

"그러면 신라 때의 창건주인 영원조사의 실체에 대해서는《심원사지》문헌 외에는 알려진 기록이 없나요?"

"안타깝게도 아직은 없지만 문헌을 찾는 노력을 계속하고 있으니……."

정오스님과 차담을 나누고 석대암을 오르기로 했는데, 스님이 길이 멀고 위험하니 '힘이 강한 것'으로 직접 안내하겠다고 했다. 잠시 후 스님이 손수 작은 타이탄 트럭을 몰고 왔다. 연천군의 최고봉인 보개산 지장봉(877미터) 가는 길은 스님 말처럼 가파르고 위험했다. 타이탄 트럭도 버거운지 연방 비명을 질렀다. 절골의 울창한 숲과 골짜기마다 작은 폭포와 소가 끊임없이 이어졌다. 문득 이곳의 지명, 연천군 신서면 내산리(內山理)가 떠올랐다. 내산의 산 내산(山內山)은 '산속의 산'이다. 임꺽정과 궁예가 큰 뜻을 품고 활동했다는 보개산의 형세가 첩첩산중이라는 뜻이다. 멀리는 "까마귀 날자 배 떨어진다(烏飛梨落)"는 속담의 탄생지이고, 가까이는 광복 사흘 전에 8·15 해방과 남북분단을 예견한, 소위 두 줄기 빛인 쌍방광(雙放光)이 쏟아진 곳이라고도 한다. 고려 말 목은 이색도〈보개산 석대암 지장전기〉에서 "보개산 지장보살 석상의 상서로운 감응은 세상이 모두 아는 바"라고 말했다.

전국 사찰기행을 하다 보면 이처럼 '근거 없는' 신비한 현상들이 절간의 부처만큼 널리고 널렸다. 절간에 부처의 진짜 사리와 유골이 묻혀 있어 불상 자리가 텅 빈 5대 적멸보궁도 마찬가지다. 전부 시쳇말로 '기도빨'을 띄우려는 '미필적 고의'에 의한 단청이다. 난 불교 신자도 아니지만 마음은 늘 텅 비어 있다. 이 석대암에도 그런 단청을 한 금멧돼지와 사냥꾼이 주인공으로 출연한다. 배경은 이 절터의 작은 우물이다.

마침내 '힘이 강한 것'이 보개산 8부 능선에서 비명을 멈췄다. 석대암 도착이었고 젊은 스님(경담스님) 한 분이 기다리고 있었다. 그런데 차에서 내리자마자 내 눈을 의심케 한 것은 식물모종 하우스 같은 단층으로 된 사면 유리건물이었다. '생지장보살의 성지'인 그 법당이다. 굳이 추사의 〈세한도〉처럼 고졸한 분위기의 암자까지 기대한 것은 아니다. 아무리 다시 봐도 이건 아니다. 한번 아닌 건 내 유골이 강물에 뿌려져 40리쯤 떠내려갈 때까지 봐도 아니다. 40리는 내 어릴 적 매일 걸어서 산 넘고 물 건너갔던 시골 초등학교까지의 거리다.

무엇에 연연해서인지는 모르나 폐사지에 급조한 티가 역력하다. "이 건물을 지으려고 기자재를 실은 헬기가 50번이나 날아왔다"는 정오스님의 말도 무색하게 들린다. 이런 '복원'이라면 차라리 폐사지 그대로 보존하는 게 더 가치가 있을지도 모른다. 모두 '지장보살 성지'라는 브랜드 만들기에 조급했던 탓일 것이다. 절 뒤쪽의 쓰러질 듯이 기운 영험비와 돌탑수행 굴들을 둘러보면서도 내가 계속 고개를 갸웃거리자 주지스님이 슬쩍 말을 흘린다.

"다시 제대로 지어야 하는데……."

하얀 나비들이 날아다니는 유리건물 앞의 작은 마당과 돌탑 주변은 온통 부서진 기와조각들 천지다. 두 스님이 기와조각들을 유물감정사처럼 살살 어루만지며 한참 설명을 한다. 저 조각들의 DNA를 분석하다 보면 혹 이 암자가 창건됐다는 신라 성덕왕 시대의 유물로 판명될지도 모를 일이다. 하지만 앞서 말했듯 아직까지는 원심원사도, 이 석대암도 신라 때 창건됐다고 고증할 만한 확실한 기록은 없다.

갑자기 목이 말라 물을 찾는데 경담스님이 유리건물 모퉁이의 우물로 안내했다. 이 우물이 바로 '사냥꾼과 금멧돼지' 설화의 배경인 듯했다. 살을 발라낸 창건설화의 뼈대는 간단하다. 이순석이라는 사냥꾼이 금멧돼지를 발견해 활을 쏘자 피를 흘리며 달아나던 돼지가 쓰러진 곳이 바로 이 우물이었다. 그런데 가까이 다가가 보니 금멧돼지 대신 왼쪽 어깨에 화살이 박힌 지장보살 석상이 있었고, 황급히 화살을 뽑으려 했지만 꿈쩍도 하지 않았다. 깜짝 놀라 용서를 빈 이순석은 내일도 여기 석상이 그대로 '가만히 있으면' 대오각성해 출가하겠다고 약속했다. 역시 다음 날도 석상은 화살이 박힌 채 그대로였다. 이순석은 곧바로 머리를 깎고 300여 명의 추종자를 이끌고 와 암자를 지었다. 돌로 지은 암자 이름은 석대암이고 법당에 모신 것도 우물 속의 그 지장보살 석상이었다.

이 이야기는 민지의 〈보개산 석대기〉에 나온다. 한마디로 지장보살이 금멧돼지로 변신해 살생하는 인간을 구제한다는 얘기다. 문득 남북한 군인들을 서로 분리하기도 하고 결합하기도 하는 영화 〈웰컴 투 동막골〉 속의 '멧돼지 사냥' 장면이 떠오른다. 지장보살은 고통 받는 중생이 없어져 지옥이 텅 빌 때까지 성불하지 않겠다는 가장 민중적 보살이다. 죄인이 벌을 받는 지옥에서 그 죄를 대신 다 짊어지겠다는 것이다. 영화 속의 멧돼지도 죄를 짊어지고 숨가쁘게 도망 다닌다. 살생해서 잡아먹어봤자 잠시 배부르고 또 잡아야 한다.

이데올로기가 그렇다. 인간의 부질없는 추적은 계속되고 멧돼지라는 이데올로기는 본의 아니게 숨가쁘기만 하다. 그래서 석대암의 멧돼지와 영화 속의 멧돼지는 서로 '도플갱어'다. 이들의 죄를 씻어주는 것은 나비들밖에 없다. 다소 비약하자면 나비는 유체이탈한 지장보살의 영혼이다. 영화 속에서는 하얀 나비들이 수시로 날아다닌다. 멧돼지는 경계선이 그어진 땅을 무겁게 짓밟고, 나비는 경계선이 없는 허공을 가볍게 난다. 오늘 내가 본 수많은 나비들은 영화 〈웰컴 투 동막골〉 속의 나비들이다. 그 하얀 나비들이 이데올로기의 철조망을 넘고 넘어 나를 계속 따라왔다고 난 의도적으로 착각한다. 나비는 바람 없이도 내 영혼의 갈피를 넘긴다. 나는 나를 가볍게 넘는다.

현재 '진품' 지장보살 석상은 엉뚱하게도 강원도 철원의 심원사 명주전에 있다. 한국전쟁으로 석대암이 불탔을 때 행방불명되었다가 나타나 그쪽으로 간 것이다. 그래서 여기 원심원사와 석대암 법당에는 모조석상과 진품의 사진만 있으니 그 풍경이 처연하기 이를 데 없다. 석대암의 풍광을 7언율시로 읊은 매월당 김시습의 표현이 애잔하게 들리는 것도 그 탓이리라.

넝쿨 쥐고 절벽 잡으며 바람 찬 천제(天梯)에 오르니

암자 옛 뜨락 소나무에는 학 한 마리 둥지를 틀었구나.

숲 아래 경쇠소리는 바람 저편에서 애절하고

서쪽 봉우리의 남은 해는 찬 시내로 떨어지는구나.

실제로 석대암 뒤편 환희봉 정상으로 뻗은 수많은 능선의 봉우리들이 '하늘로 오르는 사다리(天梯)' 같기도 하다. 또 석대암은 옛날부터 바람이 심했던 모양이다. 그런데 이 깊고 외진 골짜기의 석대암 폐사지는 어떻게 발견되었을까. 한국전쟁 땐 불타버리고 휴전 이후엔 민간인의 출입을 통제하는 군사보호구역이 아니었던가.

"어릴 때 동네 사랑방에서 어른들의 얘기를 들었지요. 지장보살 전설이 서린 석대암이라는 빈 절터가 보개산 절골 골짜기 어딘가에 있다고……."

보개산 자락에 살고 있던 한 농사꾼이 어릴 때 기억을 더듬어 그 암자 터를 찾아 나섰다. 민간인 통제를 뚫으며 유실된 지뢰를 밟을 위험을 무릅쓰고 몇 차례나 탐험한 끝에 1984년 마침내 이 터를 발견했다. 지장보살의 성지를 한 농사꾼이 찾아낸 것이다. 그가 이때부터 문화유산 답사를 평생의 업으로 삼고 지금은 현강문화연구소장으로 일하는 이우형 씨다.

저녁 무렵, 난 강원도 철원의 심원사로 갔다. 문제의 진품 지장보살 석상을 확인하기 위해서다. 심원사 대웅전은 텅 비어 있고 바로 옆 명주전은 참배객들로 만원이다. 다시금 시쳇말로 하자면 '기도빨'이 대박을 터뜨린 듯하다. 명주전에는 과연 석대암처럼 모조품과 사진이 아닌 진품이 있었다. 높이 63

센티미터, 폭 43센티미터 되는 아담한 크기이고, 왼손에 구슬을 받들었다. 사냥꾼 이순석이 쏘았다는 왼쪽 어깨를 자세히 보니 화살 맞은 상처 자국이 뚜렷하다. "좌측 어깨에 길이 한 치 정도의 비낀 흔적이 있으며, 이것은 창건 당시 이순석이 쏜 화살에 맞은 흔적"이라는 고려시대 〈보개산 석대기〉의 기록과 거의 일치한다.

그런데 전체 석상의 빛깔이 청흑색이라는 〈보개산 석대기〉의 기록과는 달리 마치 최근에 만든 것처럼 하얗다. 진품이 '진짜' 진품인지, 또 고개가 갸웃거려진다. 이번 산사기행은 여러모로 고개가 많이 아프다.

돌아오는 길.

갈 때 본 그 길과 들판이다. 어제보다 논물이 더 깊어졌다. 나비들의 나는 자세도 더 낮아졌다. 모든 것은 결국 낮은 자리로 돌아간다.

"백석의
시 한 줄만 못해"

길상사

이 세상에 존재하는 모든 것들은 사라지므로
모든 아름다움 또한 덧없이 사라진다.

오래전 한동안 절에 머무를 때였다.

어느 날 약 3평 크기의 원탁 캔버스가 대웅전 법당에 차려졌다. 4명의 스님이 원탁에 빙 둘러앉아 그림을 그렸다. 붉은 적삼을 입은 티베트 승려들이었다. 그림도구는 붓과 물감이 아니라 빨대 같은 대롱과 다양한 색깔의 모래였다. 승려들이 작은 구멍이 뚫린 하얀 마스크를 쓰고 색모래를 대롱에 넣어 입으로 조심스럽게 불었다. 대롱 속의 모래알이 하나둘씩 캔버스로 옮겨졌다.

티베트 불교미술의 고유한 양식인 '모래 만다라' 그림이라고 했다. 만다라는 우리나라로 보면 사찰의 석탑과 비슷한 의미라고 한다. 온 정신을 바늘 끝에 집중해 한 땀씩 수를 놓듯 스님들은 들숨과 날숨을 천천히 하며 모래의 양과 색깔을 조절해 붙었다.

모래알은 가볍다.

숨결이 조금만 약해도 제자리에 자리 잡지 못하고, 숨결이 조금만 강해도 이미 자리 잡은 모래알들이 흐트러진다. 마스크를 쓰는 이유도 입바람과 콧바람이 비롯되는 마음바람을 통제하기 위해서다. 법당에서 지켜보는 많은 한국 스님들이 오히려 더 긴장하며 숨을 죽였다. 일출 때 시작한 그림이 캔버스 중앙에 부처님 윤곽만 간신히 나타나는데도 이미 석양이 배흘림기둥을 붉게 물들였다. 다음 날도 일출에서 일몰까지 똑같은 방식으로 부처님 주변의 불보살들이 그려졌다. 누가 보아도 고도의 집중력과 예술적 감각이 요구되는 공동작업이었다. 깨달음으로 가는 오체투지의 수행이었다. 승려들은 모두 표정 하나 흐트러지지 않았다. 나도 모르게 내 의식이 점점 더 어떤 깊은 곳으로 빨려 들어가는 듯했다.

그렇게 일주일이 지났다. 거대한 원 속에 사각형과 꽃잎들, 삼각형 등이 그려졌다. 마침내 불교의 세계관과 우주관으로 보이는 장엄한 도형이 완성된 것이다. 내가 일주일 동안 들은 건 잠든 새들의 숨결소리와 대숲 속으로 피한 풍경소리뿐이었다. 그림이 완성되자 법당은 구경하던 스님들의 탄성으로 가득 찼다. 곧 티베트 승려들이 함께 기도를 했다. 모래알 같은 번뇌와 잡념에서 완벽하게 자유로워졌던 순간들을 잠시 떠올리는지도 몰랐다. 기도가 끝나자 승려들은 여전히 무표정한 얼굴로 원탁 옆에 도열했다. 승려들 가운데 하나가 '금강저'라고 하는 50센티미터 정도의 나무막대기를 들고 나와 그림 앞으로 천천히 다가갔다. 감탄을 연발하던 스님들이 모두 다시 숨을 죽였다.

그런데 티베트 승려가 잠시 합장하더니 나무막대기로 '모래 만다라'를 빗자루처럼 천천히 쓸어버리기 시작했다. 이번엔 법당이 숨넘어가는 소리로 가득 찼다. 나도 깜짝 놀라 입이 딱 벌어지며 숨이 멎을 듯했다. 그러거나 말거나 티베트 승려는 계속 쓸었다. 원탁 아래로 색모래들이 흩어졌다. 얼마 후 아름다운 원탁은 처음처럼 하얀 캔버스로 돌아갔다. 신선한 충격이었다. 그 충격을 불교에서는 '무상(無常)'이라 부를 것이다. 헛되고 헛되니 모든 것이 헛되도다……. 이 세상에 존재하는 모든 것들은 사라지므로 모든 아름다움 또한 덧없이 사라진다. 우리는 우주의 가랑잎 위에 잠시 모였다가 흩어지는 모래알들일 뿐이다. 때로는 햇빛을 받아 잠깐 반짝이기도 하고, 때로는 같은 모래끼리 부딪쳐 생채기가 나기도 한다. 그러다가 모래 만다라처럼 한순간에 사라진다. 뒤돌아보니 내가 걸어온 어지러운 발자국에 먼지들이 자욱이 쌓여 있다.

군사문화의 서슬이 시퍼렇던 1960년대 말 삼청각, 청운각과 함께 3대 최고급 요정이던 대원각 건물이 바로 지금의 길상사다.

그 요정의 주인이던 김영한(불명 길상화) 할머니가 《무소유》를 읽고 감명 받아 죽기 전 법정스님에게 기증해 절로 바뀌었고, 사찰 이름도 그녀의 법명을 따서 길상사로 지었다. 그래서 본당을 대웅전이라 하지 않고 김영한의 극락왕

생을 기원하는 의미로 극락전이라 했다. 기생 김영한은 처녀 시절 시인 백석(白石, 1912~1996년)과 3년간 동거했다가 영원히 헤어져야 했다. 백석의 〈나와 나타샤와 흰 당나귀〉라는 시에 당시 김영한과의 애절한 사랑이 잘 나타나 있다. 백석과 이별한 그녀는 그가 보고 싶을 때마다 줄담배를 피웠다. 말년에 폐암으로 고생하다가 죽음이 임박하자 자신이 운영하던 시가 천억 원의 요정을 시주했다. 또 창작과비평사에 2억을 기증해 '백석문학상'을 만들기도 했다.

강원도 평창의 산골 오두막에서 수행하던 법정스님은 1년에 몇 번씩 길상사에 들러 법문을 설파하다가 2010년 3월 11일, 생의 마지막 순간을 길상사에서 맞았다. 가끔 가던 길상사에 법정스님 6주기 추모법회 때 다시 들렀다. 절에는 거의 혼자 다녔는데 이번엔 내가 강의하는 시인학교 학생들과 함께였다. 시 창작 수업을 길상사에서 백일장으로 대신해보자는 40~50대 중년 아줌마 학생들의 뜻이 아련한 추억에 젖어들게 했다.

길상사 경내는 추모법회 중이라 스님들과 추모객들로 넘쳤다. 일주문을 지나자 바로 본당인 극락전이 나왔다. 그 오른쪽의 범종각 아래에는 관음보살상이 있다. 석상의 표정과 모습이 색다르다. 천주교 신자인 최종태 조각가의 작품으로 성당의 성모마리아상과 비슷하다. 법정스님이 생각하는 종교관이 집약돼 있는 듯하다. 길상사에는 참선과 사색을 위한 공간이 곳곳에 있다. 묵언수행을 하는 '침묵의 집'은 누구에게나 개방돼 있다. 연등을 만드는 적묵당과 '맑고 향기롭다'는 뜻의 청향당 주위도 고요하고 평화롭다.

법정스님이 세상과 작별한 진영각은 길상사의 가장 안쪽에 있다. 스님의 진영을 비롯해 생전에 썼던 모자, 부채, 붓, 염주 같은 유품과 수십 권의 저서

우리는 우주의 가랑잎 위에 잠시 모였다가 흩어지는 모래알일 뿐이다. 때로는 햇빛을 받아 잠깐 반짝이기도 하고, 때로는 같은 모래끼리 부딪쳐 생채기가 나기도 한다. © 김종엽

가 전시돼 있다. "작은 것과 적은 것으로 만족할 줄 알아야 한다"는 '소욕지족 (小慾知足)'의 가르침을 배운다. 극락전 뒤편의 오솔길을 돌아서 내려오면 설법전과 길상보탑이 나온다. 설법과 행사가 이뤄지는 설법전에서는 멀리 남산과 서울타워가 아득히 펼쳐진다. 길상보탑에는 불교와 천주교, 개신교가 벽을 허물고 서로 교류하기를 바라는 염원이 담겨 있다. 4월 초파일에는 담장 너머 성북동성당에서 축하 메시지가 적힌 플래카드를 절에 걸어놓고, 크리스마스 때는 길상사에서 축하 플래카드를 성당에 걸어놓는다.

돌아 나오는 길의 중심에 있는 범종각이 유난히 눈에 들어온다. 예전 대원각 요정 시절의 팔각정이다. 여기서 여인들이 손님을 접대하기 전에 옷을 갈아입었다. "이곳만큼은 반드시 범종소리가 울려 퍼졌으면 좋겠다"는 김영한 할머니의 소원이 이뤄진 것이다.

혼자 길상사 일주문 밖의 수도원과 성북동성당 앞을 걷는데, 문득 백석 시인을 못 잊어 평생을 홀로 지내다 83살에 폐암으로 숨진 김영한 할머니의 마지막 인터뷰가 떠올랐다.

어느 기자가 물었다.

"천 억대 재산을 내놓고 후회하지 않으세요?"

김영한 할머니가 대답했다.

"천 억이 백석의 시 한 줄만 못해."

만약 백석 시인이 이 말을 듣고 시로 썼다면, 과연 어떻게 표현했을까……. 내 생각으로는 단 한 줄도 쓰지 못했을 것이다. 티베트 승려처럼 완성된 '모래 만다라' 그림을 천천히 빗자루로 쓰는 김영한 할머니의 모습이 어른거렸다.

길상사에서 시를 쓰는 학생들은 아직 백일장이 끝나지 않은 모양이다. 난 골목의 카페로 들어가 작은 백일장 심사위원답게 느긋이 담배를 피며 쉬고 있었다. 잠시 전국의 수많은 고교생 백일장 대회에 참가했던 풍경이 떠올랐다. 그러다가 불쑥 그때 그 시절로 돌아가고 싶어졌다. 나는 얼른 수첩을 꺼내 시제인 '풍경'을 먼저 써놓고는 한참 생각에 잠겼다. 백일장 참가는 40년 만에 처음이었다. 그런데 머리와 가슴이 굳었는지 시적 영감이 잘 떠오르지 않았다. 아무리 불러도 '영감님'은 소식이 없고 재떨이에 담배꽁초만 쌓여갔다.

하얀 200자 원고지에 씨를 뿌리자마자 열매를 거두며 일필휘지로 썼던 고교 시절의 그 순발력과 감수성이 부러웠다. 그때 같았으면 수십 분이면 충분할 것을 족히 한 시간쯤 지나서야 겨우 완성했다. 다시 보니 완성된 모래 만다라를 한순간에 허물어버리는 티베트 승려처럼 수첩을 찢어 태워버리고 싶어졌다. 그렇지만 10대 이후 50대 중반에 처음 백일장에 참가해 쓴 작품이란 점에 의의를 두고 태우지는 않았다. 길상사가 나를 시험에 들게 한 오늘을 내일이 고소한 표정으로 보고 있다. 다음은 나의 졸시 전문이다.

풍경

절로 가는 길은 성당을 거쳐야 하고
성당으로 가는 길은 절을 거쳐야 한다.

성당 마당에는 목련과 은행나무가 서 있다.

목련나무는 잎보다 꽃이 먼저 피어 있고

은행나무는 삶을 마감한 열매들이 떨어져 있다.

두 나무가 서로 나란히 피고 진다.

성당을 지나 절로 들어선다.

절에는 넘어야 할 계단이 많다.

한 계단 오르면 목련꽃이 피고

다음 계단을 오르면 은행열매가 지고

마지막 계단을 오르면 풍경이 보인다.

풍경은 잎보다 꽃이 먼저 피어도 소리를 울리고

꽃보다 잎이 먼저 피어도 소리를 울린다.

이렇듯 흔들리며 우는 것은

바람 탓도 아니요,

세월 탓도 아니다.

무엇이 먼저 피고 지든

세상을 간절히 본 자의 저문 눈빛 같은 풍경소리는

허공을 버림으로써 계단에 이르고

계단을 버림으로써 허공에 이른다.

절로 가는 길은 성당을 거쳐야 하고

성당으로 가는 길은 절을 거쳐야 한다.

2부
모든 것은 사라진다

세상이 수평과 수직의 싸움이듯 우리의 삶도 그렇다.
위로 올라가려는 마음과 아래로 내려가려는 마음이 서로 충돌한다.
연꽃이 수직으로 올라갈수록 연잎은 수평으로 넓게 퍼져간다.
그렇게 서로 균형을 유지한다.
그 균형에서 평등이 비롯되어 연밥이 만들어진다.
그러나 사람은 연밥을 먹고 자꾸만 각을 만든다.

여시아문과
디아스포라의 불빛

산방굴사

절들이 여럿이 혼자 있다.
목적지는 같으나 가는 길이 서로 다르다.

'여시아문(如是我聞).'

모든 불경의 첫 구절은 항상 이렇게 시작된다. "나는 이와 같이 들었다"고 풀면 직역이고 "모든 진실은 있는 그대로에서 비롯된다"고 풀면 의역이다. 성경은 "예수님 가라사대"로 시작된다. 불경은 보고 듣는 청자의 객관적 시각이고 성경은 혼자 말하는 화자의 주관적 시각이다. 그러니까 불경은 "내가 잘못 들었을 수도 있다"며 '의심할 수 있는 권리'를 남겨놓은 반면, 성경은 "예수님 말씀은 곧 진리이므로 따라야 한다"는 독단적 명령조여서 그처럼 의심할 권리를 처음부터 봉쇄해버린 것이다. 요즘 수구보수 신문과 방송을 보면서 불쑥 든 생각이다. 사실 우리는 오래전부터 그러한 성경 같은 매체에 '생각하고 의심할 권리'를 차압당하며 살아왔다. 괴물을 물리친 주인공이 TV를 발로 탁 꺼버리던 영화 〈괴물〉이 떠오른다. 발가락에 낀 때만큼도 못한 공중파 언론에 대한 야유와 조롱이 통쾌하면서도 쓰리다. 한번 거짓말을 하면 그것을 감추기 위해 한 번 더 거짓말을 해야 한다.

'세월호 참사' 이후 이민수속을 밟는 희생자 학부모의 말이 처연하도록 삼엄하다. "국가가 나를 버렸으니 이젠 내가 국가를 버린다." 사실 우리는 모두 조국이 있어도 디아스포라나 마찬가지다. 역사가 후진하든 전진하든 왕들의 DNA는 국민들이 위험한 맹골수로에 들어서면 조타가 문제가 아니라 아예 배를 버린다. 임진왜란 때 선조는 백성들의 피난을 막기 위해 사대문에 대못을 치고 도망갔다. 분노한 백성들은 일본군이 도착하기 전에 왕궁을 불태워버렸다. 갑오농민혁명 때 동학농민군이 전주성을 접수하고 서울로 진격하자 고종은 두려워 청나라군을 끌어들였다. 결국 청일전쟁이 터지자 조선군대는 일본군의 명령대로 농민군을 학살했다. 한국전쟁 때 이승만은 서울시민들의 피난을 막기 위해 한강철교를 폭파하고 가장 먼저 대전으로 도망갔다.

강남 삼풍백화점 붕괴사고 때 백화점 사장은 고객들한테 대피명령도 없이 몰래 도망갔고, 500여 시민들이 무너진 건물에 깔려 죽었다. 대구 지하철 화재사건 때 기관사는 승객들한테 대피명령도 없이 개폐열쇠를 빼내 도망갔다.

천안함 침몰사건 때 함장과 장교는 모두 구조되고 일반병들은 죽었다. 그리고 세월호 침몰사건 때 선장과 항해사들은 가장 먼저 도망가고, "가만히 있으라"는 방송대로 한 학생들은 가만히 있다가 죽었다. 해경은 국내외 구조지원도 거부하고, 민간의 구조활동도 방해했다. 결국 정부는 실종자들을 단 한 명도 구하지 못했다. 너무 슬프고 너무 분노하면 오히려 침착해진다. 요즘이 그렇다. 가만히 있으면 죽는 국가다. 국가에 대해서도, 인간에 대해서도 난 여전히 정착할 수 없는 디아스포라다.

서귀포시 안덕면의 산방산 입구에는 여러 개의 절이 모여 있다. 왼쪽은 광명사고 가운데는 산방사, 오른쪽은 보문사다. 또 이번 산사기행의 목적지인 산방굴사(山房窟寺)는 이 세 개의 절 위쪽 소나무가 있는 암벽이다. 산방굴사는 조계종 사찰이지만 보문사는 일붕선교종, 또 바로 그 옆집인 산방사는 태고종 사찰이다. 절들이 여럿이 혼자 있다. 목적지는 같으나 가는 길이 서로 다르다. 최적화된 공존방식이다.

국그릇을 엎어놓은 모양의 산방산에는 한라산 백록담 자리의 봉우리가 뽑혀 던져졌다는 전설이 있다. 실제로 백록담 둘레와 산방산의 전체 둘레가 똑같다고 한다. 보문사 위쪽으로 군데군데 낙석 방지용 쇠기둥과 철그물이 쳐진 가파른 계단을 30분쯤 올라가면 마침내 산방산 중턱에 커다란 바위동굴이 나오고 그 안에 불상이 보인다. 이곳이 산방굴사다. 동굴 입구에 수령 500년 된 큰 소나무가 당간지주처럼 우뚝 솟아 있다. 풍광이 빼어나 영주십경(瀛州十景)의 하나로 꼽히는 이 절은 고려시대의 시승(詩僧) 혜일스님이 창건했고,

제주의 신은 거의 여신이다. 산방덕이 그렇고, 제주를 만들었다는 설문대할망, 바람의 신이라는
영등할망이 그렇다. 오늘날 제주를 버텨온 건 여자의 힘인지도 모른다. ⓒ 임재천

많이 다녀간 시인묵객 가운데서도 제주도에 유배된 추사 김정희와 초의선사가 가장 대표적이다. 그 옛날 추사를 만나러 해남에서 서귀포까지 거친 풍랑 속의 배를 타고 와 찻잔과 술잔을 나누며 우정을 키워가는 두 사람의 모습이 그려진다. 이미 내 마음의 발길은 초의선사의 향훈이 서린 해남 대흥사 일지암의 문지방을 넘는다.

불상 앞 높은 절벽의 천장에서 물방울이 계속 떨어진다. 산방산을 지키는 여신인 '산방덕의 눈물'이라고 한다. 참배객들은 약수라며 떠 마시고, 아예 물통에 가득 채워가기도 한다. 전설 속의 산방덕은 산방산이 배출한 빼어난 미모의 여신이다. 한 청년과 열애 중이던 산방덕의 미모에 반한 벼슬아치가 그녀를 차지하기 위해 청년에게 억울한 누명을 씌워 멀리 귀양을 보내버렸다. 죄악으로 가득 찬 인간세계를 저주한 산방덕은 다시 산방굴로 들어가 바위로 변해 지금도 울고 있다고 한다. 나도 한 모금 마셨는데 전설 탓인지 단맛도 짠맛도 아닌 애틋한 맛이다. "돌 속에 뿌리 내린 신기한 나무"라고 쓰인 천선과(天仙果) 옆 암벽에는 지네발란과 풍란 등 귀중한 암벽식물들이 자라고 있다.

이 산방굴사에서는 소나무 옆으로 대정 앞바다가 한눈에 들어온다. 제주도의 날씨는 부서지는 파도의 거품만으로도 알 수 있다. 오늘의 파도는 소가 여물을 씹듯 오물오물 일렁이다가 갑자기 딸꾹질을 하듯 하얀 거품을 흘린다. 바람은 마라도를 보여주기 위해 몸을 낮추지만 구름은 그럴 의사가 없는 것 같다. 왼쪽으로는 용머리해안과 하멜기념관, 오른쪽으로는 올레 10코스인 사계

해안도로와 바다 멀리 형제섬과 송악산이 보인다. 송악산 해안절벽에는 진주만을 기습하던 일본군 가미가제 출격동굴과 전투기 격납고, 또 그 너머에는 4·3사건 때의 양민학살 무덤인 '백조일손지묘'가 있다.

산방굴사에서 내려와 '하멜표류기념비'를 거쳐 용머리해안으로 간다. 제주시에는 용두암이 있고 서귀포에는 용머리해안이 있다. 용두암이 하늘로 치솟는 용의 머리라면 용머리해안은 머리가 바다를 주시하고 있다.

떠나기 전 가까운 대정에 들러 '추사관'과 추사적거지를 찾았다. 추사 김정희는 세도정치의 희생양이 되어 여섯 차례 고문을 받고 36대의 곤장을 맞은 후 제주도로 유배되었다. 위리안치(圍籬安置) 형을 받아 탱자나무 울타리 밖으로 나갈 수도 없었다. 발이 꽁꽁 묶인 귀양살이 8년 3개월 동안 벼루 12개가 구멍이 뚫리고, 붓 천 자루가 닳아 없어졌다. 이렇게 완성한 게 추사체이고, 〈세한도〉(국보 180호)다.

〈세한도〉에 나오는 풍경과 비슷한 추사관 밖은 추사적거지다. 그의 유배 생활 모습을 복원해놓은 제주 옛집 주위로 그 옛날 도망가지 못하게 심었던 탱자나무 가시울타리가 있다. 추사가 글을 쓰고 잠을 잔 모거리(별채)는 한 평 남짓한 감옥 같은 방이다. 유배 초반에는 포졸의 집에서도 살았고 중반부터는 제주도의 만석꾼 강도순의 집에서도 살았다. 시골 서당처럼 후학을 양성하는 것도 잊지 않았다. 제주도의 문맹률이 낮은 여러 이유 가운데 하나는 조선시대 이전부터 제주도가 '명품' 지식인들의 '인기 유배지'였다는 사실에 있다.

돌아오는 길.

저녁이 되자 바다 멀리 불빛이 보인다. 내 디아스포라적 감성은 등대처럼 어둠이 내리면 불이 켜진다. 여시아문의 불빛이다.

모든 것이
사라져간다

봉원사

모든 것이 사라져간다.
곧 사라진다는 그 사실조차도 사라져갈 것이다.

나에게 신촌 봉원사는 박상륭의 소설 《죽음의 한 연구》와 기형도의 시집 《입 속의 검은 잎》을 옆구리에 끼고 가고 싶은 절이다. 1980년대 초반, 한국 문학사 편집부에 입사한 친구 누나가 어느 날 책을 한 권 선물했다. 10여 년 전 캐나다로 홀연히 떠나버린 소설가 박상륭의 장편소설 《죽음의 한 연구》였다. 꽃잎 위에 물고기가 그려진 색 바랜 분홍색 표지였는데, 책이 팔리지 않아 6년째 잡지사 창고에 가득 쌓여 있다고 했다. 어렴풋이 '박상륭'이란 이름이 떠올랐다. 고등학교 때 도서관에 있던 월간지 《사상계》에서 신인상 당선작인 박상륭의 〈아젤다마〉를 읽은 기억 때문이었다. 내용은 대충 예수가 자신의 죽음을 더욱 극적으로 미화하기 위해 유다를 천박하고 비열한 배신자로 이용한다는 것 같았는데, 그때의 여린 감수성으로서는 다소 충격적이었다.

그런데 대학 들어와 까맣게 잊고 있던 그 작가의 신작 장편소설이 내 손에 들어왔고, 난 별 기대 없이 읽었다. 무심코 첫 장을 읽다가 뇌의 전두엽에 불이 반짝 켜졌고, 몇 장을 더 읽으니 폐에 산소공급이 원활하지 못해졌고, 중간쯤 가서는 심장마비가 올 것 같아 책을 탁 덮어버렸다. 한마디로 내 지적 편력과 모험이 조롱받아야 마땅할 장엄한 충격이었다. 다음 날부터 난 학교에 가서 보는 사람마다 이 숨은 소설에 대해 '한국 유일의 세계적 걸작'이라고 열변을 토했다. 나중에는 국문과 사무실에 책을 쌓아놓고 학생들에게 수백 권을 팔아 당시 잡지사 주간이던 소설가 이문구 선생으로부터 답례 술을 실컷 얻어먹기도 했다. 그리고 이 소설을 연세대 학생이자 시인 지망생이기도 한 친구 기형도 시인(당시는 등단 전이었다)에게 선물했다. 그에 대한 보답인지는 모르나 7년 후 시인이자 기자가 된 기형도는 내가 '한라산 필화사건'으로 감옥에 있을 때 박경리의 대하소설 《토지》한 질을 넣어줬다.

각설하고, 얼마 후 기형도는 신촌에서 같이 낮술을 마시며 박상륭 소설에 대해 얘기하다가 갑자기 나를 어디론가 데리고 갔다. 그곳이 바로 연세대에서 가까운 금화터널 옆의 봉원사였다. 마을 입구에서 인적이 드문 비탈길을 올라가자 다시 마을이 하나 나타나며 허름한 절이 보였다. 그런데 이상한 것은 마을의 집집마다 남자 스님과 여자 스님들이 마치 혼숙이라도 하는 것 같은 모습들이었다. 가족의 이름들이 쓰인 대문의 문패도 낯설었고, 마당에 뛰어노는 개의 꼬리도 타락과 유혹의 손짓 같았다. 한마디로 파계승의 망명지거나 밀교사원 주변의 유곽촌 같았다.

물론 이 절은 결혼을 허용하는 대처제의 태고종 사찰이라는 기형도의 설명을 듣긴 했지만, 그럼에도 사전지식이 없던 나로서는 무더운 여름 저녁의 취중산책만큼이나 세상이 비틀거려 보였다. 어쩌면 《죽음의 한 연구》 가운데 "중도 아니고 그렇다고 속중(俗衆)도 아니어서, 그냥 걸사(乞士)라거나 돌팔이중이라고 해야 할 것들" 같은 대목이 불쑥 떠올라 더욱 그랬는지도 모른다. 게다가 주인공은 소설 배경인 '남녘 유리(羑里)'에 도착하자마자 옷을 벗어던지고 수행자 매춘부인 비구니(수도부)와 정사를 벌여 파계까지 하지 않던가. 또 연쇄살인 뒤 나무 위에서 자진(自盡)하는 주인공의 최후를 보는 순간, 그 도저한 비장미에 난 얼마나 압도되었던가.

짐작하듯 한 영혼이 죽음의 세계를 통해 완전히 소멸해가는 과정을 그린 《죽음의 한 연구》는 온갖 욕망과 사투를 벌이며 꽃을 피워 올리는 '진흙탕 속의 연꽃' 이상으로 처절하고도 아름다운 소설이다. 우리가 '어떤 것'에 강렬하게 필이 꽂히면 그 순간부터 모든 것들은 그 '어떤 것'이 구심점이 되어 돌아가기 마련이다. 오늘도 마찬가지다. 내가 이 절에 발을 들여놓은 이상, 이 순간부터 봉원사는 이미 1980년대 초의 그 '어떤 것'으로 돌아가 마른 늪 속의 진흙탕 같은 내 추억을 마구 뒤흔들고 있는 것이다.

봉원사 경내에 들어서자 해인사의 고사목처럼 쓰러진 채 생명을 유지하는 수백 년 고목이 먼저 눈에 들어온다. 어느 절이나 그렇듯 여기도 허허로운 예전의 절은 간 곳 없다. 꽉 찼다. 나무와 꽃을 베고 건물을 지었다. 바람이 뒷산으로 올라가려면 방향을 여러 번 바꿔야 한다. 비와 눈도 온전히 내리지 못하고 건물에 부딪혀 여러 번 부서져야만 땅에 도달한다. 새소리도 빛처럼 여러 번 굴절된다. 문명은 각을 만들고 자연은 원을 만든다. 대웅전 마당의 자욱한 연잎은 모두 원이다. 원은 수평이고 각은 수직이다. 세상이 수평과 수직의 싸움이듯 우리의 삶도 그렇다. 위로 올라가려는 마음과 아래로 내려가려는 마음이 서로 충돌한다. 연꽃이 수직으로 올라갈수록 연잎은 수평으로 넓게 퍼져간다. 그렇게 서로 균형을 유지한다. 그 균형에서 평등이 비롯되어 연밥이 만들어진다. 그러나 사람은 연밥을 먹고 자꾸만 각을 만든다.

유네스코 세계문화유산에 등재된 영산재(靈山齋) 보존도량으로 유명한 봉원사는 불교 태고종의 총본산이다. 태고종에는 결혼해서 가족을 꾸리며 수행하는 대처승들이 많다. 여승도 마찬가지다. 일제강점기 만해 한용운 시인이 대처승이었고, 대하소설 《태백산맥》을 쓴 조정래 작가의 부친도 대처승이었다. 그런데 해방 이후 대처승제도를 반대하는 조계종에 사찰을 대부분 빼앗기고, 안국동 조계사(당시 태고사)에서도 쫓겨났다. 이 봉원사 역시 땅은 조계종 소유이고 운영권만 태고종이 갖고 있다.

신라시대 진성여왕 때(889년) 도선국사가 창건한 이 절은 그 흔한 창건설화 하나 없이 이름만 몇 번 바뀌었다. 처음엔 반야사였다가 고려 말에는 금화사였고, 지금의 봉원사라는 이름은 1749년 영조가 직접 땅까지 하사해 새로 절을 지은 뒤 붙여준 것이다. 또 이 절은 구한말 격동기에 김옥균이 개화의 꿈을 키운 곳이기도 하다. 1884년, 이동인 스님 방에서 박영효, 서광범 등의 급진개화파와 3일천하에 그친 갑신정변을 모의한 것이다. 다소 특이한 것은 이 박영효의 아들이 운허스님(박춘서)이고 또 운허스님의 아들이 송암스님(박희덕)이라는 사실이다. 송암스님은 무형문화재 범패(梵唄) 기능보유자로 봉원사 영산재를 주관해오다가 2000년 열반에 들었다.

봉원사 일대는 백제 때부터 명당이었던 모양이다. 옛날 지도에도 지금의 봉원사와 신촌 일대가 '백제 고도' '고려 남경' 터로 나온다. 조선 건국 때 건국공신인 하륜(경기도 관찰사)이 여기에 경복궁을 짓자고 주장했다. 하지만 이성계는 북악산 아래를 강력히 주장한 정도전의 손을 들어줬다. 일부 몰지각한 풍수지리학자들은 정도전이 이방원에게 살해된 이유가 궁터를 잘못 잡은 탓이라며 입에 거품을 물기도 한다. 거품도 터를 잘못 잡은 듯하다. 대웅전 뒤쪽의 명부전 편액이 정도전의 글씨다. 이 밖에 추사 김정희와 청나라 옹방강(翁方綱)의 글씨도 있고 화가 장승업의 병풍 그림 〈신선도〉도 있다.

경내를 벗어나 사찰 뒤쪽의 오솔길에서 내려다보니 단풍잎 사이로 빌딩과 아파트 들이 한눈에 들어온다. 이따금 도심 속의 절간을 찾아 마음속에 고적한 절 한 채씩 지어보는 것도 괜찮을 듯하다. 그러면서 이 봉원사 주변에 살며 창작의 불꽃을 피운 작가와 예술가 들을 떠올려보는 것도 좋을 것이다. 박영한, 김홍신 등 소설가와 박인수, 들국화 등 가수들이 실제로 여기를 거쳐갔다. 사실 나도 아주 짧지만 한 철을 여기서 살았다. 또 아픈 얘기도 있다. 《자

전거 도둑》을 쓴 김소진 소설가의 49재를 이 절에서 올렸고, 김용태 전 민예
총위원장의 유골이 납골당에 안치되어 있다.

저녁 무렵, 돌아오는 길의 발걸음이 한없이 무겁다. 박상륭 소설가는 밴쿠
버로 다시 사라졌고 기형도 시인은 더 먼 곳으로 사라졌다. 모든 것이 사라져
간다. 곧 사라진다는 그 사실조차도 사라져갈 것이다.

그리워할 대상 없어도
그리움이 사무치는 절

부석사

오늘은 언제나 남은 생의 첫날이다.
그 첫날들이 모여 생의 장강을 이룬다.

부석사는 그리워할 대상이 없어도 그리움이 사무치는 절이다.

삶이 무겁고 한숨이 깊어지면 새처럼 날아 영주 부석사를 찾을 일이다. 석양빛이 고여 있는 무량수전 배흘림기둥에 기대어 졸거나 꿈결처럼 들려오는 풍경소리를 듣고 있노라면, 마치 내 안의 또 다른 나를 만난 듯 적멸의 한때를 즐길 수 있다. 태백산맥의 능선 가운데 비스듬히 경사진 봉황산 자락에 자리 잡은 부석사는 동해 낙산사에서 창건수행을 마친 의상대사가 전국을 돌다 마침내 676년(신라 문무왕 16년), 자신이 깨달은 화엄사상을 펼치기 위해 세운 절이다.

이곳은 태백산맥에서 소백산맥으로 나뉘는 분기점이다. 《정감록》에서 '난세의 피난처'로 부를 만큼 사람의 발길이 닿지 않았던 깊은 오지였다. 원래 '부석(浮石)'이란 말은 의상대사가 처음 절을 지을 때 이교도들이 반대하자 의상을 연모한 선묘신룡이 갑자기 나타나 바위를 들어 올려 겁을 줬다고 해서 붙여진 이름이다. 그 바위가 아직도 무량수전 뒤편에 있다. 어느 절인들 창건의 배경을 미화하기 위한 설화 한두 토막쯤이야 있게 마련이다. 하지만 그 '물증'으로 절의 명찰까지 달아준 예는 그리 많지 않다. 부석사 가는 길엔 새살이 돋는 듯 산야가 온몸을 뒤척인다. 봄기운은 들판보다도 사람들의 얼굴에서 먼저 온다. 주름진 이마의 깊은 골에서 파릇한 냉이와 쑥이 솟아나는 듯하다.

매표소에서 일주문으로 이어지는 비탈길을 걸어 올라가다 보면 '태백산부석사'라고 쓰인 현판이 나온다. 바로 일주문인데, 그 뒤쪽에는 또 '해동화엄종찰'이라고 쓰여 있다. 여기서부터 경사가 조금씩 가팔라지고 길 양쪽으로는 온통 사과밭이다. 4월 중순쯤 되면 사과꽃과 향기로 자욱하게 뒤덮일 터인데 그때만 골라서 부석사를 찾는 이들도 적지 않다. 사과꽃은 세 가지 색깔로 바뀐다. 몽우리가 지면 빨간색이었다가 꽃잎이 펼쳐지면서 연분홍으로, 그리고 마지막에는 하얀 색깔로 변한다.

이처럼 하나의 꽃이 세 가지 색깔로 짧은 시일 내에 바뀌는 꽃을 사과꽃 외에 아직 난 본 적이 없다. 단순히 식물의 자기 보호색으로만 넘겨버릴 수 없는 이 컬러의 대변신은 나로 하여금 선승들의 화두만큼이나 머리를 어지럽게 만든다. 그리고 가만히 들여다보면, 사과꽃은 그 어떤 꽃보다도 '작은 것이 더 아름답다'는 것을 실감할 수 있게 하는 꽃이기도 하다. 내 눈엔 벌써 붉은 능금들이 하늘을 자욱하게 날아다니고 입에선 신맛이 돈다.

사과밭을 지나자 잎이 돋기 시작한 은행나무길이 나온다. 이 길은 《완당평전》을 쓴 유홍준 교수가 "조선땅 최고의 명상로"라고 감탄한 바 있으나, 나로서는 노란 은행잎이 자욱하게 깔린 가을 외에는 낙산사 해수관음상에서 원통보전으로 가는 오솔길엔 훨씬 미치지 못해 보인다.

천왕문을 거쳐 도량으로 들어서면 고색창연한 범종루와 안양루, 응향각 등 천년 전의 솜씨와 숨결로 빚은 건축물들이 장쾌하게 펼쳐진다. 부석사의 모든 건물들은 뜬 돌, 즉 부석이라는 이름처럼 가파른 산기슭을 따라 축대 위에 아득히 떠 있는 모습이다. 천왕문에서 무량수전에 이르는 9개의 석축이 '9품만다라'를 상징한다는 도륜스님의 설명을 들으면 무심코 흘렸던 숨결이 새삼 가팔라진다.

제 무게를 감당하지 못해 고개를 숙인 만월당 앞의 노란 수선화, 작은 꽃 속에 그보다 더 작은 꽃들이 수십 개 피어 있는 3층탑 앞의 산수유, 그리고 경내 곳곳의 청매화와 홍매화들……. 노란 산수유꽃들은 꿈을 한껏 산란하고 있고 하얀 매화꽃들은 그 산란된 꿈을 거둬들이고 있다. 이 두 가지 꽃이 공존하고 있으면, 왠지 노란 산수유는 가지를 뻗으며 자꾸 절 밖으로 튀어 나가려는 듯이 보이고, 하얀 매화는 뿌리를 내리며 자기 자리를 더욱 다지는 듯이

무량수전 배흘림기둥에 기대어 멀리 소백산 자락으로 자욱이 물들어가는 저녁노을을 바라보라.
그리고 고개를 돌려 법고소리를 들으며 무량수전에 고여 있는 빛깔을 보라. 그것은 사람의 것이
아닌, 결코 사람이 가질 수 없는 빛깔이다. © 임재천

보인다. 산수유는 가지가 승한 탓이고 매화는 뿌리가 승한 탓이다. 남매가 서로 손을 잡은 채 징검다리를 건너가는 모습처럼 불안한 듯하면서도 평화로운 절묘한 공존이다. 그러나 모두 매서운 겨울고개를 넘어온 봄의 전령사들이다.

무량수전 마당 꽃나무 사이로 잿빛 승복을 입은 스님들이 느린 강물처럼 걸어 다닌다. 노란색과 하얀색 사이로 회색 선이 그어진다. 회색은 무너지는 색이다. 그러나 다시 보면 무너지는 것을 받쳐주는 색이다. 그러므로 잿빛 승복은 가장 낮은 자리에 있어야 하고, 또 가장 낮은 자세로 있어야 한다. 모든 것은 언젠가는 무너지고, 결국 가장 낮은 자리로 돌아온다.

무량수전은 현존하는 우리나라 목조건물 가운데 안동 봉정사 극락전 다음으로 오래된 것이다. 네 기둥의 귀솟음과 안허리 곡선이 빚어낸 휘어진 지붕의 선들. 우리네 삶도 저처럼 어우러지고 휘어지면서 아름다워질 수는 없을까.

무량수전 뒤편으로 가면 그 유명한 부석이 나온다. 바위와 바위 사이에 생채기 같은 작은 틈이 있는데, 그 틈새가 얼마나 작은지 바늘에 꿴 실로 확인해보는 사람들도 있다고 한다. 그러나 두 개의 돌이 동시에 떠 있는 것인지, 아니면 하나가 들떠 있는 것인지는 알 수가 없다. 다만 그 틈새가 결코 하나일 수 없는 사람과 사람 사이의 관계가 상처를 무릅쓰고라도 하나가 되기 위한 노력의 틈이기를 바랄 뿐이다.

석양을 법당 안으로 들일 수 없는 무량수전과 배흘림기둥만을 품은 채 먼발치에서 서성거리는 석양. 부석처럼 떠 있는 이 안타까운 만남과 헤어짐의 간격을 차마 볼 수 없다는 듯 비스듬히 돌아앉은 법당의 소조여래좌상……. 그러면서도 언제나 그쯤에서 서로 마주 보며 자기 자리를 지키는 것이 오히려 더욱 아름다워지고 있는 이 두 관계가 내 가슴을 친다.

안쏠림으로 세워진 무량수전 토방의 배흘림기둥에 기대어 멀리 소백산 자락으로 자욱이 물들어가는 저녁노을을 바라보라. 그리고 고개를 돌려 법고소리를 들으며 무량수전에 고여 있는 빛깔을 한번 보라. 그것은 사람의 것이 아닌, 결코 사람이 가질 수 없는 빛깔이다. 그 빛깔은 간절히 원한다고 해서 만날 수 있는, 더욱 간절히 바란다고 해서 가질 수 있는 그런 빛깔이 아니다. 그 빛깔은 무량수전과 석양이 부석의 돌틈처럼 서로 슬픔의 공명을 이룰 때 비로소 얻을 수 있는 것이다.

돌아가는 길.

오늘은 언제나 남은 생의 첫날이다. 그 첫날들이 모여 생의 장강을 이룬다. 난 그 강 위에 뜬 가랑잎이다. 가랑잎이 가는 곳은 아무도 모른다. 종소리가 멈췄다. 종소리의 여운 속으로 그리움이 밀려온다. 저녁노을처럼 밀려온다. 지금 나는 부석사를 내려가고 있지만, 실은 다시 올라가고 있었다.

가장 빛나는 별은
아직 뜨지 않은 별

진관사

"어느 길로 갈 것인지 더 이상 알 수 없을 때
그때가 비로소 진정한 여행의 시작이다."

북한산 자락의 진관사에는 내가 오래전에 숨겨놓은 별이 하나 있다. 가장 빛
나는 별이지만 아직 이름이 없다. 나는 지금 그 별을 찾으러 가고 있다. 28년
전 난 진관사에 갈 때마다 나짐 히크메트가 쓴 〈진정한 여행〉이라는 제목의
시 한 편을 별에게 들려주었다.

가장 훌륭한 시는 아직 쓰이지 않았고

가장 아름다운 노래는 아직 불리지 않았다.

최고의 날들은 아직 살지 않은 날들

가장 넓은 바다는 아직 가지 않았고

가장 먼 여행은 아직 시작되지 않았다.

불멸의 춤은 아직 추어지지 않았고

가장 빛나는 별은 아직 뜨지 않았다.

무엇을 할 것인지 더 이상 알 수 없을 때

그때가 비로소 진정한 무엇인가를 할 수 있고

어느 길로 갈 것인지 더 이상 알 수 없을 때

그때가 비로소 진정한 여행의 시작이다.

히크메트는 터키의 시인이다. 모스크바대학으로 유학 가서 정치경제학을 공부하고 돌아와 터키의 맑스주의자로 활동하다가 옥고를 치른 뒤 오랫동안 망명생활을 했다. 파블로 네루다 시인의 회고록에는 감옥에 들어간 굶주린 터키 농민들이 풀을 뜯어 먹는 얘기가 나온다. 바로 그 얘기를 네루다에게 들려준 이가 히크메트인데, 이것은 그의 옥중 시다. 진관사는 오래전 내가 현상금과 2계급 특진이 걸린 긴급수배자였을 때 가끔 찾은 절이다. 25~28살의 청년, 그때 도망자로서의 내 은신처는 주로 은평구 일대였다.

살얼음 위를 걷는 긴장의 나날들. 어둠도 복면을 하고 있었던 삼엄한 시절. 심신도 지치고 앞날도 아득해 문득 모든 것을 내려놓고 싶을 때, 홀로 이 절간을 찾아 배회하며 물끄러미 지는 해를 바라보곤 했다. 임종의 숨결 같은 뻐

진관사

꾸기 울음소리도 들었고, 배고픈 아이들이 밥그릇 바닥을 긁는 것 같은 소쩍
새 울음소리도 들었다. 모든 게 서럽고 아득했다. 저녁노을에 물들어가는 대
웅전 기왓장의 이끼는 차라리 허공에 목을 맨 능소화 붉은 꽃잎인 양 더욱 서
러웠다. 오늘 다시 히크메트의 시를 별에게 들려주며 아직도 내 먼 여행은 시
작되지 않았는지를 물을 것이다. 더불어 내 진정한 여행이 언제 시작되는지
를 묻고 또 물을 것이다.

비구니 수행도량인 진관사(주지 계호스님)는 그 자리에 있었지만 예전의 그
절은 아니었다. 가는 길부터가 달랐다. 연신내에서 진관동과 기자촌으로 가는
길 주변은 은평뉴타운 아파트촌으로 변했고, 물에 비친 자기 얼굴의 먼지를
확인할 절 앞의 징검다리도 사라졌다. 원래 이 길은 왕들이 오고 간 길이다.
고려시대엔 현종과 선종, 숙종, 예종이, 조선시대엔 태조 이성계와 세종, 세
조, 성종, 문종, 연산군 등이 진관사로 오갔다. 1011년 진관사를 창건한 고려
현종은 자신이 대량원군이었던 12살 때부터 천추태후(헌애왕후)가 사주한 자
객들에게 몇 차례 암살될 뻔했다. 대하사극 〈천추태후〉가 그런 권력암투를 그
린 드라마다. 어린 아들 목종을 수렴청정하던 천추태후가 불륜으로 낳은 사
생아까지 차기 왕으로 만들기 위해서는 왕위계승자인 여동생 헌정왕후의 아
들(대량원군)이 제거되어야 했기 때문이다.
  그러나 북한산 자락 한 암자의 진관대사라는 스님이 12살 대량원군을 불
상 수미단 아래 땅굴을 파서 피신시키며 보호했다. 3년 뒤 현종으로 등극한
대량원군은 진관사를 크게 지어 생명의 은인인 진관대사에게 선물하고 대사

를 국사로 맞았다. 왕실사찰이 된 것이다. 이후 왕의 목숨을 구한 절이라 하여 고려시대 여러 왕들이 진관사를 참배하며 물품을 지원했다. 물론 조선시대에도 수도의 한양 이전과 조선 건국에서 희생된 고려왕실의 영혼을 기리는 국가적 수륙재(水陸齋) 개설로 다시 전성기를 누렸다.

이 길은 또 성삼문, 신숙주, 박팽년, 이개, 하위지 같은 집현전 학사들이 오고 간 길이기도 했다. 세종대왕은 진관사에 독서당을 세워 그들을 휴가 보냈다. '독서휴가' 어명이었다. 진관사는 자연스럽게 왕실과 사대부, 그리고 서민들까지 애용하는 전 국민적 사찰로 확대되었다. 〈천추태후〉 〈대왕세종〉 〈뿌리깊은 나무〉 같은 역사드라마에 나오기도 했다.

또 세월이 흘러 이 길은 일제강점기 항일투사들이 오고 간 길이기도 했다. 대웅전 옆 칠성각에서는 얼마 전, 3·1운동 당시의 태극기와 〈독립신문〉 등 독립운동 자료 16점이 발견되었다. 진관사가 불교계 독립운동과 의용승군(義勇僧軍)의 거점이었던 것이다. 그 당시 주지였던 백초월(1878~1944년) 스님은 만해 한용운 스님과 비견되는 대표적인 항일승려였다. 스님은 해방 1년 전에 체포돼 일제의 모진 고문으로 청주교도소에서 옥사했다. 진관사 얘기는 아니지만, 얼핏 수배 중인 김구 선생이 한때 머리 깎고 공주 마곡사에 은신했다는 얘기가 떠오른다.

진관사 맞은편의 돌다리 세심교를 건너면 서울시 건축상 최우수상을 받은 '진관사 템플스테이 역사관'이 나온다. 서서히 가팔라지는 계곡 지형을 따라 함월당, 길상원, 공덕원, 효림원 등의 한옥이 차례로 앉았다. 유선형의 돌계단이 서로를 잇는 핏줄이다. 무질서한 증개축이 아니라 사찰의 본래 풍광을 살리려는 자연과의 조화에 세심한 듯하다. 한옥은 안에서 밖을 바라볼 때 그 진가가 드러난다. '달을 품은 집' 함월당 바닥에 앉으면 크기와 위치를 섬세하게 잡아 뚫은 창호로 소나무숲이 펼쳐진다. 또 공덕원과 효림원의 창호를 열면 숲과 돌담과 단청 두른 처마, 그리고 허공이 펼쳐진다. 창과 문이 열리고 닫힐 때마다 새로운 풍광이 펼쳐진다. 한마디로 집을 품은 산, 산을 담은 집이다.

진관사를 떠나기 전 계곡으로 들어가 나무 한 그루로 서서 오랫동안 숲을 바라보았다. 오래된 숲일수록 잎의 비율보다 뿌리나 줄기, 가지의 비율이 훨씬 높다. 나는 결국 내가 진관사에 숨겨놓은 그 별을 찾지 못했다. 가장 빛나는 별은 아직 뜨지 않았던 것이다. 그러므로 내 진정한 여행도 아직 시작되지 않았다.

팔만대장경,
그 장엄한 언어의 숲을 찾아서

해인사

팔만대장경 앞에서 피를 토하며
죽을 때까지 절한다 해도
경판의 그 '절대고독'을 어찌 알 것인가.

일정에 없는 해인사 길이다.

어제 나는 화엄사 계곡을 벗어나 느리게 흐르는 섬진강 길을 따라 천천히 걸었다. 걸으면서 이 느린 강물의 속도를 계속 맞출 수 있다면 이미 진 산수유 꽃잎 벗 삼아 하동 화개장터까지도 따라가볼 참이었다. 그런데 강물 위로 떠내려오는 작은 통나무 하나가 내 발길을 돌려놓았다. 지리산 어느 자락에서 벌목되었을 그 통나무가 이날따라 내 눈엔 마치 섬진강을 타고 몽골의 침입이 닿지 않았던 남해 섬까지 흘러들어 고려팔만대장경의 경판으로 쓰였다는 산벚나무나 자작나무로 비친 것이다.

그때 문득 저 벚나무나 자작나무보다도 내가 먼저 해인사에 도착해야 한다는 이상한 강박감에 홀리기 시작했고, 몸은 벌써 강둑을 내려 저만치 하얀 배밭 사이로 가고 있었다. 이런 걸 난 스스로 '문득행'이라 하고, 다른 사람들은 날더러 '문득병'이 도졌다고 한다. 혼자 하는 여행이란 아무리 사소한 동기가 주어지더라도, 강물이 바위를 만나면 굽이치듯 그때부터 갑자기 마음이 설레고 바빠지는 법이다. 내 몸도 그렇게 한 잎 물결처럼 해인사로 흘러갔다.

이른 새벽, 산사에 올랐다.

해인사는 자욱한 안개에 뒤덮여 있었다. 가야산 울창한 숲에서 뿜어져 나오는 연둣빛 향기와 새소리가 내 실핏줄까지 새로운 피로 갈아주는 듯했다. 이른 봄, 이른 새벽이 아니면 잠겨볼 수 없는 흥건한 일탈의 바다였다. 나는 혼자 절에 갈 때 거의 일출 전의 새벽이나 일몰 후의 저녁 무렵을 택한다. 그때가 절이 아직 '개장' 전이거나 '파장' 후라 그나마 '절간'처럼 보이기 때문이다. 낮에 절을 찾아본 이라면 누구나 실감하겠지만, '영혼주식회사'가 따로 없다. 지겨운 일상을 절에서 다시 보는 것만큼 지겨운 일도 없다.

수천 년을 거슬러 올라가도 옛날이 아니요,
수만 년을 앞으로 나아가도 항상 지금이다.

산문에 들어서자마자 죽비로 등짝을 한 대 얻어맞는 듯한 일주문 기둥의 이 글귀가 나를 단숨에 허기지게 만든다. 게다가 바로 눈앞의 천년 묵은 고사목은 마치 '해인사의 사리'라도 되는 양 우뚝 솟아 있어 초입부터 삼엄하기 이를 데 없다. 그것은 몸으로 서 있는 게 아니라 오로지 혼으로만 서 있는 것처럼 보인다. 그 혼은 이 새벽안개처럼 해인사 구석구석을 스며들어 상처 난 곳마다 핥으며 단청을 하고 있다. 해인사와 동갑인 1,200살의 이 나무는 속명이 느티나무이며 고사목은 그의 법명이다. 신라 때부터 그 장구한 세월을 해인사와 더불어 장좌불와로 수행해온 몸이다. 그러니 그 앞을 지나간 수많은 고승들의 발걸음이 결코 가볍진 않았으리라. 해인사의 고사목, 그것은 그 자체가 바로 하나의 '적멸보궁'인 셈이다.

해가 떠오르자 비로소 16개의 크고 작은 암자들을 품은 가야산의 넉넉한 가슴이 푸른 핏줄을 드러낸다. 연잎을 스치는 바람결처럼 은은하게 들려오는 독경소리가 그 푸른 핏줄을 타고 어둠 속의 빛을 실어나른다. 봄이 왔다. 가야산 깊은 골짜기의 잔설 위에도 봄이 온 것이다.

순천 송광사, 양산 통도사와 더불어 우리나라 삼보사찰(三寶寺刹) 가운데 하나인 해인사는 다른 절에 비해 유난히 직선적인 아름다움이 돋보인다. 일주문에서 대적광전을 거쳐 법보전까지 일직선으로 뻗은 가람을 축으로 양쪽에 면벽한 불전과 승방의 배치는 경복궁의 배치처럼 서릿발 같은 위엄이 서려 있다. 각 당우들도 수행에는 왕도가 따로 없음을 암시하듯 한결같이 대쪽처럼 각을 세우고 있다.

곡선과 다른 이 직각의 날카로운 미학은 마침내 팔만대장경이 있는 장경각에서 절정의 숨결을 빚는다. 모두 4동으로 이루어진 대장각은 공중에서 내려다보면 죽비처럼 뻗은 기와지붕 능선과 처마 끝을 따라 파놓은 배수로 등의 정교한 배치가 마치 직사각형으로 각을 뜬 듯하다. 가만히 보고 있으면 마치 물을 벨 때처럼 내 몸속으로 피 한 방울 흘리지 않고 칼날이 지나가는 느낌이다.

안팎의 통풍을 위해 장경각은 모든 벽마다 아래위로 서로 다른 크기의 살창을 만들어놓았다. 안쪽은 사람이 만든 공간이고 바깥은 자연이 만든 공간이다. 사람과 자연을 연결해주는 유일한 코드는 살창의 작은 틈새다. 실핏줄 같은 그 틈새는 자로 잰 듯 촘촘하게 벌어져 있어 들어가고 나오는 것들의 양과 수급을 조절한다. 틈새는 바람의 길이요, 햇빛의 길이다. 바람도 햇빛도 안으로 들어갈 땐 직각으로 들어간다. 들어가 다시 몇 차례 직각으로 꺾이고, 나올 때 역시 직각으로 나온다. 물론 수급의 양도 자기 눈높이를 벗어날 수는 없다.

각은 또한 그늘을 만든다.

그늘은 그림자와 다르다. 그림자가 빛의 이파리 같은 것이라면 그늘은 빛의 떨켜 같은 것이다. 잎이 지고 그 잎의 그늘에 숨어 있던 떨켜는 새로운 잎을 만든다. 그림자는 숨을 멈춘 지 오래지만 그늘은 숨을 멈추지 않는다. 장경각 안의 그늘은 들숨이 날개를 접는 곳이고, 바깥의 그늘은 날숨이 날개를 펼치는 곳이다. 날개를 접고 펼치는 것의 차이를 없애주는 불이문이 바로 살창의 작은 틈새다. 그 틈새는 상하 전후 모두 서로의 크기가 다르다. 안팎의 공기 순환이 맺힘이 없어야 대장경도 들숨과 날숨에 맺힘이 없다. 그늘진 각의 아름다움이 경판으로 하여금 비로소 숨을 쉬게 한다.

그 경판이 숨쉬게 하는 데에는 장경각 안의 바닥도 빼놓을 수 없다. 바닥은 모든 공간의 바탕이면서 또한 '접힌 공간'이기도 하다. 그 접힌 공간을 책받침처럼 펼치면 그 안에 돌돌 말려 있던 산들이 주르르 펼쳐진다. 산사태가 아니라 한순간에 시공의 경계가 허물어지는 사태다. 허물어진 경계는 이미 경계가 아니다. 날아가는 새의 발자국이 허공에 남지 않는 것도 애당초 허공엔 경계가 없기 때문이다. 경계가 없는 곳, 가장 자연의 본질에 닿아 있는 곳, 그 장엄한 언어의 숲이 바로 장경각이다. 숨쉰다고 하지 말 일이다. 내가 숨을 쉬며 살아 있다고는 더욱 하지 말 일이다. 감히 말하건대 팔만대장경 앞에서는 죄인 아닌 사람이 없다. 그 앞에서 피를 토하며 죽을 때까지 절을 한다 해도 경판의 그 '절대고독'을 어찌 알 것인가.

장경각 안에는 그 흔한 좀벌레 한 마리조차 보이지 않는다.

바닥을 다질 때 소금과 숯을 흙에 섞어 같이 버무렸기 때문이다. 소금으로써 흙의 부패를 막고 숯으로써 공기와 습도를 조절하고 그 둘의 화학적 결합으로써 최적의 무균 상태를 유지한다. 이런 상태를 굳이 십우도(十牛圖)에 빗대자면 소가 스스로 사람을 따라오는 '목우(牧牛)' 단계, 곧 이제 막 득력이 생겨 '한 화두'가 되는 단계쯤 될 것이다. 효봉스님의 제자인 법흥스님(현 송광사 회주스님)은 "한국 스님들이 이 단계까지 가면 방장 될 자격이 있는 것"으로

해인사

장경각에는 모든 벽에 아래위로 크기가 다른 살창이 있다. 안과 밖을 연결해주는 것은 살창의 작은 틈새다. 그 틈새는 바람의 길이요, 햇빛의 길이다. ⓒ구경각

본다. 소금에 삶은 뒤 맑은 그늘에 말린 경판재는 결이 부드럽고 휘어지지 않는다. 강도 또한 더욱 깊어진다. 그처럼 수행도 일정 단계를 거쳐야만, 어느 순간 마른하늘에 날벼락 치듯 '뚜껑이 활짝 열릴' 것이다. 그러나 뚜껑 열리고 보면 그 위에 구름이 있는 건 또 어찌하랴.

해인사에는 해인사보다 더 오랜 역사를 품은 원당암이 있다. 또 암자들 가운데 가장 높은 위치에서 마치 어미 소가 젖 물린 송아지 내려다보는 듯한 백련암도 있다. 예부터 고승들의 수행터인 이 백련암에는 성철스님을 비롯한 소암, 환적, 풍계, 성봉, 인파대사 등 역대 산중 어른들이 주석해왔다. 노송이 우거진 수려한 주변 경관이나 신선대, 용각대, 절상대 같은 기암들이 병풍처럼 에워싸고 있어 최상의 절승지란 이름이 제 값어치를 하고도 남는다. 성철스님의 다비식 광경을 그린 대형 그림까지 감상하고 나니, 저녁예불 소리를 따라 내려오는 길이 그저 하염없이 이어지는 길이기만을 바랄 뿐이다.

해인사에는 '두 개의 적멸보궁'이 있다. 하나는 앞쪽의 고사목이고 또 하나는 뒤쪽의 고려팔만대장경이다. 고사목이 해인사의 몸을 압축해놓았다면 대장경은 해인사의 정신을 압축해놓은 것이다. 그 둘은 전후방에서 몸과 정신의 싸움을 지키고 있다. 싸움에서 이기지 못하면 몸과 정신은 분리되고, 이기면 싸움의 대상은 소멸된다. 모든 싸움은 힘겹다. 그러나 싸우지 않으려는 것은 더욱 힘겹다. 고사목과 대장경은 떨어져 있지만 하나다. 그 둘은 싸우지 않고 서로를 지킨다.

해인사를 떠나면서 '해인(海印)'이라는 말을 다시 떠올린다. 해인사는 이름 그대로 '바다라는 거울에 자신을 비추는' 절이다. 바다는 세상에서 가장 큰 거울이다. 하지만 그 바다도 물방울 하나라도 모자라면 완전한 모습을 비추지는 못한다. 산문을 벗어나 두 손 모으며 뒤돌아서려다가 이내 포기했다. 바다에 비추기엔 내 얼굴이 너무 작았던 탓이다.

이 세상에서
가장 여운이 긴 풍경소리

정암사

바라보는 눈의 높이가 낮아지면
받아들이는 마음의 폭도 넓어진다.

"일백 번 굽이쳐 흐르는 냇물이요, 천 층으로 계단이 된 절벽이로구나."

강원도 정선의 탄광촌인 사북과 고한으로 가는 길은 깊은 골짜기들 사이로
난 외길이다. 그 길은 정선아리랑처럼 끝없이 돌고 도는 길이다. 옛날에는 이
산에서 저 산으로 줄을 매어 빨래를 널었다고도 하지만, 정말 우리나라의 골
짜기란 골짜기는 다 집합시켜놓은 듯했다. 골짜기들마다 가파른 비탈도 아랑
곳없이 임시막사처럼 다닥다닥 붙어 있는 낡은 집들의 풍경은 멀리서 바라보

는 것조차 숨이 탁탁 막혀올 지경이다. 게다가 그 위에 흩뿌리는 눈 탓인지 사양길로 추락한 탄광촌의 지난했던 삶이 그렇게 처연할 수가 없다. 골짜기를 겨우 벗어나는가 싶더니 또 다른 골짜기가 기다리고 있는 것, 그네들의 인생살이는 그렇게 익숙해져왔을 것이다.

태백선 완행열차가 고한역에 도착해 내리자 간간이 뿌리던 눈은 어느새 진눈깨비로 변해 있었다. 좁은 고한읍내는 탄광촌이 언제 적 얘기냐고 묻는 듯 고급 승용차와 외지인들로 북적거렸고, 거리 또한 서울 변두리의 유흥가와 다름없었다. 한 주민은 "그놈의 '카지노'가 점령한 다음부터는 탄광촌이 도박촌으로 변해버렸다"고 말한다. 한겨울 추위에도 거리가 이렇게 들떠 있는 걸 보면 도박은 계절을 가리지 않는 모양이다. 고개를 들어보니 이런 오지에 눈에 밟히는 게 온통 전당포 간판들이었다. 24시간 영업하는 데도 많은데 그 안에는 "사람 빼고는 다 있다"고 한다.

정선의 깊은 산골에 있다는 정암사는 고한역에서 그다지 멀지 않았다. 이젠 도박촌으로 변한 탄광촌에서 얼마 되지 않는 거리에 이토록 청정한 '적멸보궁'이 존재한다는 게 기이하게 느껴질 정도였다. 어쩌면 그곳은 이미 황폐해진 도박인생과 막장인생들이 마지막으로 잃어버린 자기를 되찾는 '마음의 산소호흡기' 같은 곳인지도 모른다.

궂은 날씨 탓인지 내가 도착했을 때는 참배객으로 보이는 사람들은 한 명도 눈에 띄지 않았다. 다음 날도 그랬다. 염불소리나 목탁소리마저 들리지 않아 참으로 오랜만에 젖어보는 아늑하고 그윽한 분위기였다. 아마 내가 절에 있으면서도 '절에 온 것 같다'는 느낌을 받은 것은 이때가 처음이 아닌가 싶다. 천천히 경내를 한번 둘러본 다음 종무소에 들러 주지인 화광스님을 찾았더니, 머리를 두 갈래로 땋은 꼬마 아가씨가 "스님은 지금 감기몸살이 아주 심해 며칠째 누워 계세요"라고 했다. 감기약을 꺼내려고 배낭 속을 뒤적거리자 살짝 웃으며 "우리 스님, 약 같은 거 안 드세요" 한다. 모른 척하고 얼른 초콜릿으로 바꿔 슬며시 꺼내주자 "전, 단거 안 먹어요" 한다.

정암사는 석가의 진신사리를 모셨다는 5대 적멸보궁 중 하나다. 신라의 국통이었던 자장스님이 세우고 또 그가 입적할 때까지 머물렀던 절이기도 하다. 강릉 수다사에 머물던 자장스님이 하루는 꿈을 꾸었다. 당나라 오대산에 있을 때 만났던 한 스님이 나타나 "내일 그대를 대송정에서 만날 것이오" 하고는 사라졌다. 이튿날 아침 일찍 대송정으로 가니 문수보살이 나타나 "그럼 태백산 갈반지에서 다시 만날 것이오" 하고는 또 홀연히 사라져버렸다. 자장스님이 다시 태백산으로 들어가 갈반지를 찾고 있는데, 커다란 구렁이 한 마리가 나무 아래 똬리를 틀었다. 스님은 '아하, 바로 여기가 그 갈반지로구나' 여기고는 그곳에 석남원을 세운 다음 문수보살이 나타나기를 기다리고 또 기다렸다. 그 석남원이 바로 지금의 정암사다.

자장스님은 당나라에서 갖고 온 부처님의 진신사리를 모실 탑을 마당에 세웠다. 탑은 세울 때마다 무너졌다. 스님은 식음을 전폐하고 간절히 기도했다. 어느 날 칡넝쿨 세 줄기가 흰 눈 위로 솟아나 뒷산 중턱까지 뻗어 올라가 멈쳤다. 스님이 칡 줄기가 멈춘 그 자리에 다시 수마노탑을 세우니 이번엔 무너지지 않았다. 지금도 나이 드신 분들 가운데는 한자로 칡 '갈(葛)' 자와 올 '래(來)' 자를 써 정암사를 '갈래사(葛來寺)'라고 부르는 분들이 적지 않다.

탄허스님이 현판 글씨를 쓴 일주문을 지나 오른편으로 '낮은 돌기와담'을 따라가면 그 끝자락 한편에 제법 고풍스런 적멸궁(寂滅宮)이 돌아앉아 있다. 이 낮은 돌기와담은 《나의 문화유산답사기》의 유홍준 교수가 정암사를 여덟 번이나 찾은 후에야 비로소 그 아름다움에 눈떴다고 하니, 초행인 나로서는 눈길이 가지 않을 수 없었다. 낮은 돌기와담은 적멸궁 둘레뿐만 아니라 전나무, 산목련, 염주나무 들이 심어진 정암사 경내 곳곳을 감싸고 돌아 둘러보는 이들로 하여금 저도 모르게 바라보는 눈의 높이를 낮추게 한다. 바라보는 눈의 높이가 낮아지면 받아들이는 마음의 폭도 넓어진다. 나는 문득 이 나지막한 담장에 기대어 귀를 기울이고 싶어졌다. 그러면 저 산 위의 수마노탑에서 이 세상에서 가장 여운이 긴 풍경소리가 들려오겠지. 그 풍경소리 따라 하염없이 가다 보면 언젠가는 내 몸도 풍경이 되어 가느다란 실바람 하나라도 놓치지 않고 울리겠지…….

법당에 불상이 없는 정암사 적멸궁은 다른 적멸보궁과는 달리 현판 이름이 세 글자다. '보(寶)' 자를 일부러 뺀 건지, 아니면 다른 절에서 더 넣은 건지 나로서는 알 도리가 없다. 적멸궁과 극락교 사이에는 죽은 가지가 하늘 높이 솟아 있는 가운데 주목 한 그루가 자라는 둥근 석단이 있다. 의상대사의 지팡이에서 자란 영주 부석사의 단풍나무나 한암스님의 지팡이에서 자란 오대산 중대의 단풍나무에서 보듯, 여기 자장스님이 꽂아두었던 지팡이에서 뿌리가 내리고 가지가 돋아 오늘날까지 푸르게 살아 있다는 선장단(禪杖檀)이다. 그나마 자장스님의 숨결을 더듬을 수 있는 몇 안 되는 자취 중 하나라 자꾸만 뒤돌아보게 된다.

요사채에서 하루 묵은 다음 날, 내 딴에는 새벽 일찍 수마노탑에 올랐는데 벌써 눈이 치워져 있다. 간밤에 폭설이 내려 스님이 치운 모양이다. 탑까지 오르는 182개의 돌계단은 산비탈을 여러 차례 꺾어 돌도록 만들어져 있다. 그러고 보니 숨이 차올라 무릎이 꺾일 만하면 계단도 같이 꺾여 숨 고를 여유를 주곤 하는데, 그게 여간 절묘한 게 아니다. 또 그 절묘한 전환점마다 자기 모습을 부위별로 하나씩 노출하는 수마노탑이 보이게 되어 있어, 급한 마음과 느린 몸이 더욱 어긋나 낡은 바퀴처럼 요란하게 삐걱거린다. 가깝지만 멀고, 멀지만 가깝다. 살며 사랑한다는 것도 저런 게 아닐까 싶었다. 삶의 능선을 돌고 도는 것은 깊은 골짜기뿐만 아니라 이처럼 얕은 산등성이에서도 얼마든지 돌고 도는 것이리라.

마침내 석회암 벽돌로 차곡차곡 쌓아 올린 수마노탑 앞에 이르니 천지가 온통 눈이다. 눈 덮인 태백산 천의봉 줄기가 서쪽으로 길게 그 기세를 뻗어 내리다가 어머니의 젖가슴 같은 산 중턱에서 문득 멈춰버렸다. 문득 멈춘 그 지점이 바로 부처님의 진신사리가 안치된 수마노탑의 자리였다. 7층 높이의 수마노탑은 태백산에서 불어오는 거친 눈보라에도 아랑곳없이 깊은 묵언에 잠겨 있는 듯했다. 다만 층층이 모서리마다 달려 있는 풍경들만이 눈처럼 겨

태백산에서 불어오는 거친 바람에도 아랑곳없이 수마노탑이 깊은 묵언에 잠겨 있다. ⓒ 이산하

울산을 날아다니며 명징한 소리를 전한다. 종소리의 맑은 결이 흐트러질 것을 우려해 시주자들 이름 대신 시 한 수를 새긴 범종이 오늘따라 풍경처럼 유난히 경쾌하게 울린다.

치면 치는 대로 울리지만
그 소리 있거나 없거나 바탕은 하나
지옥은 그 매운 고통 멈추고
사악한 무리는 그 자취를 감추리.

정암사는 예부터 많은 선객들이 모여 수행한 선(禪)사찰로도 유명하다. 일제강점기 조선인 죄수에게 오판으로 사형선고를 내린 뒤 판사를 그만두고 출가한 효봉스님이 3년 이상 머물며 수행정진한 절이다. 또 해방 이후에도 지월스님, 서옹스님 등이 거쳐간 절이니 출가수행자들 사이에서는 더욱 각별한 의미로 다가오는지도 모른다.

돌아오는 길에 자장스님이 입적한 조전 터와 그 유골이 모셔져 있다는 석혈, 그리고 최시형을 비롯한 동학 핵심지도자들의 수련장소 겸 피신처로 알려진 적조암에 가려고 종무소에 들렀다. 단거 안 먹는다던 그 아이가 생긋 웃으며 "이 정암사 계곡을 끼고 만항재 쪽으로 오르다 보면 양지촌과 평화촌이 나오는데 그 동쪽 산기슭에 있어요" 하고 약도를 손금 보듯 그려준다.

그러나 큰길에서 산기슭으로 접어들자 나는 몇 걸음도 떼지 못하고 포기해

야만 했다. 눈이 무릎까지 푹푹 빠지는 데다 갑자기 눈보라까지 휘몰아친 것
이다. 이런 폭설 속에서는 길도 찾을 수 없다는 정암사 원주스님의 말이 떠올
랐다. 아쉬운 마음이야 정선 골짜기들에 쳐진 빨랫줄로도 다 묶을 수 없겠지
만, 폭설이 더 내려 길이 완전히 끊어지기 전에 난 서둘러 정암사를 떠나야
했다. 길 위로 폭설이 그리움처럼 쌓인다.

정암사

네 몸속에
절 하나 지어보아라

법흥사

길게 고민하지 말고
우선 내 몸속에 작은 절 하나부터 지어볼 일이다.

고뇌하는 사람들 속에 있으면서도

그 고뇌에서 벗어나라.

마을이나 숲이나 골짜기나 평지나

깨달음을 얻은 이가 사는 곳이라면

거기가 어디인들 즐겁지 않겠는가.

특히 발걸음이 무거울 때 《법구경》의 이 구절을 떠올리면 한결 가벼워진다.

영월의 눈 덮인 무릉계곡을 따라 법흥사로 가는 길은 뒤에서 바람이 등을 밀면 앞에서 빙판이 발을 걸어버린다. 넘어지면 넘어진 김에 쉬고 일어나면 일어난 김에 길 묻느라 쉰다. 그렇게 걷고 또 걷고, 묻고 또 물어서 겨우 몸을 부린 곳이 법흥사였는데, 가는 날이 장날이라고 '24시간 철야 기도법회' 기간이었다. 더욱이 이 절로 말하자면 기도만 하면 고로쇠나무 수액 같은 영험을 맛본다는 신성한 적멸보궁이니만큼, 운집한 참배객들 역시 조금 부풀리자면 사자산 솔방울들보다도 더 많았다. 산을 저렁저렁 울리는 염불소리와 목탁소리가 신도들의 간절한 염원을 실어 나르는 듯 유장하게 흐른다.

울창한 노송 사이의 오솔길을 따라 툭툭 떨어지는 솔방울을 톡톡 차며 20여 분 올라가니 정면 3칸의 작은 규모를 가진 적멸보궁이 나온다. 겉으로 보기엔 별로 특이할 게 없는 평범하고 소박한 모습이다. 짐작대로 법당 안은 물론 마당까지 온통 법회에 참석한 신도들로 발 디딜 틈이 없었다. 법당 안은 열기가 후끈거리고 마당에서 삼천배를 올리는 신도들 얼굴에는 매서운 추위에도 아랑곳없이 땀이 줄줄 흐른다. 목탁을 두드리며 염불하는 주지 도완스님의 이마에도 땀방울이 맺혔다.

법당의 불단을 보니 불상은 없고 방석만 있는데, 그 뒤로 난 큰 창을 통해 눈 덮인 아담한 동산이 하나 눈에 들어왔다. 적멸보궁이니 불상이 없는 건 당연한데 그럼 진신사리는 어디에 안치되어 있다는 것일까. 보궁 뒤쪽으로 가보았으나 아직도 이승에서의 번뇌를 끊지 못하고 뒤척이는 망자의 무덤 같은 토굴 동산 하나와 사리탑으로 잘못 알려진 한 이름 없는 승려의 부도 1기가 눈밭에 서 있을 뿐이다.

잠시 쉬고 있는 할머니한테 사리가 있는 곳을 넌지시 물었다.

"나도 잘은 모르오. 얼핏 들으니 어디 탑 같은 데 모시지 않고 저 사자산 어딘가에 뿌렸다고 하는 것 같은데……."

아, 그래서 저 사자산 기슭 어딘가에 이따금씩 부처의 형상을 한 무지개가 보일 듯 말 듯 어린다고 하는구나. 장좌불와로 흩어져 있는 사리들이 광채를 뿜어내며 온 산에 단청을 하고 있었던 게로구나…….

그랬다. 저 온 산이 다 부처의 몸인 것이다. 풀 한 포기, 나무 하나, 바윗돌 하나. 그 위를 스쳐가는 한 점 바람이나 구름. 금방 녹아 사라지는 눈송이나 빗방울들. 그 모든 것들의 그림자마저도 부처 아닌 것이 없거늘, 그 없는 것마저도 부처이거늘, 무얼 그리도 목마르게 찾아 헤맸던가. 풀로 시들어버리거나 나무로 썩어버리거나 눈이나 비로 녹아버리면 그만인 것을. 어쩌자고, 어쩌자고…….

강원도 영월의 사자산 중턱에 깃든 법흥사는 자장스님이 마지막으로 세운 적멸보궁이다. 그때가 643년이었으니 지금으로부터 천년 하고도 절반에 가까운 역사다. 이렇게 멀고 아득하면 세월이 제 먼지를 터는 데도 무감해진다. 절에 갈 땐, 특히 오래된 절일수록 반드시 그 절이 지금까지 쌓아온 먼지의 무게를 달아보아야 한다. 몇 근이나 되는지, 과연 내 몸속에 쌓인 먼지의 무게보다도 근수가 더 나가는지……. 그리고 먼지 속을 잘 꿰뚫어 보아야 한다.

특히 절집 먼지는 밀도가 높아 하염없이 깊어 보이고 하염없이 단단해 보이기 때문이다. 눈 밝은 사람일수록 그 먼지 속의 심연도 잘 보일 것이다. 절 먼지 속의 심연의 무게와 내 먼지 속의 심연의 무게가 서로 같아지면 마침내 공명을 일으킨다. 그 공명현상을 우리는 '깨달음'이라 부르고 그 경지를 '득음의 경지'라 한다. 득음, 득음이라……. 나는 눈이 어두워 그것을 먼지 속의 심연에서 찾지 못하고 노승들의 낡은 지팡이 끝에서 찾으려 한다. 먼지가 쌓일 틈도 없이 닳고 닳은 그 지팡이 끝이 요즘 나로 하여금 몸살 나게 만든다.

내 몸무게를 달아보니
65킬로그램
먼지의 무게가 이만큼이라니!

일본 시인 호사이의 하이쿠다. 아직 먼지 속의 심연에는 이르지 못하고 바깥에 머물러 근수만 달고 있다. 그럴지라도 먼지에서 근수는 찾아내지 않았는가! 그럼 우리는 무얼 찾아낼 것인가. 길게 고민하지 말고 우선 내 몸속에 작은 절 하나부터 지어볼 일이다. 그러면 먼지가 쌓일 것이다. 그 속에 내가 있는 것이다. 고개를 쳐들고 다시 사자산을 무심한 듯 노려보니 먼지가 흰 눈처럼 자욱이 쌓여 있다. 저 먼지는 바람이 불어도 날아갈 줄을 모른다. 날아가기엔 이미 너무 무거운 모양이다.

나는 요행히 참배객들 틈에 끼어 하루를 묵을 수 있었다. 목탁소리와 염불소리가 밤새도록 단 1분 1초도 끊이지 않고 사자산 자락에 울려 퍼졌다. 이튿

풀 한 포기, 나무 하나, 바윗돌 하나. 그 위를 스쳐가는 한 점 바람이나 구름, 금방 녹아 사라지는 눈송이나 빗방울들. 그 모든 것들의 그림자마저도 부처 아닌 것이 없거늘, 무얼 그리도 목마르게 찾아 헤맸던가. ⓒ 임재천

날 들어보니 이번 법회는 20일 동안 도완스님, 삼혜스님 등 10명의 스님들이 하루 2시간씩 돌아가며 염불하는데 공양시간, 수면시간, 해우소 가는 시간에도 쉬지 않고 계속된다고 한다. 한때 선종의 구산선문(九山禪門) 가운데 사자산파의 중심 도량으로 크게 떨쳤던 선풍(禪風)이 되살아오는 듯 목이 쉬어도 염불소리는 낭랑하기만 하다. 깨달음을 얻은 이가 있는 곳이라면 돌아가는 길을 잃어버릴지라도 즐겁다고 하지 않던가.

나에게 가장
아름다운 소리를 달라

상원사

천녀의 옷자락이 종소리의 긴 여운 속으로
사라지며 애절하게 외치는 듯했다.
나에게 세상에서 가장 아름다운 소리를 달라고.

적멸보궁 가는 길은 내가 무엇을 찾으면서 가는 길이 아니라 내가 무엇에
들키면서 가는 길이다. 길 위에서 타인의 발자국에게 들키고, 지우지 못한 내
발자국에게 들키고, 뾰족한 돌부리에게 모서리 같은 내 마음이 들키고, 이름
없는 들꽃들의 자유로운 영혼에게 들키고, 허공에 흔적을 남기지 않는 새들
에게 들키고, 지푸라기끼리 상처를 핥는 허수아비에게 들키고, 자꾸만 무엇을
찾아 의미를 부여하려는 나 자신에게 들킨다.

이렇게 걷다 보니 어느덧 나는 상원사 턱밑에 와 있었다. 이제부턴 진짜 들킬 일만 남은 것 같아 등줄기가 서늘해오기 시작한다. 날씨는 이따금 불어오는 바람이 댓잎에 살을 베이는 것처럼 차고 아리긴 했으나 구름 한 점 없이 맑은 것이 무엇보다도 다행이었다.

상원사는 중대 적멸보궁을 오르는 길목에 있어 보궁 참배객들은 자연스럽게 거쳐가게 되는 절이다. 이 절은 적멸보궁이 다 그렇듯 당나라 유학에서 돌아온 자장스님이 월정사와 함께 신라 선덕여왕 때(645년) 세웠고 성덕왕 4년(705년)에 중창했다. 이후 조선시대 들어서는 왕실과 가까워져 하루가 다르게 절터가 넓어지고 기둥의 수도 늘어났다. 특히 세조 때(1464년)는 10개 정도밖에 되지 않았던 기둥이 1년 후에는 도합 56개로 늘어났다고 하니, 불교가 찬밥신세였던 당시로서는 파격이 아닐 수 없다.

그 이유는 두 가지였다.

첫째는 세조의 모태신앙이 불교였기 때문이다.

둘째는 세조의 병을 상원사의 물이 고쳐주었을 뿐만 아니라 상원사의 고양이도 세조의 생명을 구해주었기 때문이다.

어느 날, 온몸에 종창이 생긴 세조가 상원사 계곡으로 가 관대걸이에 옷을 벗어 걸어두고 혼자 목욕을 하고 있었다. 그때 어린 동자승 하나가 지나가기에 불러서 등을 씻게 했다. 왕인지 알 턱이 없는 동자승한테 세조가 농담 투로 "임금의 옥체를 씻겨주었다고 아무에게도 말해서는 안 되느니라" 하고 일렀다. 그러자 동자승이 웃으며 "임금님도 이곳에서 문수보살을 친견했다고 아무에게도 말해서는 안 됩니다" 하고는 사라져버렸다. 놀란 세조가 혼미한 정신을 가다듬고 나니, 동자승은 보이지 않는데 온몸의 종창이 씻은 듯이 나아 있었다.

그 이듬해 세조가 상원사를 다시 찾았다.

세조가 법당으로 들어서려 하자 갑자기 고양이 한 마리가 나타나 세조의 옷자락을 물고는 놓지를 않았다. 수상하게 여긴 세조가 법당 안을 샅샅이 뒤지도록 하자 불상 아래쪽에 칼을 든 괴한이 숨어 있었다. 고양이 덕분에 목숨을 건진 세조는 그 고양이에게 전답을 하사했는데 그것이 '묘전(猫田)'이다. 또 전국에 고양이를 죽이지 말라는 왕명을 내리는 한편, 곳곳에 묘전을 설치하고 고양이 석상까지 만들도록 했다. 때아닌 고양이의 천국시대요, 쥐의 지옥시대가 도래한 것이다. 안 그래도 쥐새끼들한테 곡식을 탈취 당하던 터라 농민들은 오래간만에 '피부에 닿는' 정책이라며 대환영을 했다.

지금 상원사 청량선원 앞뜰에 보면 그때의 고양이 석상 2기가 나란히 있다. 또 청량선원 안에는 양쪽으로 머리를 틀어 올리고 온화한 미소에 화려한 목걸이 장식을 한 문수동자상이 보인다. 이마에 살짝 가르마를 탄 것이 균형의 중심점인 듯 전체의 구도를 안정시키면서 길게 흘러내린 옷자락을 더욱 자연스럽게 한다. 지나침과 모자람을 조율하는 부드러운 중심이다. 이런 중심이 '무목여행' 중에 찾아지는 뜻밖의 것이라면 그 즐거움 또한 배로 늘어날 것이다.

지붕에 흰 눈이 쌓인 소림초당 앞 동정각 안에는 우리나라에서 가장 아름다운 소리를 내며 가장 오래됐다는 동종이 걸려 있다. '국보' 급의 특별대우인지 문을 달고 자물통까지 채워놓았다. 그런데 몸체에 어디서 많이 본 듯한 그림이 새겨져 있다. 천녀가 가슴에 공후(箜篌)와 생(笙)을 안고 옷자락을 날리며

하늘로 날아오르는 비천상(飛天像)……. 아하, 그것이었구나! 광화문의 세종
문화회관이었다. 그 기둥에 바로 이 비천상이 새겨져 있었던 것이다.

공후는 혜초가 사막을 걸어서 갔던 서역의 악기다. 악기가 악기를 품고 있
는 이 종소리를 난 아직 들어본 적이 없다. 상원사의 이 신라 범종은 세조가
전국에서 가장 아름다운 소리를 내는 종을 수소문해 찾아낸 것이었는데 안동
에 있던 것을 여기로 옮겼다고 한다.

어느 절이나 마찬가지겠지만 천년고찰치고 그 험난한 세월을 거쳐오면서
한두 번 불타거나 무너지지 않은 절이 없다. 이 상원사도 예외는 아니어서 해
방 직후에 실화로 한 차례 전소하자 곧 중창했는데 한국전쟁 때 다시 위기가
왔다. 국군이 인민군과 빨치산의 근거지를 없앤다며 오대산의 절들을 하나씩
불태웠다. 마침내 상원사에도 국군이 들이닥쳤다.

이때 한암스님이 법당에 꼿꼿이 앉아 "이 절과 함께 불에 타서 소신공양을
할 터이니 태우려면 나와 함께 태우시오!" 하고 일갈했다. 스님의 결기에 감
동받은 군인들이 문짝들을 뜯어 태워 멀리서 보면 마치 절이 불타고 있는 것
처럼 위장함으로써 상원사는 소실의 화를 면했다.

한암스님은 한국 불교의 초대 종정이었다.

경허, 수월, 만공스님 등과 함께 근세 선불교의 중심이었던 스님은 서울 봉
은사 조실로 있다가 1920년대 중반에 깊은 산속의 상원사로 들어갔다. 이후
1951년 입적할 때까지 한 번도 마을 밖으로 나간 적이 없었다고 한다.

"내 차라리 천고에 자취를 감춘 학이 될지언정 상춘에 말 잘하는 앵무새의

재주는 배우지 않겠다!"

한암스님이 제자들에게 늘 들려주었던 말이다. 스님은 아침에 미음 한 모금 들고 제자들과 담소를 나눈 다음 가사와 장삼을 입은 단정한 모습으로 평상에 앉아 조용히 열반에 들었다. 속세 나이 76세, 법랍 54세였다.

상원사에서 나와 중대 적멸보궁으로 가는 길은 통나무 계단과 난간에 의지해 오르는 가파른 오르막길이다. 얼어붙은 눈길이라 나무를 짚어가며 조심조심 걷는다. 아니, 걷는 것이 아니라 발을 하나씩 옮긴다고 하는 게 옳다. 30~40년생 전나무, 잣나무, 소나무, 가문비나무, 박달나무, 주목나무 등이 우거진 숲에 유난히 까마귀들이 많이 날아다닌다. 날씨가 맑은 탓인지 오가는 참배객들이 많다. 바람이 한 차례 지나갈 때마다 가지에 쌓인 눈이 흩날린다.

오솔길 중간쯤을 오르고 있을 때 몇 걸음 앞서 참배객들과 걷던 스님 한 분이 갑자기 멈추며 말했다. 공양 후 매일 보궁에 들러 참배한다는 정념스님인 듯했다.

"여기가 운산스님이 보궁을 참배하고 하산하시다가 지팡이에 기댄 채 열반에 드신 곳이지요. 70이 넘어서도 젊은 스님들과 똑같이 좌선하며 평생을 참선만 하셨는데…… 눈 온 뒤의 저 푸른 소나무 같은 분이었어요."

모두 고개를 무겁게 끄덕이며 유심히 둘러보고 있다. 다시 오르는데 꼭 운산스님의 마지막 발자국을 밟고 가는 것 같아 나도 모르게 발끝이 긴장된다. 마침내 적멸보궁 마당에 올라서자 긴 터널을 빠져나온 듯 가슴이 탁 트인다. 오대산 비로봉 아래 천하명당으로 소문난 바로 그곳이다. 풍수에 어두운 사람이 보아도 절로 고개가 끄덕여질 만큼 한눈에 들어오는 자리다. 아까의 그 정념 스님이 미소를 머금은 채 "이 명당에 부처님의 진신사리를 모신 덕에 우리나라 스님들은 먹을 것 걱정하지 않아도 되지요"라고 운을 뗀 뒤 말을 이었다.

"보살님들도 잘 살펴보시면 눈에 들어오겠지만 이곳 지형은 용이 여의주를 희롱하는 모양새와 같아요. 이 적멸보궁은 바로 그 용의 정수리에 해당하는 자리고 저 아래에 있는 두 개의 샘은 용의 눈을 가리키는데, 그게 곧 영험한 신통력을 준다고 하는 용안수(龍眼水)지요."

실제로 풍수가나 기수련하는 사람들 사이에서도 이곳을 비롯해 태백산 문수봉, 김천 직지사, 강화도 마니산 등이 영험한 곳으로 꼽히며 "다친 산짐승들이 생명력을 충전하는 곳" "한겨울에도 골바람이 불지 않고 편안한 곳"으로 알려져 있다. 5대 적멸보궁 중에서도 양산 통도사와 이곳이 가장 유명해 불자들의 참배도 가장 많다고 한다. 오대산의 각 봉우리들이 병풍처럼 둘러싼 중심에 법당이 자리 잡았다. 전혀 꾸밈이 없는 고졸한 모습이다. 법당 앞에는 잔디로 덮인 넓은 공터가 참배객들을 기다리고 있다. 보궁 뒤편에는 석탑 같은 조그만 마애불탑이 하나 있을 뿐인데 거기에 5층탑이 양각으로 새겨져 있다. 아마도 이곳에 부처님의 진신사리가 모셔져 있다는 사실을 나타내기 위한 무언의 상징일 듯싶다. 여기 오대산 중대 적멸보궁 역시 법흥사처럼 사리가 모셔진 곳이 분명치 않아 더욱 신비감을 자아낸다.

이때 문득 혜가스님의 말이 떠올랐다. 절 뒤에 평평한 바위가 하나 있어서 제자들이 자주 그 위에 올라가 드러눕는 걸 보고 하루는 스님이 물었다.

"저 바위에 부처님을 새겨놓으면 올라가 드러눕지 못하겠지?"

오대산 적멸보궁 역시 사리를 모신 곳이 분명치 않아 더욱 신비감을 자아낸다. ⓒ 봉문스님

"……네."

"그렇다면 저 바위가 부처가 된 것이냐?"

"……."

날이 저물고 있었다.

멀리 아스라이 보이는 상왕봉, 기린봉, 호령봉 그리고 비로봉에 쌓인 흰 눈이 붉게 물들어가고 있었다. 그 위로 상원사의 종소리가 새가 알을 품는 자세로 울려오고 있었다. 저음의 느린 울림이 한동안 깊은 강물 속을 천천히 저어가다가 곧 중심음이 절규하듯 떨더니 길게 지평선을 그으며 쫓기듯 달음박질친다. 저물어가는 해를 바라보며 듣는 이 깊은 산사의 저녁 종소리에 난 한동안 온몸이 얼어붙은 듯 꼼짝도 할 수가 없었다. 머릿속은 갑자기 텅 비어버리고 멀리서 나를 포위하고 있던 아득한 풍광마저 자욱이 흩어졌다. 서역 삼만리, 공후와 생을 가슴에 품은 채 하늘로 하늘로 날아오르는 천녀의 옷자락이 종소리의 긴 여운 속으로 사라지며 애절하게 외치는 듯했다. 나에게 세상에서 가장 아름다운 소리를 달라고…….

어느새 내 볼에 눈물이 흘러내렸다. 이 모습 이대로 죽고 싶었다. 작은 적멸이 오고 있었다. 이제 더 이상 들킬 것도 더 이상 감출 것도 없었다. 돌아가면 며칠 또 앓아누울 것만 같았다.

서럽다.
화두 30년.

통도사

"사랑하라.
그러나 언젠가는 그 모든 것들을
떨쳐버리고 가야 한다는 것을 잊지 말아라."

석가가 살아 있을 땐 가람도 필요 없었고 경전도 필요 없었다. 그가 머문 곳이 곧 가람이요, 그가 말한 것이 곧 경전이었다. 그의 말은 교(敎)가 되었고 그의 마음은 선(禪)이 되었다. 교는 경전을 통해 법보(法寶)가 되었고 선은 스님을 통해 승보(僧寶)가 되었다. 그가 죽은 이후 그의 몸은 사리로 남아 불보(佛寶)가 되었다.

알다시피 석가의 유언은 "오직 법만을 따르되 나를 상징하는 것은 아무것도 만들지 마라"는 것이었다. 자신의 상징물이 맹목적인 기복신앙의 대상이 될 것을 우려했음이다. 그럼에도 불교에는 가는 절마다 '상징의 숲'이 넘친다. 설령 그의 몸에서 사리가 나오지 않았다 하더라도 또 다른 '어떤 것'이 분명 대신했을 것이다. 물론 사람의 심리가 어떤 상징을 통하면 그 믿음의 집중도 또한 훨씬 높아진다는 점을 이해 못하는 것은 아니다.

그러나 소위 '진신사리'가 있다는 적멸보궁을 여행하다 보면, 그 믿음은 참배객들의 수와 관계없이 석가의 우려대로 이미 '맹목화되어' 있음을 느끼지 않을 수 없다. 하긴 '믿음'이라는 게 이성에 호소하는 과학이 아니라 감성에 호소하는 초월적인 것이므로 그 자체가 이미 어느 정도 맹목화되어 있는 것이기도 하다. 그래서 상징은 그 맹목을 통해 더욱 신비화되어 마침내 스스로 번식력까지 갖추게 된다. 우리도 익히 알고 있지 않은가. '맹신'은 힘도 세고 장수한다는 것을, 그리고 아무도 못 말린다는 것을…….

통도사는 부처님의 '진짜 사리'가 '진짜' 묻혀 있다는 절이다.

사리가 워낙 오래된 것이다 보니 그동안 어디 한곳에서 제대로 조용히 쉴 수가 없었다. 더구나 외침이 잦고 침략자들마다 사리의 행방에 혈안이 되어 있었으니 어느 노승은 사리 보따리를 안고 첩첩산중의 토굴 속으로 피신해 있을 정도였다. 아마도 사리의 수난에 대해 쓴다면 대하소설은 족히 되고도 남을 것이다. 이 파란만장한 세월을 겪어오면서도 유독 통도사의 사리만큼은 그 행방이 일목요연할 뿐 아니라 유통과정에 변질도 생기지 않았음이 여러 문헌을 통해 입증되고 있다. 통도사의 적멸보궁을 찾는 많은 참배객들이 좀 더 과학적인 신비감을 갖는 것도 그런 이유에서일 것이다.

통도사를 찾은 날은 눈부신 햇살이 솔잎 사이로 잘게 부서지던 따뜻한 겨울이었다. 입구에서 개울을 따라 대웅전까지 가는 길에는 내소사나 운문사처럼 장대한 나무들이 좌우로 도열해 있어 마치 사열을 받으며 통과하는 느낌이다. 오른편 숲 사이로 보이는 부도밭을 지날 때면, 한순간 들떠 있던 마음도 찻잎처럼 가라앉으며 이내 적막 같은 강물이 가슴속으로 스며든다. 경내로 들어서자 소나무숲 넓은 그늘 아래로 자연기행을 온 듯한 초등학생들이 재잘거리며 장난치는 모습이 산사의 뜨락에 움트는 새싹들처럼 그렇게 파릇파릇할 수가 없다.

적멸보궁은 법당 뒷벽이 뚫려 있었다. 그 뚫린 벽으로 보니 큰 돌이 놓인 2단으로 된 넓은 석단이 한눈에 들어왔다. 사리가 있다는 '금강계단'이다. 법흥사처럼 적멸보궁 안에서도 금강계단을 보며 참배할 수 있도록 배려한 것이다. 적멸보궁과 함께 국보 290호인 금강계단 앞에서는 인자한 웃음을 띤 노스님 한 분이 아이들의 질문에 열심히 대답하고 있었다.

"스님 그런데요, 부처님 얼굴에는 왜 백호가 있어요?"

"음, 그건 세상을 밝게 비춰주는 광명 같은 것이란다."

"스님, 저는요, 금강계단이 금빛으로 칠한 돌계단인 줄 알았는데, 히히, 그게 아니네요."

"허허허~ 그렇게들 알고 있는 사람들이 의외로 많단다. 이 금강계단은 스님이 되려는 사람들에게 계를 주는 곳인데……."

"스님이 되면 개도 줘요?"

"허허허~ 집에서 키우는 그 강아지가 아니구 스님들이 지켜야 할 모든 행동규칙을 뜻하는 것이야."

"에이, 난 또……."

아이들이 스님의 설명을 듣고는 모두 까르르 웃는다. 금강계단은 정식으로 승려가 된 것을 인정하는 마지막 절차로서 앞으로 지켜야 할 계율을 내려주는 수계의식 거행 장소다. 이 수계식이 끝나면 비로소 '석씨 가문'의 족보에 오르게 되는 것이다. 그러니 승려들로서는 첫 삭발식 때만큼이나 엄숙하고 긴장되는 순간을 거치는 곳이기도 하다. 더군다나 용학, 경봉, 구산, 월하스님 등 하늘 같은 고승들의 눈빛이 내리쬐고 있는 자리라면 등골에 식은땀이 흐르고도 남을 것이다.

이 금강계단은 또 그 고승들 중, 특히 용학스님과는 '꿈같은 생시'로 맺어지기도 하고 헤어지기도 한 곳이다. 용학스님이 함경도 안변 석왕사에서 처음 통도사로 오기 전날에 당시 통도사 주지스님이 꿈을 꾸었는데, "내일 칠지보살님이 오시니 적멸보궁으로 마중 나가라"는 것이었다. '칠지보살'이라면, 예컨대 십우도에서 이미 수행의 목적지에 도달한 '인우구망(人牛俱忘)'의 단계로 "버들은 푸르고 꽃은 붉고, 산은 산이고 물은 물이로다"와 같은 아득한 경지에 있는 보살이 아닌가. 강을 건너면 나룻배를 버리듯 깨달은 다음에는 화두를 버린다. 즉 소는 없고 사람만 있다는 그 '망우존인(忘牛存人)'의 단계보다도 한 봉우리 높은 구름 속이 제 거처라고 할 수 있으니, 가히 짐작하는 것조차 뜬구름 잡는 얘기일 뿐이다.

어쨌든 놀란 주지스님이 이튿날 적멸보궁으로 나갔는데 처음 보는 노스님 한 분이 금강계단에 참배를 하고 있는 것이었다. 용학스님이었다. 이로부터 스님은 약 15년 동안을 영취산 통도사에 머물게 되었는데, 어느 날이었다.

"이제 내 나이 3년 후면 80인데 부처님이 80에 돌아가셨으니 내가 부처님보다 더 살 것도 없고 덜 살 것도 없지 않은가. 그러니 3년 후 2월 보름에 돌아가겠네."

죽을 연도나 달이면 몰라도 날짜까지 미리 지정하니, 3년씩이나 앞당겨 초상을 준비할 수도 없는 제자들로서는 그냥 농담이려니 하고 웃으며 흘려보냈다. 마침내 약속한 '그날'이 왔다. 그런데 정작 스님은 죽을 생각조차 안 하고 아침부터 경내를 생생하게 돌아다니는 것이었다. 오늘이 바로 그날인데, 자기 말에 '책임'도 지지 않는다고 다른 스님들이 손가락질을 하며 빈정거렸다. 그러거나 말거나 스님은 아침 공양도 하고 머리도 깎고 목욕도 하며 하나씩 평상시의 '수순'을 착착 밟아가고 있었다. 겉으로 보기엔 산사의 하루 일과와 다름이 없었다.

저녁이 되자 스님이 갑자기 자신만만한 표정으로 "자, 이제 때가 무르익었으니 열반종이나 치시게!" 하고 말하는 것이었다. 원래 죽고 난 다음에 치는 게 열반종인데 죽기도 전에 치라니 상좌스님들은 어이가 없었다. 어쨌든 큰스님의 명이거늘 안 따르자니 스승의 마지막 유언을 거절하게 되는 듯도 하고, 또 따르자니 면전에 시퍼렇게 살아 있는 스승의 죽음에 마치 축포라도 터뜨리는 것 같아 이래저래 난감하기 이를 데 없었다. 그러나 진퇴양난에 처한

통도사

부처님의 진신사리를 모신 통도사 금강계단. 이곳에서 비구계나 비구니계를 받는 수계의식을 거치면 비로소 '석씨 가문'의 족보에 오르게 된다. ⓒ 초일스님

제자들의 고민에도 아랑곳없이 스승의 재촉은 계속됐고, 마침내 열반종이 길게 울려 퍼졌다. 곧 통도사의 모든 스님들을 비롯해 천여 대중이 운집했다.

이윽고 용학 큰스님이 운집한 대중 앞에 나타나더니 법상으로 천천히 올라가 조용히 앉았다. 긴장의 순간이었다. 누가 이미 죽은 줄 알고 만사 제치고 달려왔는데, "나 지금부터 죽겠소" 하고 턱 앉아 있으니 기가 찰 노릇이었다. 스님이 영취산 자락을 천천히 훑어본 다음 조용히 입을 열었다.

"오늘이 부처님이 돌아가신 2월 보름이고 내 나이도 부처님과 똑같은 나이가 되었으니, 이제 더 이상 살 것도 없이 오늘 약속대로 죽으랍니다. 여러 불자님네들, 그동안 신세 많이 지고 갑니다."

이렇게 짧게 작별인사를 하더니 눈을 감은 채 정말 꿈결같이 바로 열반에 들었다. 이것은 신화나 전설에 나오는 얘기가 아니다. 엄연한 현실이다. 송광사에 주석하고 있는 법흥스님은 이 "용학스님 같은 분이야말로 칠지보살의 경지에 도달했다"고 말한다. 금강계단에서 용학스님을 생각하며 《금강경》의 한 대목을 떠올리면 솔바람 소리에 내 찌든 마음이 절로 씻겨간다.

사랑하라.
그러나 언젠가는 그 모든 것들을
떨쳐버리고 가야 한다는 것을 잊지 말아라.
모든 구름들을 넘어서 가야 한다.

통도사는 자장스님이 당나라에서 돌아온 3년 뒤인 646년에 지었다. 신라 선덕여왕 15년이었다. 자장스님은 금강계단을 만들어 당나라에서 가져온 석가의 정골사리와 가사를 봉안하고 보름마다 산문에 들어오려는 승려들에게 계를 내렸다. 현재 극락암, 백운암, 취운암, 수도암, 백련암, 비로암, 사명암 등 부속암자가 13곳인데 그중에서 자장암은 자장스님이 통도사를 짓기 전에 암벽 아래 움집을 짓고 수행하던 곳이다. '자장방'이라는 옛 이름을 가진 이곳에서 자장의 제자들이 대를 이어 수도정진했다고 한다. 이 암자의 법당 뒤편 바위에는 자장스님이 손가락으로 구멍을 뚫어 개구리를 살게 했다는 조그만 '금와공'이 있다. 나중에 이 개구리는 한 쌍의 금개구리로 변했다. 자장스님의 법력과 신통력으로 영생한다는 이 한 쌍의 금개구리는 불심이 지극한 사람의 눈에만 보인다고 해서 '금와보살'이라 부른다.

지금도 많은 불자들이 이 금와공을 찾아와 컴컴한 구멍 속을 들여다보며 금개구리를 찾는데, 과연 불심의 깊이가 얼마나 증명되었는지 궁금하지 않을 수 없다. 다만 한 가지 유의해야 할 점은 이 금와공 바로 밑에 벌집이 하나 있는데, 그 벌들이 들락거리는 모습을 컴컴하다 보니 금개구리로 착시하기도 하며, 또 금개구리가 벌로 변한다는 허황한 둔갑술 얘기도 널리 유포되어 있다는 사실이다. 그런데 통도사에 중요한 행사가 있을 때마다 이 금개구리가 거짓말처럼 나타나 이를 보려는 불자들로 장사진을 이룬다고 하니, 결국 결론은 그때 내가 직접 가서 내 눈으로 확인하는 수밖에 없을 듯하다.

통도사에 가면 자장암 외에 반드시 들러야 할 암자가 하나 있다. 바로 경봉스님이 오랫동안 조실로 있었던 극락암이다. 일출을 볼 수 있는 백운암 올라가는 길목에 있는데, 들어가는 호젓한 산길이 걸음을 마냥 늦춘다. 겨우내 얼었던 여울이 풀린다면 이 길가의 나무들처럼 가장자리부터 생각을 비워낼 것이다. 암자 안으로 들어서면 통도사 8경 중의 으뜸인 '극락영지'가 영취산을 오롯이 비추고 있다. 그 영지 위에는 경봉스님이 놓고 이름도 지었다는 무지개 같은 홍운교 다리가 걸쳐 있어 가야산 봉우리를 비추는 해인사 일주문 앞의 영지와는 또 다른 느낌을 준다. 이 영지는 그림자를 비추는 연못이지만, 다리 위로 사람이 지나갈 때면 어김없이 마음을 비추는 거울이 된다.

나는 내 어지러운 마음을 들킬 것 같아 그 다리를 지나지 않고 일부러 빙 둘러서 간다. 둘러서 가는 길은 편하다. 길이 길기 때문이다. 긴 만큼 마음의 간격도 넓기 때문이다. 경봉스님의 처소였던 삼소굴을 둘러보다가 마침 주지인 명정스님이 계시기에 방으로 들어가 차를 얻어 마신다. 스님과의 짧은 인연은 그가 고승들의 편지글을 모은 《산사에서 부치는 편지》와 차와 선(禪)에 관한 글을 모은 수필집 《그대 산목련 향기를 듣는가》라는 두 권의 책에 내가 찍은 부끄러운 사진이 실리면서였다.

차를 좋아하는 사람이라면 누구나 명정스님이 따라주는 차 한 잔을 꿈꿀 만큼 그의 찻잔 속은 깊다. 그 찻잔 속에는 영취산 솔바람 소리가 여러 번 우러나온다. 그게 진짜 솔바람 소리다. 가만히 솔바람 소리를 들어보라. 그러면 찻물 끓는 소리가 들릴 것이다. 근대 선지식의 선구자인 삼소굴 경봉스님의 수제자인 명정스님은 은사에 대한 모든 자료들을 꼼꼼히 챙기고 기록해 《경봉스님 말씀》《삼소굴 소식》《산사에서 부치는 편지》 등 이미 여러 권의 책으로 펴내기도 했다. 수세전 뒤뜰의 댓잎소리를 들으며 스님이 따라주는 작설

차의 향기와 기품이 고은 시인의 한 마디 말과 네 줄의 글처럼 "그(명정스님)의 벼랑 끝에 나앉은 차 한 잔의 위엄이 능히 천 리 밖에 닿아 있다."

녹차의 어린 이파리 한 봉지
이것이 우러나
이렇게도 원숙한가
서럽다. 화두 30년.

고은 시인의 시 마지막 줄인 '서럽다'와 '화두 30년' 바로 뒤에는 앞줄에 없는 마침표가 불이문의 기둥처럼 두 개 찍혀 있다. 이것을 보는 순간, 첫 마침표의 삼엄함과 둘째 마침표의 아득함이 동시에 교차해 내가 들고 있는 찻잔이 파르르 떨린다. 화두는 외로운 것이거늘. 아무리 닿고 닿으려 해도 늘 바로 한 뼘 비켜나 있는 것이거늘……. 바로 그 한 뼘의 아득함이 먼지 속의 심연처럼 가깝고도 멀고 얕고도 깊어, 이 청명한 날에 나는 뼛속까지 하염없어진다.

시간도 잊은 채 명정스님의 법담과 차담에 젖어 있다 보니, 어느덧 문밖으로 어스름이 내린다. 잔잔한 솔바람 소리에 세상에 물든 귀를 씻으며 붉은 저녁노을이 지는 오솔길을 내려온다. 저녁예불 종소리가 은은하게 들려온다. 삼성반월교를 건너 나오다 절 쪽으로 돌아서서 합장하며 난 문득, 용학스님 흉내를 내어본다.

"오늘 신세 많~이 지고 갑니다!"

177   통도사

3부

기울어지다 사라진다

한 해가 저물고
또 한 해가 시작되는 시기가 왜 겨울이겠는가.
왜 겨울 한철에 서로 겹치게 했겠는가.
처음과 끝이 살얼음 같은 생을 사이에 두고 서로 포갠 겨울은
그 자체가 바로 삶의 요약본이다.
비록 그 요약본대로 살 수는 없다 할지라도 요약되지 않는 삶이란 없다.

부처가 얼어 죽으면
경전이 무슨 소용인가

봉정암

여전히 나를 매혹하는 삶이 있으니,
그것은 백지뿐인 삶.

설악산 봉정암을 다녀오지 않고서는 적멸보궁을 갔다 왔다고 하지 말 일이다.

"내일과 다음 생 중 어떤 게 먼저 찾아올지 우리는 결코 알 수 없다."

설악산 봉정암 오르는 길에 하필이면 이런 티베트 속담이 머리를 스치는 것은 무슨 조화일까. 봉정암, 이 절에 대해 내가 아는 것이라곤 설악산 소청봉과 대청봉 사이 해발 1,244미터 지점이며 우리나라 사찰 중 가장 높은 곳에 있는 암자라는 것, 그리고 자장스님이 창건한 5대 적멸보궁이라는 것 정도다. 산행을 즐기는 편인 나로서는 지리산 종주나 한라산에 비해 봉정암 오르는 일이 그다지 힘들거나 다를 건 없었다.

다만 몇 차례 때를 놓치고 연말이 되어서야 신발끈을 묶었는데, 때가 때인지라 혼자 겨울산행을 하기에는 상당한 위험이 따른다는 점이다. 설악산의 폭설과 예측할 수 없는 고지대의 기상변화를 등반장비 몇 개에 기댈 수는 없는 일이다. 하지만 내가 믿는 구석은 따로 있었다. 바로 연말이라는 점인데 그간의 산행에 비추어보면, 이 '연말'은 이름깨나 있다는 산치고 어느 봉우리나 북적거리지 않는 데가 없었다. 바로 일출을 보며 새해를 맞으려는 해돋이 인파였다. 게다가 설악산 대청봉은 동해 일출로 연말이 가장 몸살을 앓는 때가 아닌가. 봉정암은 대청봉 바로 아래 있으니 소청봉까지는 비교적 안전하게 묻어서 갈 수 있다는 게 내 속셈이었다.

백담계곡을 이른 새벽에 출발해 오세암을 거쳐 6개의 고개로 넘어가는 빙판길은 아무리 해돋이 인파에 묻혀 간다 하더라도 만만찮은 것이었다. 사람들이 많아 길을 잃을 염려는 없었으나 그만큼 미끄러워 아이젠을 몇 번씩이나 단단히 고쳐 매곤 했다. 이따금 바위에 기댄 채 숨을 몰아쉬며 그림 같은 설경에 취해보려 하지만, 머리는 텅 비어가고 그냥 눈만 열려 있을 뿐이다. 잠깐 멈춰 있으면 금방 몸이 얼어붙는다. 영하 20도쯤 된다고 하니 체감온도는 40도가 훨씬 넘을 것이다. 그래도 바람이 심하지 않아 다행이다. 어쨌든 점심 때까지는 봉정암에 도착해야 한다. 일출을 보지 못하고 오늘 돌아가야 하기 때문에 그때까지 도착하지 못하면 내려갈 때는 밤길이라 위험천만한 일이다. 더구나 혼자가 아닌가. 짧은 해가 더욱 나를 채찍질한다.

완만한 경사가 이어지는가 싶더니 갑자기 바닥과 각도가 좁혀지며 가파른 길이 나타나는데, 마치 이마를 찧을 듯 바짝 다가온다. 여기가 바로 새도 짐승도 쉬어 간다는 그 '깔딱고개'인 모양이다. 고개 이름에서도 느끼듯 얼마나 힘든 고개였으면 '숨이 깔딱깔딱 넘어가는 고개'라 불렀을까. 둘러보니 새해를 적멸보궁에서 맞이하려는 참배객들인 듯한 몇몇 사람들이 띄엄띄엄 로프를 잡고 씨름하고 있다. 나는 또 혓바닥 밑에 사탕 하나를 담가놓으며 로프를 잡아당긴다. 한 사람이 겨우 다닐 만한 그늘진 빙판길이라 잔뜩 긴장한 발목은 자꾸 굳어가는데, 더듬이처럼 다음 착지점을 더듬는 발끝은 연신 꼼지락거린다. 한 번씩 헛디딜 때마다 허리가 시큰거리며 부러질 듯하다. 그렇게 미끄러지고 휘청거리며 사투를 벌이는데 아닌 게 아니라 정말 숨이 깔딱깔딱 넘어간다.

도대체 자장스님이란 분은 왜 이 높은 데까지 와서 절을 지었지……. 그러고 보면 그 스님이 지은 수없이 많은 절이 대부분 깊고 높은, 마치 난공불락의 요새 같은 곳에 있다. 하물며 천년 하고도 훨씬 전이니, 길은 고사하고 금 같은 것조차 하나 그어지지 않은 무지막지한 정글이었을 테고……. 그리고 그 땐 호랑이 같은 맹수들도 엄청 많았을 텐데, 어떻게 잡아먹히지도 않고……. 아무튼 자장스님 체력 하나는 끝내주는 모양이야. 힘들어서 그런지 별의별 잡생각이 다 든다.

이때 앞서 오르던 50대 중반으로 보이는 아주머니 한 분이 로프를 잡은 채 돌아서서 빙긋이 웃으며 인사를 건넨다.

"많이 힘드시죠?"

"네~ 헉헉헉……."

"지금 겨울이라서 그렇지 여름부터 가을까지는 단풍구경 삼아 하루 몇천 명이 올 때도 있어요. 심지어 70이 넘은 할머니들도 쌀보따리를 지고 많이 올라와요."

"쌀은 왜요?"

"부처님 드시라구요, 후훗……. 봉정암은 겨울에 자주 폭설이 내려 늦은 봄까지는 길이 끊기고 소식도 두절돼 섬이나 마찬가지예요. 그래서 옛날부터 불자들이 이 절에 올 때만큼은 다른 것보다 먼저 식량을 꼭 챙기게 됐대요. 그것들을 조금씩 모아놓으면 겨울을 거뜬히 보낼 수 있으니까요. 그리고 여길 찾아가는 스님들도 자기 머무를 동안 먹을 양식은 반드시 짊어지고 왔구요. 또 내려갈 때도 이 절에 와 공부할 다른 스님들을 위해 겨울 동안 지필 땔나무를 꼭 마련해놓고 하산한대요."

"저는 가져온 게 아무것도 없는데 어쩌지요?"

"이따가 불전에 가서 평소 보이지 않았던 마음이나 몇 되쯤 넣으시면 되지 않겠어요? 후후훗……. 그럼, 천천히 오세요."

평소에 보이지 않았던 마음이라, 이거 큰일 나겠군……. 아주머니가 무심코 던진 말 같았는데도 한번 되씹어보니, 이게 여간 예사로운 화두가 아니었다. 오늘 일진이 아무래도 이 절을 올라갔다 내려가면 난 가죽만 너덜너덜 남을 것 같다.

그야말로 7시간에 걸친 사투의 연속 끝에 도착한 봉정암은 몇 칸짜리 조그만 암자가 아니었다. 9칸짜리 대법당과 5칸짜리 적멸보궁이며 소법당, 요사채, 그 외 여러 당우들……. 이 높은 구름 속에 이렇게 한 상 거하게 차려져 있으리라고는 상상도 못 했다. 하지만 이것도 모자라 조만간 불사를 또 시작한다고 한다. 단풍철이면 참배객들이 수천 명으로 늘어나 밤을 새울 곳이 없다는 것이다. 또 불자들 사이에는 "설악산 봉정암을 다녀오지 않고서는 5대 적멸보궁을 갔다 왔다고 말하지 마라"는 묵계 같은 게 있어서 참배객들의 '필수 코스'란다. 이 말은 자가용 타고 가서 제발 우리 남편 사업 번창하고 우리 새끼 명문대학 합격되게 해달라고 기도하는 것과 산전수전 사투 끝에 기도하는 것은 그 효험을 떠나 기도하려는 자의 마음자세부터가 벌써 다르다는 것으로 나에게는 들린다. 물론 기도는 공부한 사람이 아니라 공부하지 않은 사람에게 필요한데도 말이다.

어쩌면 그런 '자세'가 이 요새의 절을 이렇게 크게 키웠는지도 모른다. 그러고 보니 우스갯소리인 양 흘려들었던 얘기도 다시금 떠오른다. 봉정암에 한번 오면 지갑째로 시주함 속에 넣는다는 말이었다. 워낙 험난한 고생길이라 내 생전에 언제 또다시 이 적멸보궁을 참배할 수 있겠느냐며, '마지막 시주'인 셈치고 속에 든 것 다 꺼내놓게 된다는 것이다. 실제로 와보니 불자가 아닌 나로서도 절로 고개가 끄덕여지는 얘기였다.

알고 보면 이 모든 것들이 결국은 봉정암이 부처님의 진신사리를 모신 적멸보궁이라는 데에 있다. 전국의 수많은 절 중에는 봉정암에 비해 높지는 않으나 산행의 난이도라는 점에서는 결코 그에 못잖은 난코스가 한둘이 아니다.

그런 절마당에는 사람 대신 새가 오고 차 대신 짐승이 온다. 그리고 소리 대신 늘 고요가 머문다. 그런 절들이 하나둘 사라져가고 있는 것이 고향으로 돌아가지 못한 연어들의 마음만큼이나 가슴 아프다. 절은 제자리를 지키지 못해 가슴 아프고, 연어는 제자리로 돌아가지 못해 더욱 가슴 아픈 것이다.

자장스님이 이 높은 곳에 봉정암을 창건한 것은 스님이 중국 청량산에서 진신사리를 갖고 들어온 다음 해인 644년이다. 그리고 원효스님이 667년에 중건했다. 대개가 그렇듯 여기에도 설화만이 있을 뿐 그 이상의 설명이 없다. 진신사리는 갖고 왔으나 봉안할 장소가 마땅찮아 금강산으로 들어가 헤매고 있는데, 어느 날 오색찬란한 봉황이 나타나 자장스님을 인도하더라는 것이다. 자장스님이 물 건너 산 넘어 따라가니, 마침내 병풍처럼 펼쳐진 바위들이 나오고 그중에서 부처님같이 생긴 바위 꼭대기를 봉황이 계속 돌고 돌다가 문득 사라져버렸다. 자장스님은 바로 이곳이 부처님이 계실 곳이로구나 깨닫고 조그만 초가 암자 하나를 지어 사리를 모셨다.

그것이 지금의 봉정암이며 그 출생 기록이다. 그냥 믿어야 하고 믿을수록 믿음은 더욱 깊어지는 법이다. 굳이 말하자면 그 시대의 출생기란 거의 다 태몽기 같은 것이어서 앞뒤의 이치를 맞출수록 불경스러워질 뿐이다. 한 천년 뒤에 우리 같은 범부의 출생기가 휘황찬란한 태몽기로 바뀌어 있다면 그 얼마나 즐거운 일이겠는가! 후손들 보기에도 그렇고……

적멸보궁 뒤편의 눈길을 30분쯤 올라갔을 때 마치 연꽃무늬가 새겨진 평평한 바위를 곧바로 뚫고 솟아난 듯한 5층 사리탑이 보인다. 법당에서 얼마 안 되는 거리임에도 몸이 따라주지 않으니 천 리 길인 양 더디다. 추울수록 비탈보다 평지가 이동하기 어려운 줄은 알지만 그 평지가 고무줄처럼 자꾸 늘어나버리는데야 속수무책이다. 맑은 날씨이긴 하지만 온몸은 여전히 쇠사슬로 칭칭 묶인 듯하고 머릿속에서는 금방 얼음이라도 갈라질 것처럼 쩡쩡한 소리가 울린다. 돗자리 같은 것을 깔아놓았다지만 빙판이나 다름없는 바닥에서 무르팍에 피멍이 들도록 연신 절을 하는 저 참배객들을 보면, 사리탑 너머로 광활하게 펼쳐진 숨 막힐 것 같은 설경조차 무색해진다.

겉으로는 평범해 보이는 이 사리탑 때문에 그 수많은 사람들이 이 산중 요새까지 찾아온다고 생각하자, 고단한 삶에 허기진 그들의 갈증보다도 먼저 이 탑에 자꾸만 의미를 부여하려는 삿된 마음이 더 앞선다. 그것이 덧칠에 지나지 않는다는 것을 알면서도 말이다. 절집 처마 아래 단청을 덧칠하는 것은 새로움이 아니라 복원을 위한 것이다. 잎이 많으면 꽃이 보이지 않는다. 잎이 많아서 보이지 않는 꽃은 '숨은 꽃'이 아니다. 사리탑 속에 설령 사리가 없다 하더라도 그 속에서 숨은 꽃을 볼 줄 아는 사람만이 진짜 목마른 사람이고 진짜 덧칠하는 사람이다.

문득 '고삐에 얽매이지 않는 영원한 자유인'이라 해서 '콧구멍 없는 소'로 불리는 경허스님의 일화가 떠오른다. 스님이 엄동설한에 깊은 산중의 초가 암자에서 참선에 들어 있었다. 너무 추운 나머지 경전을 찢어 벽에 도배도 하고 구멍 난 문도 발랐다. 그것을 목격한 다른 스님들이 아연실색하더니 발끈하며 대들었다.

187   봉정암

겨울나무들에는 실존의 깊이 같은 것이 있다. 한여름 무성했던 나무들도 삶의 디테일을 없애듯 잎을 모두 내려보내고 줄거리만 남겨놓은 채 조용히 자기 내면을 응시한다. ⓒ 임재천

"아~니 스님! 어떻게 경전을 찢어 도배를 하십니까?"

경허스님은 묵묵히 하던 일을 계속하며 태연하게 대답했다.

"부처가 얼어 죽으면 이놈의 경전이 무슨 소용인가?"

"……"

한동안 눈 속의 사리탑을 보며 이런 생각에 잠겨 있다가, 슬그머니 눈을 떼고 먼 허공으로 시선을 흩뿌려보지만 여전히 마음은 편치 않다. 아마도 내 마음의 단청은 이미 고유한 무늬를 복원할 수 없을 만큼 덧칠로 범벅이 되어 있는지도 모른다.

겨울 산사는 허기지도록 적막하다.

처마 끝에 달린 풍경을 가만히 보고 있으면 갑자기 박살을 내버리고 싶을 만큼 허무해진다. 이 껍데기를 감싸고 있는 옷이란 옷은 다 훌훌 벗어버리고 저 아득히 펼쳐진 설산 위로 온몸을 내던져버리고 싶어진다. 그 순간 나는 마치 내 몸에서 전혀 새로운 감각기관이라도 발견한 것처럼 짜릿한 전율에 휩싸인다. 높은 것이 낮은 것과 수평을 이루고 작은 것이 큰 것을 겸하고 넓은 것이 높은 것과 무게가 같아진다. 같아지면 서로에게는 무게가 없어진다. 나는 나와도 수평을 이뤄본 적이 없고 다른 사람과도 수평을 이뤄본 적이 없다. 한 번도 수평을 이루어 스스로 적막해본 적이 없다. 이미 설산은 그걸 알고 있고 겨울 산사는 그걸 실천하고 있다.

바람이 분다.

살을 발라낼 듯한 바람을 타고 온 눈가루마저 입속으로 들어오자마자 그대로 뱉어낼 만큼 차고 시리다. 처마 끝의 고드름은 더러는 바람에 서로 부딪쳐 떨어지기도 하고 더러는 반쯤 부러져 대롱대롱 매달려 있다가 풍경소리에 깜짝깜짝 놀란 듯이 맹렬하게 흔들린다. 어느 곳에 뿌리를 내리고 있든 겨울나무들에는 실존의 깊이 같은 것이 있다. 한여름 그 무성했던 암자의 나무들도 삶의 디테일을 없애듯 잎을 모두 내려보내고 줄거리만 남겨놓은 채 조용히 자기 내면을 응시한다. 자기영역을 긴장시키며 눈에 얼어붙은 저 가슴 저린 나무들이며, 몸을 낮춰 땅에 바짝 밀착하는 저 눈물겨운 풀들이며, 오직 안으로만 피고 지는 저 숨죽인 꽃들이며, 이 산하의 모서리란 모서리는 다 핥으며 허공을 단청하는 저 바람이며, 그 바람의 생채기를 핥으며 흔적 없이 날아다니는 저 풍경 같은 새들이며……. 모두 그렇게 속이 깊어가고 모두 그렇게 결이 단단해져가고 있었다.

겨울은 그 모든 것들로 하여금 스스로 실존의 깊이를 느끼게 하고 또 그 깊이로 하여금 자기 삶을 요약하게 한다. 한 해가 저물고 또 한 해가 시작되는 시기가 왜 겨울이겠는가. 왜 겨울 한철에 서로 겹치게 했겠는가. 처음과 끝이 살얼음 같은 생을 사이에 두고 서로 포갠 겨울은 그 자체가 바로 삶의 요약본이다. 비록 그 요약본대로 살 수는 없다 할지라도 요약되지 않는 삶이란 없다.

이 겨울에 나의 삶도 요약해본다.

어쩌면 밑줄 칠 핵심도 없고 끌어갈 중심도 없이 사소한 디테일만 난무할지 모른다. 동물들이 땅이나 나무에 스스로 분뇨를 뿌려 자기영역을 표시하듯 어쩌면 나는 그것마저도 없을지 모른다. '사소하고 작은 것들의 아름다움'도 중심이 없는 삶 속에서는 한낱 위안거리에 불과하듯 어쩌면 내가 그럴지도 모른다.

하지만, 그럼에도, 여전히 나를 매혹하는 삶이 있으니, 그것은 백지뿐인 삶. 하산하기 전, 겨울 산사는 나에게 그렇게 말하고 있다.

사찰로 가는 마음,
성찰로 돌아오는 마음

송광사

"자네, 늘 참선하게.
그러면 목에 칼을 들이대도
눈 하나 꿈쩍 안 하게 돼!"

엊저녁부터 내리던 겨울비가 아침까지도 계속 추적추적 내리고 있다.

어제 오후 늦게 도착해 송광사의 저녁예불과 자욱한 비에 젖어가는 겨울
산사의 풍광에 한동안 넋을 놓은 후 밤이 이슥하도록 어두컴컴한 경내를 떠
돌았다. 밤 9시쯤 약속이나 한 듯 스님들의 방에 불이 하나둘 꺼질 때야 여관
으로 돌아왔다. 낡은 창틀을 두드리는 빗소리가 밤새 들려와 그렇지 않아도
적막한 긴 겨울밤이 더욱 처연해진다. 어디선가 아직도 잠들지 못한 산새들

의 울음소리가 들리는 것 같기도 하고 희미한 새벽예불 종소리를 들으며 한 스무 번쯤 세다가 잠이 든 것 같기도 했다.

이른 아침, 아름드리나무들이 겨울비에 촉촉이 젖어가는 송광사 가는 길은 새벽예불을 마치고 내려오는 불자들과 띄엄띄엄 올라가는 우산 쓴 관광객들만 몇몇 보일 뿐 아직은 한산한 모습이다. 새들이 잠깐씩 비가 멈춘 틈을 타 분주하게 나뭇가지를 옮겨 다니며 젖은 깃털을 털고 있다. 오르는 길에 먼저 낮은 돌담 위의 부도밭부터 둘러본다. 어느 절이나 그렇듯 고승들의 숨결이 가장 진하게 배어 있는 곳이 생전의 수행처라면, 부도밭은 그 숨결들이 한데 모여 입적 후에도 안거를 계속하는 생후의 수행처다. 그러니 다만 묵언보행으로써 부도와 비석의 숲을 거닐 일이다.

잘 알려져 있듯이 신라 말 혜린선사가 창건하고 지눌스님이 중창한 송광사는 우리나라 '삼보사찰' 가운데서도 특히 불교의 승맥을 잇는 '승보사찰'이다. 그 면면을 보자면 고려의 보조국사 지눌스님과 15국사, 그리고 서산대사에 이어 최근의 효봉, 구산스님에 이르기까지 이른바 정혜결사(定慧結社) 정신과 조계총림의 목우가풍(牧牛家風)을 빛낸 큰 별들이다. '총림(叢林)'이 무엇인가. 풀들이 흐트러지지 않고 가지런히 자라는 것을 '총(叢)'이라 하고, 나무들이 굽지 않고 곧게 뻗어나가는 것을 '림(林)'이라 하지 않는가. 그렇게 서로 일정한 간격을 유지하며 하늘로 함께 뻗어오르는 것이 바로 총림이 아니던가.

그런 총림의 큰스님들이 남긴 사리와 많은 사연들이 새겨진 비석들을 둘러보노라면, 마치 그들과 마주 앉아 찻잔이라도 나누는 듯한 느낌이 들어 어느 한 귀퉁이에서 슬며시 잠들어버리고 싶을 때도 있다.

지눌스님의 비석에 새겨진 글귀 하나가 유난히 눈에 들어온다. '소걸음, 호랑이 눈'이란 뜻의 '우행호시(牛行虎視)'다. 가만히 보니 스님의 큰 삶이 이 한마디에 압축되어 있는 것 같아 그 뜻을 다시 새겨본다. 호랑이는 무엇을 볼 때 사시처럼 보지 않는다. 옆으로 흘겨보거나 고개만 돌려 보는 것이 아니라 온몸 전체를 돌려서 정면으로 직시하는 것이다. 소는 길을 갈 때 다투어 피는 꽃처럼 조급해하지 않는다. 결코 서두르거나 그렇다고 게으름을 피우지도 않고 뚜벅뚜벅 한 걸음씩 꾸준히 나아간다. 호랑이 눈의 그 '통찰'과 소걸음의 그 '실천'을 통해 마침내 목표를 제압하는 것이다. 송광사 스님들은 누구도 이 비석을 비켜 갈 수 없다.

일찍이 송광사에 조계총림을 열어 수많은 선승들을 배출한 구산스님은 돌 위에서 잠자고 미숫가루만 먹으며 수행정진했다고 한다. 어느 날은 호랑이가 나타났는데도 눈 하나 깜짝 않고 태연히 참선에만 몰두하니 호랑이가 물러갔다는 얘기도 있다. 스님이 늘 제자들에게 힘주어 하는 말이 있었다.

"자네, 늘 참선하게. 그러면 목에 칼을 들이대도 눈 하나 꿈쩍 안 하게 돼!"

1950년대 중반 불교정화운동이 들불처럼 번질 때 스님은 선방에서 조용히 일어나 검정 고무신을 신고 서울로 향했다. 그러고는 한여름 뙤약볕이 내리쬐는 전국 비구승 대회장에서 혈서를 썼는데, 피에 젖은 종이가 무려 600장이나 되었다. 손가락 몇 개로는 어림없는 일이었다. 그 자리에 효봉, 성철, 청담, 만암, 향곡, 동산, 인곡, 월하스님 등이 지켜보고 있었다.

어느 절이나 부도밭은 사람들의 왕래가 많은 길옆에 자리 잡고 있다. 오갈 때마다 거울처럼 비석에 자신의 마음을 비춰보라는 뜻이다. 예전에는 대부분 절 입구에 징검다리로 된 개울이 있어 돌다리 하나를 건널 때마다 물에 비친 자기를 보았다. 다 건널 때까지 자기 마음이 맑게 비치면 비로소 절 안으로 들어가고 계속 흐리게 비치면 물러나는 법이다. 그런데 요즘은 개울을 시멘트 다리로 덮어버려 먼지에 자기 얼굴을 비춰보아야 하니, 좋게 보면 수행이 그만큼 더 어려워졌는지도 모른다.

송광사 가는 길에도 그런 다리가 있다. 옛날에는 징검다리였지만 지금은 석조의 홍교 위에 정자처럼 아름다운 청량각을 올려놓았다. 이 다리를 통과할 때는 반드시 위를 잘 쳐다보기 바란다. 큰 대들보에 턱을 걸친 용머리 하나가 큰 입을 벌린 채 지나가는 당신들의 마음을 꿰뚫을 듯 내려다보고 있으니 말이다. 그 용의 눈을 돌다리 사이의 물이라 생각하고 자신을 비춰본다면 아마 그 이상 서늘한 일도 없을 것이다. 그러나 안심하기 바란다. 꿰뚫어 볼 가치 있는 자들이 워낙 드물다 보니, 이미 용의 두 눈은 퇴화해 썩을 대로 썩어 보이기 때문이다. 안심하고 통과하는 당신은 그러나 행복한가, 불행한가.

부도밭도 청량각 홍교도 일주문 밖에 있다. 일주문 안에는 또 수없이 많은 문들이 기다리고 있다. 절에는 원래 문도 많고 계단도 많다. 모두 자기 마음을 닦으며 하나씩 열고 넘어야 할 힘겨운 고개들이다. 가벼운 여행 삼아 쉬러 왔다지만, 그러나 일주문은 아무나 들어가는 문이 아니다. 여행은 고행이 될 때 비로소 진정한 여행이 된다.

비가 잠시 그쳐 햇살까지 비쳤던 날씨가 다시 흐려지며 빗방울이 후드득

송광사로 들어가기 전, 흐르는 계곡물에 흐린 마음을 비춰본다. ⓒ 이원규

떨어진다. 때아닌 소나기다. 경내의 헐벗은 매화나무와 벚나무 가지들이 갑자기 실핏줄이 터질 듯 온몸을 자르르 떤다. 봄을 재촉하기엔 너무 이르고 가을을 떠나보내기엔 너무 늦은 비다. 조계산 자락을 자욱하게 덮은 구름들이 비로 변하는 그 간절한 틈새가 세월을 기다려 한 단계씩 매듭짓는 대나무 마디처럼 느껴진다. 절마당이나 기와지붕 위로 떨어지는 빗방울을 가만히 보고 있으면, 바닥을 치고 위로 한껏 튕겨 올라 정점에서 잠깐 멈추는 바로 그 투명한 순간이 눈물겹도록 아름답다.

그것은 마치 빗방울이 잠시 투명한 꽃으로 피어 있는 순간처럼 보인다. 그 순간만큼은, 빗방울은 이미 '빗방울'이 아니라 '물방울'이다. 그 물방울 속으로 들어가 잠시나마 나도 함께 꿈꾸고 싶다. 바닥으로 금방 추락해 허물어질 때 허물어지더라도……. 허물어진들 또 어떠랴. 구름이 비가 되는 세월보다 비가 구름이 되는 세월이 훨씬 더 먼 기다림인 줄은 알지만, 어차피 비가 왔으니 이젠 이 비가 다시 구름이 될 때까지 기다려야겠지. 아름다운 것은 어렵고 그 아름다움 속에서 꿈꾸는 것은 더욱 어려운 법일 테니까.

빗줄기가 점차 가늘어질 무렵 경내를 다시 둘러본다. 송광사는 대웅전을 중심으로 각 건물들이 서로 어깨를 끼고 있어 비를 맞지 않고서도 충분히 옮겨 다닐 수 있다. 대웅전 뒤의 높은 돌담 위에는 수선사와 설법전이 있다. 일반인들의 출입을 통제하는 이곳은 송광사의 명실상부한 선방으로 많은 국내외 선객들이 화두에 몰두하고 있다. 특히 이 절은 승려들의 참선수행을 가장 중요시하는 선종 사찰이어서 그런지, 선원부가 대웅전 뒤의 상단에 배치되어 있을 뿐 아니라 뜰 앞으로 늘푸른나무들이 촘촘하게 심어져 있어 겨울인데도 외부로 노출되지 않고 지붕만 보인다.

어느 절이나 그 절의 가장 중요한 유전자는 대웅전 배후에 숨어 있다. 예컨대 해인사는 대웅전 뒤의 성채 같은 돌담 위에 팔만대장경이 있고 부처님의 진신사리를 모신 통도사의 금강계단 또한 그렇다. 배후의 유전자는 그만큼 소중하기도 하지만 그만큼 위험한 것이기도 하다. 자칫하면 정체성의 대가 끊어지기 때문이다. 일본 놈들이 옛날에 우리나라를 침략할 때마다 해인사에서는 팔만대장경, 통도사에서는 진신사리를 약탈해가기 위해 수많은 병력을 일부러 동원한 것이 그 대표적인 예들이다. 물론 그때마다 해인사는 승려들과 관군들이 합심해 길목을 터주지 않았고, 통도사의 노스님들은 사리를 보따리에 싸들고 삼십육계를 놨다.

아직 동안거 해제일이 몇 주 남은 것 같은데 무슨 법회가 있는지 설법전 쪽으로 수십 명의 승려들이 이동하고 있다. 설법전 안으로 들어가려면 진여문을 통과해야 하는데 대웅전 마당에서 제법 높은 그 진여문 계단까지 긴 행렬이 이어지고 있다. 맑은 잿빛 장삼에 붉은 가사를 걸친 승려들의 정연한 이동을 '안행(雁行)'이라 한다. 마치 기러기들이 줄지어 날아가는 것과 같다고 해서 붙여진 비유다.

하늘로 이어질 듯 진여문으로 오르는 안행을 직접 보니, 그 아득한 비유도 비유려니와 저 행렬이 왠지 끝없이 다른 세상으로 이어져 다시는 돌아오지 않을 것만 같은 느낌이 든다. 같은 하늘 아래 같은 공기를 숨쉬면서도 너무 오래도록 다른 세계의 삶을 살아온 탓일까. 그 탓을 거듭 탓하더라도 단지 다른 삶이라는 이유만으로 그처럼 낯설게 느껴지진 않았을 것이다.

비가 잠시 그친 틈을 타 얼른 조계산 기슭에 숨어 있는 천자암을 다녀온다. 간혹 빗줄기의 허리를 가파르게 꺾어가던 바람도 젖은 몸을 말리고 있는 듯 잠잠하다. 오솔길 옆으로 수북이 쌓인 젖은 낙엽과 솔잎이 따뜻한 햇살에 덥혀지면서 뿜어내는 진한 향기가 감각의 마디마디를 스치고 가는 꽃향기와는 달리, 머리에서 발끝까지 온몸을 가득 채운다. 바닥에 축축하게 깔린 채 썩어가면서 뿜어내는 이 진한 삶의 향기를 맡고 있으면 코가 벌름거려지는 것이 아니라 온몸이 절로 벌름거려지지 않을 수 없다.

참선도량인 천자암 뜨락에는 '쌍향수'라는 향나무가 자라고 있다. 지눌스님이 중국에서 돌아올 당시 자신이 쓰던 지팡이를 심어놓은 것이란다. 그러나 800년이나 흐른 지금, 이 향나무는 마치 장좌불와로 인고의 세월을 너무 소진이라도 한 듯 청정한 빛은 간데없고 내뿜는 향기마저 엷다. 필경 온몸을 비틀고 비틀어 치약처럼 짜냈을 그 엷은 향기를 맡으면서, 난 자꾸만 벌어지는 나이테의 간격보다도 조용히 깊어지는 가을 강의 속살을 먼저 떠올린다.

이제 이 송광사를 떠나야 할 시간이 다가오고 있다.

이번 여행 또한 고행이 되지 못한 듯하다. 가장 먼 길은 고향으로 가는 길이다. 이 산사를 벗어나면 내 몸은 또다시 '얼굴과 몸'이 아닌 '머리와 고기'로 돌아갈 것이다. 사실 절에 한 번씩 왔다 돌아가면 며칠씩 앓아눕는 게 정상이어야 한다. 세속에 때묻고 찌든 마음의 밑바닥까지 다 들켰으니, 제대로 된 사람이라면 정신이 온전할 리 없지 않은가. 송광사가 나의 등을 향해 마지막으로 묻고 있다.

"오늘 당신이 의미 없이 산 하루는 어제 죽은 사람이 그토록 살고 싶어하던 내일이다. 당신은 그런 오늘을 살고 있지는 않은가."

가장 슬프고
애틋한 절

운주사

행복한 자들의 표정은 하나지만
불행한 자들의 표정은 셀 수 없을 정도로 많다.

운주사는 쉽게 들어갈 수는 있어도 쉽게 나올 수는 없는 절이다. 처녀가 가면 처녀를 바쳐야 하고 총각이 가면 동정을 바쳐야 나올 수 있는 절이다. 그만큼 애절하고 신비로운 절이다. 천천히 다가갈수록, 가만히 들여다볼수록 저녁 강물이 가슴속으로 찰랑찰랑 차오른다.

내가 본 수많은 절 중에서 나를 가장 슬프게 한 절이다. 전남 화순의 운주사는 지리산 일대를 돌아 해남 땅끝마을로 가다 우연히 도둑처럼 슬쩍 스며든 절이다. 마치 넓은 계곡의 야외 조각전시장에라도 온 듯한 느낌이다. 잔설이 깔린 입구의 풀숲에서부터 평지와 비탈을 가리지 않고 아무렇게나 널려 있는 듯한 석탑과 돌부처 들이 절 뒷산까지 가득하다.

어찌 보면 한때 단란했던 대가족이 산야로 뿔뿔이 흩어져 초근목피로 근근이 연명하다가 마침내 함께 지쳐 쓰러져 있는 것 같기도 하고, 또 어찌 보면 무엇엔가 기갈 들린 사람들이 큰 뜻을 도모하려다 포기한 채 다음 생을 기다리고 있는 것 같기도 해 자꾸만 가슴이 저며온다. 헐벗은 숲속 응달마다 아직 녹지 않은 잔설도 잔설이지만 산야를 힘겹게 물들이는 늦은 오후의 겨울 햇살이 옹기종기 모여 서로 기대고 있는 돌부처들의 그 애잔한 눈빛을 차마 눈 뜨고 볼 수 없게 한다.

운주사는 일반 사찰에 대한 고정관념을 여지없이 무너뜨린다.

대부분의 사찰이 그렇듯 잘 정돈된 건물 배치와 웅장한 풍채는 그 겉모습만으로도 여행객들의 발걸음을 주춤거리게 할 만큼 심리적인 위축감을 불러일으킨다. 그것을 거꾸로 뒤집어 우리는 흔히 '엄숙'과 '경건'이라는 표현을 쓰기도 한다. 운주사는 언뜻 보기에 저절로 엄숙해질 만한 웅장한 모습도, 그렇다고 옷깃을 다시 여미며 경건해질 만한 고색창연한 건물도 보이지 않는다. 그 흔한 당간지주나 열반에 든 고승들의 부도밭도 보이지 않는다.

그 대신 산등성이 도처에 드러눕거나 삐죽이 솟아 있는 백정 같은 돌부처들이며, 바위그늘 아래 서로 어깨를 기댄 채 졸고 있는 듯한 아기부처들이며, 길가 아무 데나 퍼질러 앉아 힘없이 허공을 내젓는 늙은 돌부처들이며, 비탈진 골짜기에 비탈만큼 기울어져 있으나 되레 땅이 기운 듯한 표정의 죄수들 같은 돌부처들이며, 심지어 머리에 여성의 성기가 새겨져 있는 목 잘린 돌부처 등이 마치 저잣거리의 온갖 시정잡배들을 끌어다 조직한 봉기군이나 되는 양 수시로 돌출해 지나가는 사람들을 놀래게 한다.

게다가 모두 한결같이 좌우대칭도 맞지 않을뿐더러 뭉개지고 깨지고 비틀어진 이목구비들이 도무지 어느 한 곳을 뜯어보아도 부처의 위엄이라곤 찾아볼 데가 없다. 대웅전 뒤의 제법 반듯한 마애불과 석탑 몇 개를 제외하면 서 있는 것들은 모두 불안하기 짝이 없고 그 거처 또한 피난살이처럼 발 닿을 데 없이 무질서해 보인다. 부평초처럼 어느 것 하나 제대로 땅속 깊숙이 뿌리를 내리고 있어 보이지도 않는다.

그런데, 그럼에도 이 모든 부평초들이 왠지 범상치 않아 보이는 까닭은 무엇일까. 어쩌면 많은 호사가들의 얘기처럼 정형을 깬 파격미나, 정교한 무질서의 질서나, 도전적 단순미나, 토속적인 해학미 등과 같이 그렇게 가능한 한 둥글고 예쁘게 감싸 안는 '포장미학'에서 오는 것일지도 모른다. 모든 것이 의문투성이라 발은 마애불이 있는 대웅전 뒤켠으로 가고 있는데, 생각은 어느새 유명한 와불(臥佛)이 있는 왼쪽 산등성이를 오르고 있다. 나는 이 절에서만큼은 생각보다 발이 가는 대로 움직이기로 했다.

이 대웅전 뒤쪽 동산은 눈 발자국이 없는 것으로 보아 사람들의 발길이 뜸한 곳 같았다. 눈길을 헤치고 조금 올라가니, 솔숲을 배경으로 자연석이 하나 나왔다. 이곳이 바로 '공사바위'였다. 운주사의 천불천탑(千佛千塔)을 쌓을 때

도선국사가 이 바위 위에서 전체 공사를 지휘 감독했다고 해서 붙여진 이름이다. 아닌 게 아니라 '호떡탑'이 있는 경내는 물론 탑으로 가득 찬 운주사 계곡 풍경도 한눈에 들어온다.

이 공사바위 바로 아래 이목구비와 화염무늬가 비교적 뚜렷한 마애불이 전체를 굽어보는 도선국사의 눈을 대신하듯 두 손을 합장한 채 앉아 있다. 다소 엄해 보이면서도 간절한 이 돌부처의 표정은 필시 뭔가 초조한 기색을 애써 감추고 있음이 역력한데, 나로선 그 내력을 알 도리가 없어 안타까울 뿐이다.

운주사는 모든 것들이 신비의 베일에 가려 있다.

도선국사의 운주사 창건설과 그 연대도 시원한 대답을 들을 만큼 분명치 않다. 산 정수리에 나란히 누워 있는 와불이 미완성인 점도 그렇다. 운주사라는 절 이름도 한글 표기는 '운주사' 하나지만 한자 표기로는 네댓 가지(雲柱寺, 雲住寺, 運舟寺, 運柱寺……) 이상이나 돼 혼란스럽다. 아직 의미가 풀리지 않은 탑의 여러 문양도 그렇다. 그리고 무엇보다도 옛날 같았으면 극비 중에 극비랄 수 있는 가장 중요한 것이 하나 있다. 도대체 '누가 왜 이곳에 천불천탑을 쌓으려 했는가' 하는 점이다. 운주사란 절은 이래저래 학자들의 골치깨나 썩이기에 딱 알맞은 절이다. 물론 그동안 학자들의 골치가 썩지 않았던 건 아니다. 썩어도 아주 여러모로 썩어 기발한 착상이 한두 가지가 아니다. 운주사가 불교사원이 아니라 도교사원이나 밀교사원이라는 주장, 또 천민과 노비들의 미륵공동체나 해방지구, 민간신앙 기복처, 역모의 땅, 비보사찰이라는 등등의 주장들이 다 제 나름대로 참신한 발상들이 아닐 수 없다.

운주사 왼편 산등성이에서 만나는 와불. 전설처럼 과연 운주사 와불이 일어나면 새 세상이 올까?
ⓒ 보광명

또 최근에는 고려 삼별초군의 항쟁에 대비한 원나라 '몽골족의 군사기지' 라는 전혀 뜻밖의 '외국인 조성론'까지 나왔다. 실제로 다른 사찰의 탑들과 서로 비교해보더라도 거기 탑들은 세련된 조형미를 갖춘 우아하고 귀족적인 것이라면, 운주사 것들은 대부분 자연석으로 된 머슴부처나 거지탑, 동냥치탑 등과 같이 천민적인 탑들뿐이다. 게다가 모두 미완의 탑들이다.

"운주사 계곡에 천불천탑을 쌓으려다 새벽닭이 울어 공사를 중단할 수밖에 없었다."

도선국사의 설화에 나오는 대목을 인용하지 않더라도 운주사는 미완의 도량이요, 아직은 불가사의한 '정신유적'이다.

운주사가 세간에 널리 알려진 것은 아마도 황석영의 대하소설《장길산》이 나온 1980년대 중반부터가 아닌가 싶다. 관군에 참패한 장길산이 노비들과 승주 땅으로 숨어들어 새 세상을 꿈꾸며 천불천탑을 세우려다 실패하는 장면이 소설 4부 '역모' 부분에 나온다. 그 역모를 꾀하던 미륵의 땅이 바로 여기 운주사다. 운주사를 만남으로써 장길산은 비록 죽었어도 그가 만든 배만큼은 지금도 세상을 저어갈 수 있다.

세상의 천민들이여 모여라, 천불천탑을 세우자.

그들은 보리밭 밭고랑에 돌을 눕혀 새기기도 하고, 산비탈에서 쪼으기도 하고, 암벽 중간에 매달려서 정과 망치를 두드리기도 하였다……. 늙은 노비가 일러서 계곡이 끝나는 곳에 새 절을 세웠으니 운주사(運舟寺)라 하였다. 젊은 노비가 물었다.

할아버지, 절 이름이 어째서 운주사요?

배를 부린다는 뜻이란다. 배가 물에 떠서 움직이게 된다는 뜻이니라.

젊은 노비는 더욱 궁금해졌다.

이 깊은 산골에서 배는 무엇이고 물은 또 무어요. 우리가 이제는 다시 죽지 못해 살던 섬으로 쫓겨간다는 뜻이우?

늙은 노비는 햇빛에 그을린 주름살 많은 눈을 감을 듯이 가늘게 뜨고 웃으면서 말하였다.

그게 아니란다 애야. 새로운 우리 세상이 바로 배가 되는 게야. 미륵님 세상의 배가 된다. 배는 물이 없으면 뜰 수가 없지 않느냐?

그럼 물은 또 무엇이우?

물은 우리 같은 천것들이고 만백성이란다. 우리 중생이 물이 되어 고이면 배가 떠서 나아가게 되는 게야. 이제야 배가 되어 움직이는 절의 의미를 알겠느냐.

노비들은 다시 정신없이 돌을 쪼아 미륵상을 세웠다.

작가는 마지막으로 우리에게 이렇게 묻고 있다.

"배가 되어 움직이는 절의 의미를 알겠느냐."

그렇다. 운주사가 범상치 않은 이유와 답이 바로 이 물음 속에 있는 것이다. 와불을 둘러보고 내려오는데 서로 등을 기대고 앉은 두 돌부처의 모습이 새삼 눈에 들어온다. 바람에 기대고 있어도 무너지지 않을 것 같은 부처마저 저렇게 서로 등을 기대 받쳐주고 있거늘, 하물며 우리 같은 미물들이야 어찌 서로 기대고 받쳐주지 않을 것인가. 석양에 붉게 물들어가는 돌부처들의 표정이 그렇게 다양할 수가 없다. 고통 받고 천대 받는 자들의 표정은 어둠이 내릴수록 더 잘 보이는지도 모른다. 행복한 자들의 표정은 하나지만 불행한 자들의 표정은 셀 수 없을 정도로 많다.

하늘을 올려다보니 운주사 계곡의 허공에 고귀한 슬픔인 듯 맑은 보름달이 둥실 떠 있다. 그 보름달은 이 산야에 떠도는 외로운 영혼들의 투명한 눈물이다. 그 눈물 위로 천불천탑이 비친다. 승려들의 가장 높은 깨달음의 경지인 십우도의 마지막 수행단계는 저잣거리로 내려가 그들과 하나가 되는 것이다. 어쩌면 그 하나 된 저잣거리를 '누군가가' 이 운주사로 옮겨 재현해놓은 것인지도 모른다. 그리고 이 절에 오가는 모든 사람 하나하나가 바로 이 미완의 천불천탑인지도 모른다. 오랜만에 만월을 보고 나서 그런지 오히려 이런 설익은 풋감 같은 느낌들이 자꾸 든다.

절간의 엷은 어둠 속으로 밥 짓는 푸르스름한 연기가 모락모락 피어오르고 멀리 주인을 찾는 개 짖는 소리들이 마을에서 들려온다. 마지막으로 산문을 나서면서 사족 아닌 사족을 하나 달고자 한다. 운주사의 돌부처들은 대부분 코가 크다. 그러나 또 대부분 흉하게 콧대가 떨어져 나갔거나 코끝이 깨져 있다. 이 돌부처들의 코를 갈아 마시면 아들을 낳는다는 속설 탓인지 너도나도 떼어간 모양이다. 아들 낳아 대를 이으려는 그 절박한 심정이야 충분히 이해가 되지만, 장대한 코만 보고도 떡두꺼비 같은 아들을 낳았다는 어느 삼대독자 며느리의 '최신 버전'도 나와 있으니, 많은 참고가 되었으면 싶다.

운주사 가는 길은 미궁으로 가는 길이다. 그 미궁에 가서 자기의 첫 마음이자 가장 소중한 처녀와 동정을 바치는 것은 더없이 행복한 일이다. 그러나 나는 바칠 게 없어 더없이 불행하다. 내 다시 태어나면 동정을 절망에 고이 담아 운주사부터 들러야지.

피었으므로, 진다

선운사

떨어진 동백꽃 생살이 소름 끼치도록 선명하다.
한 생애가 이처럼 간명하게 분리되는 꽃을
난 아직 동백꽃 외에 본 적이 없다.

선운사란 절은 왠지 갈 때마다 다른 절과는 다르게 마치 감자 삶아 소풍
가듯 언제나 부담이 없어 좋다. 아마도 절에 대한 이미지가 "동백꽃은 아직
일러 피지 안 했고 막걸리집 여자의 육자배기 가락에 작년 것만" 남아 있는
미당 서정주의 시나 "바람 불어 설운 날" "눈물처럼 후두둑 지는 꽃"을 부른
송창식의 노래로 이웃집처럼 친숙해진 탓일 것이다. 물론 그만큼의 선입견을
준 것도 사실이다. 마치 선운사는 동백꽃밖에 없는 것처럼 말이다. 그러나 어

짰든 우리는 동백꽃을 보기 위해서라면 다른 절이 아니라 '고창 선운사'로 간다. 중요한 건 그것이다.

한겨울에 이어 4월 중순에 다시 찾은 선운사의 봄은 그야말로 바닥도 허공도 붉은 동백꽃으로 장관을 이루고 있다. 대웅전과 영산전 뒤를 병풍처럼 둘러싸고 있는 3천 그루의 동백들이 봄바람이 한 번씩 흔들고 갈 때마다 여기저기 투두둑 투두둑 둔탁한 소리를 내며 꽃송이째 떨어진다. 이걸 두고 많은 시인묵객들이 전장에서 목이 날아가는 장수의 비장한 최후나 자결로 정조를 지키는 여인네의 꽃다운 목숨을 떠올리곤 했지만 바닥에 떨어져 있는 꽃송이들을 보노라면, 그 처절한 비장미보다도 그 처절한 단순미가 더욱 내 가슴을 친다. 동백은 다만 그물에 걸리는 바람같이 그냥 툭 하고 떨어지면 그만인 것을 그토록 허공을 돌고 돌다 아직도 저렇게 붉은 핏방울들로 맺혀 있다. 방울은 언젠가는 터진다. 터지는 모든 것은 터지기 직전이 가장 눈부시고 아름답다. 동백꽃도 떨어지기 바로 직전이 가장 아름다워야 한다.

그런데 그 동백꽃이 왠지 다르게 보이는 것은 무슨 까닭일까.
벚꽃은 떨어지는 순간이 가장 아름다운 꽃이고 동백꽃은 이미 떨어진 것이 더 아름다운 꽃이다. 떨어진 꽃들은 떨어진 채 저 홀로 아름답다. 벚꽃이 허공에서 바닥까지 천천히 떨어지는 과정을 보여주는 꽃이라면 동백꽃은 그 과정을 보여주지 않는 꽃이다. 허공에 피어 있거나 바닥에 떨어져 있거나 둘 중의 하나다. 그러므로 우리는 그 둘 중의 하나만 볼 수 있을 뿐이다. 벚꽃은 가볍고 동백꽃은 무겁다. 가벼운 것은 과정을 드러내고 무거운 것은 과정을 드러내지 않는다. 과정 없이 목적을 달성하는 꽃이 동백이라면 벚꽃은 과정 그 자체가 바로 목적인 꽃이다. 동백꽃은 피어 있을 때 이미 목을 꺾었고, 벚꽃은 피어 있든 졌든 이미 꺾을 목이 없다.

떨어진 동백꽃을 주워 나무와 분리된 곳의 접합점을 보니 그 생살이 소름 끼치도록 선명하다. 그리고 선명한 만큼 간명하다. 한 생애가 이처럼 간명하게 분리되는 꽃을 난 아직 동백꽃 외에 본 적이 없다. 내일 새벽이면 저 많은 동백꽃들도 스님들의 빗자루에 쓸려갈 것이다. 영산전 뒤켠에 세워진 빗자루는·어제도 동백을 쓸어낸 듯 붉게 물들어 있다. 동백꽃은 마지막으로 빗자루에 향기를 묻히고 떠난 것이다.

수령이 500~600년쯤 되는 선운사의 동백나무는 모두 3천여 그루인데 5천 평에 골고루 심어져 있다. 선운사에 동백꽃이 많은 까닭은 너무 간단해 알고 나면 싱거울 정도다. 열심히 설명하는 원공스님의 심각한 표정으로 보아서는 뭔가 더 있을 법도 한데 좀처럼 나오지 않는다.

"옛날에 산불이 자주 일어나 절 전체가 여러 차례 소실될 위기를 맞곤 했어요. 실제로 저 만세루 같은 경우는 타고 남은 목재로 지은 것이지요. 그래서 산불이 일어나도 사찰까지 옮겨 붙지 못하도록 묘안을 짜내기를 거듭하던 중 마침내 동백나무숲이라는 결론에 이른 것입니다. 동백나무는 불이 잘 붙지 않기 때문에 방화림으로서 최적격일 뿐만 아니라 지금 보시는 바와 같이 미학적으로도 아주 훌륭합니다. 자연으로써 자연과의 조화를 깨뜨리지 않으

동학도의 비원이 서린 도솔암 마애불. 전봉준을 비롯한 동학의 우두머리들이 혈서를 쓰며 맹약하
는 모습을 묵묵히 지켜보았으리라. ⓒ 보광명

면서도 자연을 다스린 우리 조상들의 지혜를 엿볼 수 있지요."

동백기름을 짜내는 동백나무에 불이 잘 붙지 않는다는 것은 처음 듣는 얘기다. 산불이 아니더라도 동백나무는 이미 붉은 꽃들로 충분히 불타고 있으니, 스님 얘기에 덧붙이자면 꽃불로써 열불을 다스리고 있는 셈이다. 문득 경복궁 근정전의 '드무'라는 작은 물통이 떠올랐다. 화재를 진화하는 소화기 같은 것이다. 근정전의 크기에 비해 턱없이 작은 이 드무가 도대체 어떻게 화재를 막을 수 있다는 것인지, 그걸 보면 누구든 실소를 금치 못한다.

그런데 그 드무의 실상을 알고 나면 조상들의 재미있는 발상에 또 한번 실소를 금치 못한다. 화재를 일으키는 불귀신이 근정전에 와 불을 놓으려다 드무 속의 물에 비친 자기 얼굴을 보고 놀라 달아난다는 것이다. 자기가 봐도 자기 얼굴이 너무 흉악하게 생겨먹었던 탓이다. 선운사의 저 동백꽃이 어쩌면 근정전의 드무 같은 것일지도 모른다는 생각이 퍼뜩 들어 속는 셈치고 꽃잎에 내 얼굴을 슬쩍 비춰본다. 나도 모르게 실소가 나왔다.

선운사 경내를 둘러본 다음 도솔암 쪽으로 발길을 돌린다.

도솔암은 관악산 삼막사 그리고 최북단의 심원사와 더불어 우리나라 '3대 지장보살'이 있는 절이다. 원래 18살 소녀로 알려진 지장보살은 그 연약한 몸으로 지옥문을 지킨다. 지옥에서 고통 받는 마지막 한 중생까지 구하기 전에는 부처가 되지 않겠다며, 스스로 성불을 포기한 아름다운 보살이다. 그 아름다운 보살이 있는 도솔암은 특히 영험하다고 해서 신도들의 발길이 끊이지 않는 곳이다.

선운사에서 3킬로미터쯤 오솔길을 따라 올라가니, 깎아지른 것 같은 천마봉 절벽이 보이는 가파른 곳에 암자가 자리 잡고 있었다. 암자 옆의 거대한 암벽에는 마애불이 새겨져 있는데, 그 가슴 한가운데에 사각형으로 땜질한 흔적이 선명하게 보인다. 여기는 동학의 성지와도 같은 곳이다. 전봉준을 비롯한 손화중, 김개남 등의 우두머리들이 동학교도들 앞에서 혈서를 쓰며 맹약한 곳이 바로 이 마애불 앞이다. 그리고 그 맹약문은 저 절벽 같은 마애불의 가슴 한가운데를 깊게 파서 그 안에다 비밀리에 숨겨놓았다.

하지만 그 비밀문서는 지금은 흔적도 없이 사라졌고 동학도들의 비원만이 서려 있다. 더구나 관군에게 쫓기고 쫓기던 동학군들이 마침내 이 도솔천 계곡에서 옥쇄를 했다 하니, 저 108계단 위에 있는 내원궁의 지장보살이 성불을 포기한 이유를 조금은 알 것도 같다.

이제 선운사에서 붉은 동백꽃이 상징처럼 된 이유들이 어렴풋이나마 드러나는 듯하다. 그것들 가운데 역시 가장 큰 이유는 아마도 동백꽃처럼 떨어진 동학군들의 비장한 최후가 아닌가 싶다. 봉화대에서 바라보는 줄포만과 서해의 낙조 역시 떠도는 동학군들의 영혼 없이는 가슴으로 느껴지지 않는 것이다. 꽃과 잎이 피고 지는 계절이 달라 서로 영원히 만날 수 없다는 도솔암 주변의 상사화 역시 스님을 연모하다 죽은 여인의 애절한 꽃이 아니라 동학군들의 외로운 혼들이 환생하여 꽃으로 변한 것이다.

동학군들이 이 도솔천 계곡에서 옥쇄를 하고 최후까지 맞이하지 않았다면, 아마도 선운사의 동백꽃은 목이 부러지듯 툭 떨어지는 것이 아니라 벚꽃처럼 천천히 떨어지는 과정을 보여주면서 낙화했을지도 모른다. 선운사에 대한 우리의 비장한 선입견이 동백꽃의 낙화 속도를 광속으로 단축시켜버린 것이다. 그것은 실상 우리 생의 어느 한 부분도 그렇게 처절한 미학으로 마감할 수 있기를 바라는 마음속의 비장미가 광속으로 투사된 환영에 지나지 않는다. 그것은 선운사의 산 동백꽃이 아니라 내 마음속의 죽은 동백꽃이다.

내가 선운사 여행에서 느낀 이 부끄러운 글이 그 허상의 그물을 걷어내는 데 조금이나마 보탬이 된다면 더 이상 바랄 게 없겠다. 무엇보다도 동백꽃으로 하여금 원래 제 떨어지는 고유의 속도를 찾아주어야 한다. 동백꽃은 다만 피었으므로 진다.

섬진강에서 화엄사 종소리를 들어보았는가

화엄사

지리산은 멀리서 그 아득한 능선만 보아도 가슴이 뛰고
섬진강은 그 뛰는 가슴을 가라앉혀준다.

천지간에 꽃입니다.

눈 가고 마음 가고

발길 닿는 곳마다 꽃입니다.

생각지도 않은 곳에서

지금 꽃이 피고 못 견디겠어요.

눈을 감습니다.

아, 눈 감은 데까지 따라오며

꽃은 핍니다.

피할 수 없는 이 화사한 아픔,

잡히지 않는 이 아련한 그리움,

참을 수 없이 떨리는

이 까닭 없는 분노

아아, 생살에 떨어지는

이 뜨거운 꽃잎들.

＿김용택, 〈이 꽃잎들〉 전문

이 따뜻한 봄날에 섬진강 주변으로 여행을 떠났다 돌아와 글이라도 쓸 때면 누구나 먼저 김용택 시인의 시부터 인용하게 된다. 김용택 시인은 이미 섬진강의 주인이나 마찬가지여서 남의 동네 가면 촌장한테 인사하듯 시 인용으로써 그것을 대신하는지도 모른다. 풀물이 뚝뚝 떨어지는 그 향기로운 서정시에 잠시 마음을 빼앗기는 것은 더없이 행복한 일이기도 하다. 나는 마음을 빼앗긴 지 벌써 오래됐고, 다시 되찾을 무렵이 왔을 때는 이미 시의 주인을 가까이하고 있어 결국 즐겁게 포기해버리고 말았다.

어느 화사한 봄날, 나는 문득 배고픈 아이처럼 허겁지겁 배낭을 꾸렸다. 아마 전날 밤에 본 배용균 감독의 〈달마가 동쪽으로 간 까닭은〉이라는 영화 때문이었을지도 모른다. 그 속에 보면 흐드러지게 핀 벚꽃나무 그늘 아래 스님 하나가 의자에 앉아 잠이 든 듯 깊은 명상에 잠겨 있는 모습이 나온다. 아름다운 벚꽃 아래 모든 시간과 공간이 정지해 있는 그 깊은 적막감은 작은 죽음처럼 느껴지고, 그 눈부신 고요는 천천히 적멸이 다가오고 있음을 예감케 한다. 그런데 그 순간만큼은 차라리 자욱한 관능이어야 할 벚꽃이 나에겐 왜 그리도 슬프고 허무해 보이던지, 끝내 영화를 마지막까지 볼 수가 없었다. 섬진강과 화엄사행은 거기서 싹이 튼 것이리라.

나는 지나는 길에 전주 모악산 자락에 들러 안도현 시인과 만개한 벚꽃나무 그늘에 앉아 점심 겸 대포 한잔을 했다. 낮술인 데다 어릴 적 농번기에 새참 심부름으로 갖다 주다가 먹고 취해 논두렁 밭두렁 같은 데 뻗어 잠들었던 걸쭉한 옛날 농주 같은 막걸리여서 온몸이 금방 달아올랐다. 고교 시절부터 친구인 안도현 시인과는 당시 전국 고교 문단에서 쌍방이 인정한 유일한 라이벌이기도 했는데, 그나마 서로 한 학년 차이로 인해 상장을 아슬아슬하게 분배할 수 있었던 것이 비교적 다행이라면 다행이었다. 한번은 재미 삼아 서로의 수상경력을 종합해보니, 전국 주요 대회의 90퍼센트가 넘어서 그의 표현대로 거의 '평정'이었다. 내가 10년간 절필하고 있을 무렵, 이따금 한밤에 술 취한 목소리로 "형, 언제까지 안 쓸 거야. 빨리 시 좀 써! 형이 써야 고등학교 때처럼 우리 둘이 이 좆같은 문단을 평정하지!"라며 다그쳤던 그가, 난 늘 고맙고 그립다. 회를 먹어야 힘이 솟는다는 그에게 조만간 자연산 광어라도 한번 사야겠다.

안도현 시인과 헤어진 나는 불콰해진 얼굴로 곧장 임실의 마암분교로 갔다. 그곳에는 자기가 가르치는 아이들보다도 더 아이 같은 선생님이 한 분 있다. 바로 김용택 시인이다. 그는 네댓 명의 아이들과 운동장에서 흙먼지를 날리며 공놀이를 하고 있었다. 숲속의 도토리 열매나 강가의 조약돌 같은 인상을 주는 그를 만나면 동심으로 돌아간 듯 나도 모르게 마음이 맑아진다.

"산하, 혈색 좋은 거 보니 한잔하고 왔구나? 도현이 만났어?"

"예. 오는 길에 만나 점심 먹다가……."

술이라곤 입에 대지도 못하는 사람이 술 마신 건 귀신같이 알아맞힌다. 나는 '용택이 형'과 운동장의 나무벤치에 앉아 이따금 은어들이 솟구치는 섬진강을 내려다보며 차를 마셨다. 이때 한 아이가 소맷자락으로 땀을 훔치며 삶은 감자를 냄비에 담아 왔다. 용택이 형이 활짝 웃으며 "이거, 할머니가 삶아주셨구나?" 하니까, 아이가 씽긋 웃으며 "아니요, 제가 삶았는데요" 하고 대답한다. 용택이 형이 "어이구~ 요놈 봐라!" 하면서 돌아서는 아이의 엉덩이를 톡톡 두드려준다.

방과 후에도 7~8개씩의 과외공부 때문에 시들어가는 서울 아이들만 보다가 물가의 잔디처럼 싱싱하게 자라는 여기 애들을 보니, '진짜 아이들' 같다는 느낌이 든다. 나무 같은 선생에다 풀 같은 아이들이다. 이들이 어우러져 숲을 이룬다. 그 숲에 새들이 씨앗을 물어 온다.

강 가장자리에 그림자가 지고 은어들도 잦아들기 시작할 무렵, 나는 배낭을 챙겨 일어났다. 용택이 형이 먹다가 남은 감자를 배낭 속에 넣어주었다. 하얀 벚꽃을 밟으며 자박자박 운동장을 걸어 나오는데, 문득 내가 다녔던 영일

의 상옥초등학교가 떠올랐다. 졸업 이후 30여 년의 그리움이 쌓이도록 한 번
도 찾지 못한 '시골 초등학교'지만, 내가 만나는 사람들에게 그 초등학교 운동
장 같은 사람이 되어주고 싶다는 마음에는 늘 변함이 없다.

지리산은 멀리서 그 아득한 능선만 보아도 벌써 가슴이 뛰고 섬진강은 그
뛰는 가슴을 가라앉혀준다. 태조 이성계가 조선 창업의 큰 뜻을 품고 전국의
명산들을 돌며 기도할 때, 유독 지리산에서만 소지(燒紙)가 오르지 않아 '불복
산' 혹은 '반역의 산'으로 낙인찍힌 이후 유배객들의 단골 귀양처가 되고 말았
다. "하늘이 울어도 울지 않는 산"이라고 남명 조식이 말했다지만, 우리의 민
족정신이 상처 입을 때만큼은 또 가장 먼저 우는 산이 지리산이기도 했다. 그
지리산이 지금 내 눈 속으로 들어와 내장을 굽이굽이 훑어 내려가다가 다시
등뼈를 마디마디 타고 오르며 나를 교란한다. 내 산란한 마음은 이미 나도 건
잡을 수 없을 정도로 첩첩 산봉우리들과 골짜기들을 오리고 붙이고 접고 펼
친다.

바다 속으로 사라지는 일몰도 몰래 돌아본다는 반야봉의 그 장엄한 낙조, 산
속에서 산처럼 무너져버리고 싶은 벽소령의 그 공산명월, 뼛속까지 달구는 피
아골의 그 붉은 단풍, 두개골의 뚜껑을 열고 소나기처럼 쏟아져 들어올 듯한
연하천의 그 시린 별빛, 몸을 던져버리고 싶은 노고단의 그 운무, 늘 초경 같
은 세석평전의 그 철쭉, 3대에 걸쳐 적선을 하지 않은 이에게는 일출 광경을
허락하지 않는다는 그 천왕봉……. 모두 다시 밟고 싶고 다시 젖어들어 내가
적막강산이 되고 싶은 것들이다. 내 안에 산처럼 들어와 뿌리를 내리고 내 밖

화엄사

에 강처럼 흘러 그 뿌리를 적시고, 그렇게 서로 물길을 틔우며 적멸의 꽃을
피우고 싶은 것들이다.

지리산 깊은 골짜기와 백운산 산자락을 천천히 흐르는 섬진강은 "첫날밤
새색시의 풀어진 치마끈 같다"는 어느 시인의 말처럼 수줍고도 아련하다. 이
미 꽃이 떨어진 산수유, 매화 바로 옆에서 이제 활짝 피는 벚꽃, 배꽃이 강변
을 자욱하게 덮고 푸른 보리들이 싱싱하게 자라는 들녘엔 오이 비닐하우스들
로 하얀 물결을 이루고 있다. 화사한 벚꽃에 가려 이름조차 희미해져가는 배
꽃은 그 간결함이나 단아함이 벚꽃과 복사꽃의 맨얼굴처럼 보인다. 맨얼굴에
서 흐르는 땀방울은 흐를수록 더욱 투명하다.
화개장터에서 구례 가는 길에 한 배나무 과수원에 들렀다. 60이 넘어 보이
는 늙은 농부들의 손길이 그렇게 바쁠 수가 없었다. 이 바쁠 때 한가하게 여
행이나 다니고 있는 터라 옆에서 구경하는 것조차 그저 민망할 뿐이었다. 옆
에 낯선 사람이 있거나 말거나 부지런히 사다리를 오르내리며 배꽃 하나하나
마다 붓질을 하는 그들의 이마엔 땀방울이 포도송이처럼 맺혀 있다. 벌이 모
자라 직접 붓으로 일일이 배꽃에 인공수분을 해주는 것이었다. 이처럼 힘들
여 키운 배 한 알을 우리는 불과 몇 초 사이에 똥으로 만들어버린다.

화엄사 들어가는 길은 입구에서부터 상춘객들로 발 디딜 틈이 없다.
새들이 지저귀는 계곡은 연한 초록색 나뭇잎들이 봄 햇살을 받아 속살까지
투명하게 보여준다. 나뭇잎의 무늬와 빛깔은 이 무렵이 가장 좋다. 서너 살 된

아이의 가느다란 핏줄이나 아기 새의 깃털을 보는 것 같아 안쓰럽기도 하지만, 이때가 수액이 가장 맑고 힘차게 흐른다. 얇은 벚나무 껍질에 귀를 바짝 대고 한동안 모든 세상을 잊어보라. 그러면 분명 '쿠르르 쿨쿨…… 똑 − 또 − 옥……' 하고 나무속으로 수액 올라가는 소리가 웅장하게 들릴 것이다. 그것은 미꾸라지들이 나이아가라 폭포를 거꾸로 타고 오르는 것 못지않게 경이로운 일이다. 만일 그 소리가 들리지 않는다면 당신은 아직 세상을 다 잊지 못한 것이다.

좌우로 높은 담장을 쌓아 절의 경계로 삼은 화엄사는 산문 앞에서부터 흐드러지게 핀 벚꽃이 바람이 살짝 스칠 때마다 함박눈처럼 흩날린다. 오른쪽 계곡의 넓은 바위 위에는 젊은 외국 여자 관광객들이 띄엄띄엄 드러누워 한가로이 책을 읽고 있었다. 먼 이국의 여행지에서도 짬을 내어 책을 놓지 않는 모습이 언뜻 밭을 매다가 책 보는 것처럼 일종의 사치로 비칠 법도 한데, 전혀 그렇지가 않았다. 여행 중에도 틈나는 대로 책 읽는 것이 가장 좋은 여행이라고 나는 믿기 때문이다.

물론 그것 때문에 열차를 놓쳐 일정에 차질을 빚은 게 한두 번이 아니지만, 아직까지 후회해본 적은 없다. 책은 짝사랑의 대상이 아니라 몸으로 직접 사랑을 고백하는 대상이다. 몸으로 간절히 고백해서 다음 장을 열어주지 않는 책갈피는 없다.

'화엄(華嚴)'이란 세상의 모든 아름다운 꽃들과 더불어 온갖 이름 없는 꽃들의 장엄을 가리킨다. 그것이 가리키는 화엄세계는 선재동자의 구도행이 보여

화엄사

주듯 출렁이는 강을 따라 잔잔한 바다로 나아가는 수평의 세계다. 그 수평에서 아름다운 꽃들이 수직으로 피어난다. 꽃들의 수직이 아니라 수직으로 상승한 수평이 꽃들을 피우는 것이다. 그래서 꽃이 아름다운 것이다.

신라 화엄사상의 근본 도량인 화엄사는 진흥왕 때 인도의 승려 연기조사가 창건하고 조선 불교계의 승병 총수였던 벽암대사가 중창한 것으로 전해지고 있다. 화엄종의 1대 종주는 의상대사이고 그 원조 사찰은 영주 부석사다. 중국에서 화엄사상을 10여 년 공부하고 돌아온 의상대사가 신라인의 피신처인 태백산 자락에 부석사를 지어 평생 동안 화엄의 씨앗을 심고 가꾸었던 것이다. 그래서 화엄종 하면 북쪽에서는 영주 부석사요, 남쪽에서는 구례 화엄사가 양대 기둥이었다.

화엄사의 대웅전은 그 건물 배치와 위상이 다소 특이하다. 대웅전은 중심 불전이라 어느 사찰이나 그 규모가 가장 큰 데 비해 화엄사에서는 각황전이 오히려 더 큰 것이다. 각황전 바로 뒤에는 뚜렷한 봉우리가 솟아 있으나 대웅전 뒤에는 트인 계곡이 있다. 각황전은 2층이나 대웅전은 단층이다. 그러나 각황전은 마당 한쪽 모서리에 있는 데 비해 대웅전은 마당의 정면에 있다. 규모로 보면 각황전이 중심인 듯하고, 위치로 보면 대웅전이 중심인 듯하다.

그런데 이 다른 두 건물이 보제루의 동쪽을 돌아 중심 마당으로 올라서다 보면, 그 크기나 높이가 교묘하게도 서로 비슷해 보인다. 희한한 일이 아닐 수 없었다. 어쨌든 뭔가 여러 사연이 있을 듯해 마침 경내를 산책하고 있는 한 노스님에게 설명을 들어보았다. 조그만 체구의 이 스님은 특이하게도 검은 베레모를 쓰고 있었다.

"화엄사는 원래 대웅전이 없었고 옛 이름이 장륙전인 저 각황전만 있었는데, 고려정권이 들어서면서부터 이 사찰에도 큰 변화가 온 게지. 말하자면 화엄종에서 모시는 비로자나불의 대적광전이 아니라 석가모니불을 모시는 대웅전이 세워지고 그 앞에 동탑도 하나 새로 생기는 등의 일대 변화 말일세."

"스님, 그런데 화엄사의 변화와 고려정권이 무슨 관계가 있습니까?"

"복잡하긴 하나 간단하게 얘기하자면, 고려가 들어서기 전에 이 화엄사는 후백제의 사상적 지주 역할을 하며 견훤왕의 절대적인 후원으로 세를 넓혀왔네. 그러니 후일 비록 견훤왕조가 몰락했다고는 하나 오랫동안 서로 피를 뿌렸던 적국의 사상적 거처를 새로운 왕건정권이 그대로 두었을 리 없지 않겠는가."

"……."

"그래도 각황전을 없애지 않고 대웅전을 작게 지어 한 절에 두 개의 중심을 지금까지 물려준 것은 바로 화엄의 빛이 아닌가. 허나, 다 부질없는 짓이야. 다 잊어버리고 저 고운 꽃이나 실컷 보고 가시게나……."

노스님은 이렇게 말하고는 횅하니 사라져버렸다.

그런데 꽃이나 보고 가라는 말에 금방 전염되었는지, 정말 꽃 이외에는 어떤 것도 눈에 잘 들어오지 않는 것 같았다. 자연 그대로의 휘어진 모과나무를 기둥으로 받쳐놓은 구층암에만 잠깐 다녀온 후 범종각 쪽으로 터벅터벅 내려왔다. 임진왜란 다음 해에 왜군이 쳐들어와 화엄사를 잿더미로 만들고 승려들까지 학살한 다음, 저 범종을 탈취해가려 한 사건이 있었다. 그러나 싣고 가던 배가 섬진강에서도 가장 깊다는 곰소에 빠져버려 강나루를 건너지 못했다.

각황전 옆에 홍매가 수직으로 피어 흐드러졌다. '화엄'이란 세상의 아름다운 꽃들은 물론 이름 없는 온갖 꽃들의 장엄이다. ⓒ 이원규

그 뒤로 강물에 빠진 종의 용두만 보인다고 해서 용두리로 불리는 그곳은 맑은 날에는 용두가 보이고 흐린 날에는 종이 흐느껴 우는 소리가 들렸다고 한다. 그 종소리가 너무나 애절하여 섬진강 물고기와 풀잎마저도 따라 흐느꼈다 하니, 섬진강에서 자라고 죽은 사람들의 가슴은 어떠했을 것인가.

범종각 바로 아래쪽으로 무심히 시선을 떨어뜨리는데 만월당 벚꽃 아래서 한 스님이 아까 그 노스님의 사진을 찍고 있었다. 검은 베레모를 쓰고 얼굴에 은은한 미소를 머금은 채 사진촬영에 응하고 있는 모습이 그렇게 맑고 단아해 보일 수가 없었다. 그 배꽃 같은 스님의 머리 위로 벚꽃이 자욱하게 떨어지고 있었다. 그것은 가슴 아리도록 찬란한 슬픔이요, 슬프도록 눈부신 적막이었다. 사진을 찍고 있는 젊은 스님한테 조용히 다가가 노스님의 법명을 물으니 '지웅스님'이라 한다. 나는 스님의 허락을 받아 그 서럽고 허기지도록 아름다운 모습을 몇 장의 사진에 담아 간직할 수 있었다.

현재 만월당의 한 평 남짓한 선방에서 참선에 몰두하고 있는 화엄사의 선덕(禪德) 지웅스님은 70대 중반을 넘긴 노령임에도 상좌들의 시봉을 마다하고 방 청소며 빨래를 손수 한다. 평생 그 흔한 주지 자리 한번 탐내지 않고 선방 수좌로만 지내왔다. 젊었을 때는 해남 대둔사 북암 옆에 직접 토굴을 짓고 손수 밥을 지어 먹으며 혹독하게 수행했다. 혼자였으나 대중생활과 똑같이 죽비를 친 후 바리때를 펴고, 입선과 방선을 하면서 치열하게 고행했다. 최근에도 까마득한 후학들과 함께 안거에 드는 등 수행에 나이가 없으며 깨달음에 끝이 없음을 몸소 실천해 보이는, 우리 시대의 '걸어 다니는 화두'다.

지웅스님의 선방에 있는 것은 구석에 단정하게 개어놓은 얇은 이불과 조그마한 베개 하나, 그리고 벽에 걸린 승복과 몇 가지 다기, 반들반들하게 닳은 염주와 때묻은 몇 권의 책이 전부였다. 태어난 생에 가깝도록 70 평생 줄이고 줄여놓은, 그러고도 앞으로 저기서 더 줄어들 것밖에 없다고 생각하니 가슴이 미어진다. 특히 오르고 오르려 하여도 언제 녹아 사라질지 모르는 저 구름 같은 이불과 평생 주인의 외로움을 받치고 있었을 저 빗방울 같은 베개를 보고 있으면, 차라리 미어진 가슴이 더 빠져나올 물기마저 없는 사막인 양 편안해져와서 좋다.

문득, 허공에서 꽃잎을 털고 사뿐히 내려오는 지웅스님 곁으로 풍경 같은 새들이 날아와 세상에서 가장 아름답고 가장 슬픈 단청을 하고 있는 듯했다. 다음은 지웅스님의 선방에서 나오자마자 지은 시다.

인생 목록

흙으로 돌아가기 전
눈물 외에는
모두 반납해야 한다는
어느 노승의 방

구름 같은 이불
빗방울 같은 베개

화엄사

바람 같은 승복

눈물 같은 숟가락

바다 같은 찻잔

낙엽 같은 경전

그리고

마주 보는 백척간두 같은

두 개의 젓가락과

아직 가지 않은 길을

탁, 탁 두드리는

낡은 지팡이 하나

봄에 별 이유 없이 자꾸 몸이 마르는 슬픔을 '춘수(春瘦)'라 한다. 이 좋은
봄날에 벚꽃이 화끈하게 피고 화끈하게 지던 지리산 화엄사를 다녀온 이후, 난
그 춘수를 지독하게 앓고 있다.

바다처럼 출렁이다
산처럼 무너지다

보리암

나침반은 방향을 찾아주는 것이지
길까지 찾아주는 것은 아니다.

보리암이 깃든 남해 금산은 붉은 보리수 열매 같은 암자 몇 개를 입에 물고 바다를 바라보며 합장하고 있는 형국이다. 상사바위에서 둘러보면 멀리 아이들이 여기저기 흘려놓은 밥알 같은 섬들 사이로 고깃배들이 떠다니고, 해변 마을에서부터 산기슭까지 굽은 길들을 따라 널려 있는 푸른 마늘밭이 이른 봄볕을 받아 더욱 싱그럽다. 나비처럼 생긴 남해 주위로 아득히 펼쳐지는 금오도와 돌산도 너머 지리산 첩첩 영봉의 하늘 금까지 보일 듯 말 듯하다.

금산에서 내려다보는 남해는 그러나 애당초 바다의 넓이나 깊이와는 인연이 없어 보인다. 행여 보리암이 정신의 높이인 양 굽어보며 묵직한 화두를 던져온대도 가볍게 몸을 흔들어 단지 거품 같은 영혼만 보여줄 뿐이다. 그래서 화두는 섬과 섬 사이를 떠돌다 저녁이면 아이들이 쌓아놓은 해변의 모래성으로 와 모래알과 함께 저문다.

어느 날 온 산이 방광하듯 뿜어내는 빛에 끌려온 원효대사가 신라 문무왕 때 지었다는 금산의 보리암은 원래 이름이 보광사였다. 조선의 태조 이성계가 100여 미터 떨어진 큰 바위 밑에서 100일기도를 한 다음 세상을 얻자 산 전체를 비단으로 덮어주겠다고 약속했다. 그러나 당시에 그런 넓은 비단이 있을 턱이 있겠는가. 그래서 비단 대신 이름으로 산을 덮어 금산이라 했으며 이름도 왕실의 원당으로 삼기 위해 현종이 나중에 보리암으로 바꾸었다.

뒤로는 병풍 같은 산이 엄호를 하고 있고 앞으로는 다도해가 연잎처럼 펼쳐져 있어 천년이란 장구한 세월을 변함없이 지켜온 기도도량으로서의 무게가 산보다 더하면 더했지 덜하지는 않아 보인다. 비록 크기는 작으나 위엄이 서린 3층석탑과 바다를 바라보면서도 바다보다도 더 큰 물방울 같은 해수관음상이 흐트러지는 불심의 중심이 되어주고 있다.

특히 이 해수관음상은 잊을 만하면 한 번씩 온몸에 빛을 뿜어내 세상을 놀라게 하곤 했다. 그 덕분인지는 모르지만 보리암에서 기도를 하면 소원 한 가지만큼은 꼭 들어준다는 소문이 퍼져 생로병사와 새해, 입시, 취직, 결혼, 승진 등을 앞두거나 석가탄신일 같은 날에는 전국에서 모여든 참배객들로 인산

인해를 이룬다. 게다가 '남해의 소금강'이라 불릴 만큼 수려한 자연경관도 갖추고 있어 단순 여행이 목적인 단체 관광객들까지 합하면 조금 과장해서 아예 금산이 보이지 않을 지경이다. 숫제 금산이 아니라 '인산'인 것이다.

지금이 쌀쌀한 이른 봄인데도 산 아래 입구에서 절까지 오르는 길이 발 디딜 틈이 없을 정도다. 그 하나만으로도 벌써 짜증 나는데 주변의 숲 곳곳에서 도시락을 먹으며 노는 단체 행락객들이 또 눈살을 찌푸리게 한다. 태조 이성계가 정말로 고운 비단으로 이 산을 덮어놓았더라도 저랬을까 싶다. 그렇잖아도 여기저기 살점들이 떨어져 나가 너덜거리는 금산이 허연 뼈다귀 같은 바위만 앙상하게 남는 산이 되지 않을까 걱정된다. 이런 꼴이 보기 싫어서라도 이른 새벽에 왔어야 되는데 후회막급이다. 하지만 이제 막 피어나려는 산수유, 매화꽃 들의 그 아리아리한 상처 같은 몽우리라도 보지 못했다면, 얼마나 끔찍한 여행이 되었을 것인가.

해수관음상 바로 앞 3층석탑 주위에 한 젊은 스님을 둘러싸고 사람들이 웅성거리고 있어 가까이 다가갔다. 스님과 몇몇이 나침반들을 보며 고개를 갸웃거리고 있었다. 신라 김수로왕의 왕비 허태후가 인도에서 갖고 온 파사석이란 돌로 세운 이 3층석탑은 이상하게도 나침반을 불구로 만들어버리는 재주가 있는 것으로 알려져 있다. 그래서 보리암을 찾는 사람들 가운데는 간혹 나침반을 들고 와서 실험을 하는데 이들도 그랬다. 탑에 올려놓아 보기도 하고 바닥에 내려놓아 보기도 하고 또 공중에 약간 띄워놓아 보기도 하지만, 희한하게 정말 나침반이 제구실을 못 하는 것이다.

금산에서 내려다보는 남해는 행여 보리암이 묵직한 화두를 던져온대도 가볍게 몸을 흔들어 단지
거품 같은 영혼만 보여줄 뿐이다. ⓒ 임재천

스님이 빙긋이 웃는 표정으로 사람들을 둘러보며 말했다.

"나침반이 '자기 난리'가 일어나니 방향을 제대로 잡지 못할 수밖에요."

"스님, 그런 현상이 왜 일어나나요?"

등산복 차림의 아가씨 하나가 호기심이 가득 찬 눈빛으로 물었다.

"아마 이 탑 속에 사리가 있어서 그럴지도 모르지요."

"진짜 들어 있어요?"

"보살님들, 그건 부처님한테 물어보시지요. 이 미물이 어찌 알겠나이까……"

스님이 역시 알 듯 모를 듯한 미소를 지으며 정중하게 대답했다.

그러자 누군가가 혼자 중얼거리는 듯한 목소리로 물었다.

"이 탑 밑에 온천수가 흘러서 그렇다는 얘기도 있던데요……"

"여러 설이 난무하나 어느 것도 아직 확인된 건 없답니다. 그럼 이만……"

천천히 또박또박한 말투로 대답한 스님은 우리들한테 합장한 다음 돌아섰다.

망망대해에서 표류하거나 사막과 깊은 정글 같은 데 고립되었을 때 어렴풋이나마 자신의 위치를 가늠하게 해주는 것이 나침반이다. 그러나 나침반은 방향을 찾아주는 것이지 길까지 찾아주는 것은 아니다. 선의 나침반은 화두의 길을 찾기 위해 수행의 방향을 제시해준다.

그런데 우리나라 3대 관음성지에 있는 탑 하나가 그 나침반을 거부하고 있는 것이다. 잘 알다시피 여기는 유명한 기도도량이다. 그래서 기도가 문명을 거부하는 것이라고 보면 간단하고 속 편하겠지만, 그렇지 않은 다른 기도터도 있다는 게 문제로 남는다. 어쨌든 호사가나 풍수학자들의 연구대상으로 입방아에 오르내린 지도 오래되었건만, 아직까지 이렇다 할 답이 없는 걸 보면 난들 또 어쩌겠는가.

다만 선의 나침반과 동서남북 나침반은 그 제시하는 방향이 서로 다르다는 것뿐……. 그리하여 자기가 지금까지 믿고 의지해왔던 그 나침반이 탑의 불가사의를 떠나 이 보리암에 와서 한순간에 아무 쓸모도 없는 폐품으로 변할 수도 있다는 것……. 그것을 깨닫는 것만으로도 나의 보리암 여행은 충분히 값진 것이었다.

한 세계의 무너짐은 다른 세계의 무너짐을 견인할 수도 있고 견제할 수도 있다. 하지만 그건 어디까지나 무너진 다음의 일이다. 바닥을 다져 처음부터 다시 시작하는 그 허허로운 지점 말이다. 이른 봄날, 나침반의 바늘로 기둥을 세운 듯한 남해의 보리암에 와서 나는 바다처럼 출렁이다 산처럼 무너져가고 있었다.

살아 있는
부처의 눈

보문사

사람들 눈에는 절에 있는 부처만 보이고
사람들 사이에 있는 부처는 보이지 않는다.

배를 타고 강화도 보문사로 가는데 또 인디언 이야기가 불쑥 떠오른다. 어느 곳으로 가든 무엇을 보든 요즘의 내 버릇이다. 인디언 아이들은 어릴 때부터 풀들은 '키 작은 형제', 나무들은 '키 큰 형제'라 부르며, 잎이나 줄기에 귀를 대고 풀과 나무 들의 속삭임을 듣는 훈련을 받는다. 먼저 귀 기울이지 않으면 세상과 자연의 어떠한 소리도 들을 수 없다는 어른들의 철저한 교육 때문이다. 이 아이들이 자라면 나중에 풀과 나무 들을 어루만지며 이야기를 나누는데, 수액 올라가는 소리만 듣고도 그들의 건강과 심리상태를 느끼고 알 수 있을 정도라고 한다. 또 최소한의 삶을 위해 사냥을 할 때도 사냥 가기 전에 먼저 반드시 동물들의 영혼을 위로하고 먹기 전에도 꼭 기도한다.

"우리 작은 형제들이여, 너희들을 죽여야만 해서 미안하구나. 지금 우리 아이들이 배가 고파 울고 있단다. 부디 용서해다오. 잘 가거라, 우리 작은 형제들이여."

인디언들은 고기는 먹되 영혼은 먹지 않는다.

동물들처럼 생존에 꼭 필요한 만큼만 고기를 취한다. 자연이 잠시 빌려준 생명이므로 다시 자연에 반납할 때까지 자연의 일부만 취해 생명을 유지하는 것이다. 인디언은 동물로부터 '공수래공수거(空手來空手去)'를 배우고 동물은 인디언으로부터 '공수래공수거(空壽來空壽去)'를 배운다. 그래서 그들에겐 소유란 개념이 없다. 다만 점유란 개념으로 자연과 더불어 자연을 지킨다. 종족보존도 세를 불려 권력을 소유하기 위한 수단이 아니라 자연을 효율적으로 지켜 생명과 교감하고 극대화하기 위한 본능에 불과하다.

그들의 말과 언어는 자연의 생살에 가장 닿아 있다.

아름답게 꾸미는 형용사 역시 잎보다 꽃이 많은 우리의 형용사와는 달리, 없는 듯이 피어 있는 가장 자연적인 것들이다. 어릴 때부터 언어의 이중성과 말의 모순 없이도 자랄 수 있는 인디언 아이들은 행복하다. "믿을 수 있는 말은 아름답지 못하고 아름다운 말은 믿을 것이 못 된다"라는 노자의 잠언은 인디언 아이들에게는 어릴 적 어머니의 품에서 들었던 자장가에 지나지 않는다.

그들은 아기가 태어나면 가장 먼저 이름부터 짓듯, 보이는 모든 사물에 대해 이름 짓는 것을 부족의 큰 의식으로 생각한다. 마치 우리의 백일장처럼 추장이 심사위원장이 되어 좋은 이름들을 엄정하게 뽑는다. 좋은 이름들에는 내려오는 혈통이 없다. 그 대신 자연의 혈통이 흐른다. 그 이름들을 보면 사람은 자연에 비유하고 자연은 사람에 비유하고 있음을 엿볼 수 있다.

'가슴 치고 울음 뚝 그쳐' '하늘을 지키는 독수리' '바위 위에 엎드려' '어머니를 부르는 바람소리' '두 주먹 불끈 쥐고 일어나' '산 위에는 구름이' '뒹굴다가 벌떡 솟아나' '바람이 흔드는 숲' '울면서 크게 노래해' '잔잔한 강물 속에는' '흰 눈썹 펄펄 날려' '얼음 밑으로 달리는 고기처럼' '무릎 꿇고 두 손 높이 들어' '날아가는 화살에서 뛰어내려' '두 번째 붉은 태양같이' '발목 잡고 힘차게 뛰어' '상처 난 가슴을 부여잡은 채' '뱀들이 잠자는 수염' '돌 사이에 끼여 울다가' '소나기 타고 높이 올라가' '벼랑에 핀 꽃처럼 가슴 졸이며' '새들은 공중에 발자국을 남기지 않아' '자꾸 그림자가 따라와' '따라오는 그림자 어쩔 수 없어'…….

기억나는 대로 뽑아본 것들인데 마지막 '그림자'가 들어가는 이름 두 개는 아마도 형제들의 이름이 아닌가 싶다. 천둥소리를 신의 노여움으로 생각하고 부랴부랴 추장회의를 열어 제물을 바칠 것인지 말 것인지를 고민하는 그들이 난 부럽다. 요즘 한동안 인디언 음악과 다큐멘터리에 흠뻑 빠져 있었더니, 보고 생각하는 것마다 인디언의 피가 흐르는 것 같다. 죽음보다 깊은 밤, 방 안의 모든 불을 끈 채 자폐아처럼 혼자 벽에 비스듬히 기대앉아 인디언 음악을 듣고 있으면, 마치 동물 다큐멘터리의 배경음악처럼 삶과 죽음의 경계를 아슬아슬하게 넘나들면서도 모든 것을 체념하고 수용하는 것 같은 그 잔잔한 깊이와 죽어가는 어머니의 맥박을 짚는 것 같은 그 아득한 저음이 내 가슴을 하염없이 흔들어놓는다.

석모도 선착장에 내려 다시 버스를 타고 보문사로 가는 길은 떠나는 겨울과 오는 봄이 겹쳐진 풍광이어서 눈 속의 꽃을 볼 때처럼 마음의 그늘부터 먼저 뜨거워져온다. 계절이 바뀌는 길목은 늘 사물에 대한 감도를 엇갈리게 해 삶의 발목이 겹질리기가 쉽다. 특히 머리에는 싹이 트는데 발밑에는 잔설이 깔려 있는 이른 초봄일수록 더욱 위험한 것이다. 한 생이 매듭지어지고 다른 생이 시작되는 그 경계는 아슬아슬하게 바통을 이어받는 릴레이 경기처럼 단절감과 연속성의 낙차를 오로지 바통 하나에 걸고 있다. 바통 없이는 달릴 수도 없으며 달리는 의미도 없다. 그 바통은 사람과 사람을 연결해주는 침묵의 언어이면서도 달리기와 달리기를 연결해주는 고삐 같은 굴레이기도 하다.

그래서 마지막 주자는 앞서 달린 모든 사람들의 무게와 그들의 호흡들을 모두 짊어지고 달리는 것이다. 모래알 같은 공기를 거칠게 몰아쉬면서 혼자 끝없이 펼쳐진 사막을 외로이 달리는 것이다. 생의 낙차가 깊어지면 호흡이 가팔라지고 호흡이 가파르면 바통을 떨어뜨린 환절기의 주자처럼 생의 마감도 가파르게 다가온다. 어차피 가파르게 살아온 생이라면 거꾸로 봄에서 겨울로 간다 한들, 아니 가장 뜨거운 여름에서 가장 추운 겨울로 곧장 간다 한들 무엇이 더 가팔라지겠는가. 애당초 건네주고 이어받을 바통도 없었던 생이 아니던가.

바통 없이도 달리는 삶이 진짜 삶이고 바통이 있어야만 달릴 수 있는 삶은 가짜 삶이다. 그런데 나는 그 진짜와 가짜의 경계에서 자주 바통을 떨어뜨리고 만다. 그래서 항상 엇갈리는 사랑이 되풀이될 것 같은 계절의 간이역이 두려운 것이고, 그 가운데서도 이른 초봄은 더욱 두려운 것이다.

　나의 이 같은 우려에도 불구하고 난 이미 그 초봄의 한복판에 두 발을 내리고 있었다.

　보문사 입구의 주차장은 밴댕이젓갈이 가득 쌓인 좌판들과 절을 오가는 사람들에게 시음용이니 일단 맛이라도 좀 보라며 권하는 강화 인삼막걸리 장사 아주머니들로 북새통을 이룬다. 방앗간 그냥 지나치는 참새 없듯 몇 군데 기웃거리며 넙죽넙죽 받아먹은 인삼막걸리는 그 걸쭉하면서도 달짝지근한 맛이 혀를 착착 감아온다. 싱싱한 오이와 깻잎, 상추를 듬성듬성 썰어 넣어 버무린 도토리묵과 고추장에 푹 찍어 먹는 고추 안주도 있겠다 그냥 눌러앉아 서해 낙조가 질 때까지 취해버리고 싶은 마음 간절했지만, 어디 오늘만 날인가. 간신히 후일을 기약하고 돌아서는데 제법 술기운이 얼큰하게 오른다.

　주차장에서 일주문을 거쳐 절마당까지 가는 길은 숨 고를 곳도 없는 가파른 오르막길이다. 오르막은 자기가 올라온 아래쪽을 보지 말고 아무 생각 없이 그냥 시시포스처럼 올라야 할 운명이려니 하고 한 발짝 한 발짝 옮겨야 힘이 덜 든다. 절마당에 올라서니 짙푸른 서해바다와 끝없이 펼쳐진 갯벌이 한눈에 들어왔다. 신라 선덕여왕 때 금강산에서 내려온 회정스님이 창건했다는 낙가산 중턱의 이 보문사는 비록 규모는 크지 않지만, 매년 50만 명이나 찾는 천년고찰이다. 동해 낙산사의 홍련암, 남해 금산의 보리암과 더불어 우리나라

3대 관음성지의 하나이기 때문이다.

우리나라의 유명한 3대 기도터인 이 세 절은 모두 바닷가에 있다. 절은 바다를 내려다보며 바다의 일부가 되어 있고, 바다 또한 절을 올려다보며 절의 일부가 되어 있다. 그 절과 바다 사이에 사람이 있고, 사람과 사람 사이에는 또 부처가 있다. 사람들의 눈에는 절에 있는 부처만 보이고 사람들 사이에 있는 부처는 보이지 않는다. 아니, 더 정확하게 말하면 절에 있는 박제된 부처만 보려 하고 사람들 사이의 꿈틀거리는 부처는 보지 않으려 하는 것이다. 살아 있는 부처의 눈을 바로 보지 못하는 것이다. 사람들은 부처의 눈을 정면으로 바라볼 수 없는 삶을 살고 있는지도 모른다.

앞에는 600년을 산 향나무가 서 있고 안에는 '22나한전'이 조성되어 있는 거대한 바위의 천연석굴은 법당 좌우에서 조용히 제 몸을 사르는 수천 개의 촛불 탓인지, 그 경건한 분위기가 숨이 막힐 지경이다. 이 석굴법당의 나한전은 아주 먼 옛날, 바다에 나간 어부의 그물에 물고기 대신 22개의 돌이 걸려 올라왔는데, 그것을 정성껏 모셨더니 나한상으로 변했다는 전설이 서린 곳이기도 하다. 또 어느 날 이 절에 든 도둑이 보물을 훔쳐 밤새도록 도망을 쳤는데도 결국 아침까지 석굴 근처만 뱅뱅 돌고 있더라는, 한편으론 신령스러운 전설 같기도 하고 또 한편으론 다분히 '엽기적인 괴담' 같은 얘기도 전해 내려온다.

어쩌면 이 도둑 전설은 이 절에 보물도 많고 도둑도 많은지라, 어느 스님이 고심 끝에 내놓은 돈 안 드는 아이디어 가운데 하나인지도 모른다. 정확히 어느 시대의 버전인지는 모르겠지만, 도둑을 얕봐도 너무 얕본 것 같다. 그런데 지금 내가 보고 생각하는 게 술 탓인지, 어느새 인디언적 사고는 어디 가고 서서히 장난기가 발동하고 있는 것 같아 걱정이다. 과유불급이라 했는데…….

석굴을 나와 마애불이 새겨진 눈썹바위까지 400여 개의 계단을 오르는데 절반도 가기 전에 다리가 후들거렸다. 이제 막걸리가 다리까지 흘러내려 갔는지, 석굴보다 더 높은 곳에 있는 숭고한 부처님을 접견하러 가겠다는데도 자꾸 무릎을 망치로 치는 것 같다. 낮술의 위력이 부처의 위력에 딴죽을 거는 모양이다.

아무튼 우여곡절 끝에 염불소리가 우렁찬 눈썹바위까지 올라가 뒤돌아섰는데, 한마디로 가슴이 탁 트이는 풍광이 그림처럼 펼쳐져 있는 것이었다. 날아다니는 갈매기들을 배경으로 고기잡이배들이 미끄러지듯 물살을 가르는 서해바다며, 이름 모를 무덤처럼 흩어져 있는 수많은 섬들과 암초들이며, 끝없이 펼쳐진 갯벌 너머 염전지대와 수차들이 기지개를 펼 채비를 하고 있는 듯 부지런히 오가는 염부들의 손길이 바쁘게 움직인다. 일찍이 강화팔경으로 유명한 절경이 내 시야 가득히 찰랑거린다.

마애불이 새겨진 거대한 눈썹바위 아래에는 두툼한 옷을 입은 수십 명의 참배객들이 절을 하고 있다. 촛불들이 타오르는 복전함 주위로 울긋불긋한 과일 바구니들과 쌀을 비롯한 깨, 콩, 보리쌀 등의 잡곡 광주리들이 제물처럼 늘어서 있었다. 이 마애불은 1920년대 말 보문사 배선주 주지스님과 금강산 표훈사의 이화응 스님이 위험을 무릅쓰고 몇 년에 걸쳐 피땀 흘려 깎은 아주 귀중한 관음보살상이다. 불상이 앉은 곳은 멀리서 보면 관음보살의 눈동자에 해당하는 곳임을 알 수 있다.

그러니까 거대한 관음보살의 눈썹 아래 또 하나의 작은 관음보살이 들어서 있는 셈이다. 큰 관음보살은 눈썹 한 조각밖에 없는 불완전한 것이고 작은 관음보살은 몸 전체가 있는 완전한 것이다. 이것을 조각한 두 스님의 의도가 완전한 것을 통해 불완전한 것을 보완하려 한 것인지, 아니면 불완전하게 보이는 것도 완전한 것을 포함하고 있음을 말하려는 것인지, 그것도 아니면 완전한 것도 불완전한 것의 일부에 지나지 않음을 은근히 내비친 것인지 도통 감이 잡히지 않는다. 아직 취기가 가시지 않은 내 인디언적 사고로는 마지막 게 그나마 그럴듯해 보인다. 왜? 큰 것은 작은 것을 겸하지 못하니까(아, 이게 진짜 '인디언적' 사고 같다!).

다소 늦은 감이 있지만 나에게 '인디언적 사고'란, 예컨대 어느 고승의 지팡이를 몸을 의지하기 위한 것으로 생각한다면 그건 '문명적 사고'고, 밟고 지나갈 곳을 먼저 짚어 벌레 같은 생물들을 피하기 위한 것으로 생각한다면 그건 '인디언적 사고'다. 이제 술이 좀 깨는 모양이다.

돌아오면서 그 유명한 서해 낙조를 만났다.

갯벌과 염전지대를 거쳐 수평선 끝까지 길게 드리운 붉은 노을자락이 서럽도록 찬란하지만 그러나 슬프다. 천천히 지친 석양을 저으며 둥지로 돌아가

붉은 해가 삶의 후광들을 다 거둬들이고 바다 끝에 얌전히 앉아 있다. 빛도 그림자도 없이 제 본래의 모습을 보여주고 있다. 그 옆에 나도 같이 앉아 있고 싶다. 얌전하게. ⓒ 이재수

는 갈매기들은 더욱 슬프다. 20여 년 전, 지금은 사라진 협궤열차를 타고 인천 소래역에 간 적이 있었다. 저녁노을에 붉게 물들어가는 하얀 소금탑들과 낡은 소금창고들이 고색창연한 풍경으로 다가오고 염전 위로 목선을 타고 돌아오는 염부들의 지친 어깨가 그렇게 가슴 저밀 수가 없었다. 물이 마르면 하얗게 남는 소금들, 그것이 당시 내 눈부시도록 고요한 마음의 바다였다.

그런데 지금의 내 바다에는 소금이 없다. 나는 바다를 헛짚고 있는 것이다. 바다의 넓이와 깊이에만 경도한 나머지, 그것이 결국 하나의 작은 그릇에 지나지 않는다는 생각에는 이르지 못했던 것이다. 끝이 보이지 않는 넓이와 깊이를 가진 것도 그릇이 될 수 있다는 것은 큰 것이 작은 것을 겸하지 못한다는 것 못지않게 인디언적이다. 그렇다고 해서 바다를 단순히 소금 담는 그릇으로 생각한다면 나는 한없이 슬퍼진다. 내 진정한 슬픔은 나도 주체 못 하는 사슬이요 장벽이다. 그 끊을 수도 넘을 수도 없는 슬픔의 바닥에 눈물이 다 마르고 나면 마침내 하얗게 소금들이 남을 것이다. 나는 아직 더 슬퍼져야 한다.

이제 붉은 해는 서해 낙조라 불리는 모든 삶의 후광들을 다 거둬들이고 어부의 제사상에 오른 감홍시처럼 바다 끝에 얌전히 앉아 있다. 빛도 그림자도 없이 제 본래의 모습을 보여주고 있다. 그 옆에 나도 같이 앉아 있고 싶다. 얌전하게.

저녁 산사에서,
묵념

낙산사

산사의 소리는 다만, 적막의 넓이와
깊이를 나타내주는 고요의 척도일 뿐이다.

나를 찍어라.

그럼 난

네 도끼날에

향기를 묻혀주마.

_이산하, 〈나무〉 전문

"무명초가 무성하길 몇십 년인고?"

"마치 마른풀 태우듯 남김없이 하옵소서."

이것은 스님이 되려는 지원생이 처음 머리를 삭발하는 '득도식'을 가질 때 자기 머리를 깎아줄 '집도승' 스님과 나누는 짧은 화두 같은 대화다. 절과 스님에 따라 질문의 취향이 조금씩 다른데, 양산 통도사 조실이었던 구하스님 같은 경우는 어린 지망생일수록 향수를 자극하는 짓궂은 질문을 해 여린 가슴을 흔들어놓는 것으로 유명하다.

"오뉴월 절에서 뻐꾸기 우는 소리 듣고…… 고향 생각 부모 생각이 나면 어이할 것인고?"

그 많은 새들 중에서 하필이면 태어날 때부터 어미와 따로 떨어져 사는 뻐꾸기를 고른 게 참 고약하다. 뻐꾸기란 새는 아예 둥지도 없고, 알도 다른 새들의 둥지에 몰래 분산해서 낳고, 또 새끼를 제힘으로 키우지도 않는, 애당초 유전자부터가 아주 글러먹은 새다. 아마도 아기를 낳자마자 보자기에 싸 남의 집 대문 앞에 버려놓았다가 다 큰 뒤에 찾으러 가는 어미들이 바로 이 뻐꾸기한테 '힌트'를 얻지 않았나 싶다.

그러니 뻐꾸기란 놈은 이미 태생적으로 울음소리가 서럽고 구슬플 수밖에 없다. 설사 이런 사연을 모른다 하더라도 비구니를 지망하는 어린 처녀가 그동안 곱게 가꿔온 머리를 싹둑싹둑 깎으며 위의 구하스님 같은 질문을 받는다면, 겉으로야 "뻐꾸기 우는 소리가 멈출 때까지 부처님께 일백배 일천배 하겠나이다" 하고 미리 준비된 답을 내놓겠지만 속으로는 얼마나 많은 눈물을 삼키고 또 삼킬 것인가.

몇 해 전, TV와 광고에도 나와 천진한 웃음을 보여주었던 그 '산골소녀 영자'가 머리를 깎고 비구니가 되었다는 기사를 보는 순간, 나는 한동안 머리가 멍해지면서 가슴속에 뜨거운 돌덩어리들이 치솟아 오르는 것 같았다. 사람들에게 이용당할 대로 당하고 하나밖에 없는 아버지마저 여윈 그 들꽃 같은 아이의 가슴에 피멍이 들게 한 세상이 저주스러웠고 뜨거운 분노가 치솟았다. 졸지에 고아가 되어버린 산골소녀 영자가 속세를 떠나 끝내 절로 들어가야만 하는 세상, 한 나라의 최고지도자가 노벨평화상을 받은들, 제아무리 세계 최고의 교육열을 내세운들 우리가 지금 살고 있는 곳은 겨우 그 정도밖에 안 되는 세상이다.

이 무더운 여름 태백산의 한 조용한 암자에서 비구니 수업을 받고 있을 꽃 같은 처녀 영자는 지금쯤 무엇을 생각하고 있을까. 아직도 지울 수 없는 상처를 안고 먼 산 뻐꾸기 울음소리에 밤마다 잠을 설치며 베갯잇이나 적시지 않을까. 부디 이 썩은 세상일랑 잊어버리고 산골에서 아버지와 단둘이 살 때의 그 티 없이 맑은 영혼을 하루빨리 되찾으면 좋으련만……. 산골소녀 영자는 세상의 도끼날에 온몸을 찍혔지만, 그녀의 영혼은 그 도끼날에 향기를 묻혀놓았다.

지리산 섬진강의 댓잎에 마음을 베이고 와 그 상처가 아물기도 전에 동해 낙산사 홍련암으로 떠났다. 고은 시인이 "동해 낙산사!"라고 특별히 느낌표를 찍어 감탄해야만 제멋이 드러난다는 그 낙산사와 바닷가 절벽에 또 하나의 절벽을 포갠 것 같은 홍련암. 이번 여행은 혼자가 아니라 늘 배꽃처럼 단아한 정호승 시인과 함께였다. 대학 동문 작가모임이 있어 동해에 하루 먼저 와서 기다리고 있던 선후배 작가들은 이미 바다와 술에 취해 있었다. 그들 가운데 실종되어 다음 날 밝혀지긴 했지만, 영화감독 하명중과 가수 윤수일을 닮은 소설가 고원정 선배는 만취한 나머지 자기도 모르게 서울행 고속버스에 몸을 실었다고 한다. 평소의 술자리에서도 익히 느끼는 바지만 귀신보다도 더 집념이 강한 그 선배의 귀소본능이 그저 감탄스러울 뿐이다.

홍련암 가는 길에 먼저 의상대사가 좌선하고 시인 한용운 스님이 세웠다는 의상대에 올라 끝없이 펼쳐진 푸른 동해바다를 바라보면, 마치 뇌수와 내장이 다 빨려 나가는 것 같다. 도무지 내가 간섭하거나 참견할 틈을 주지 않는 바다다. 바다에 대한 내 취향은 역시 서해보다는 시인의 뇌수를 다 빨아먹고 허수아비로 전락시켜버리는 동해에 가깝다. 강도 섬세하고 여성적인 남한강보다는 그와 대조적인 북한강에 가깝다. 산도 서해안 쪽의 단편소설 같은 산보다는 동해안 쪽의 대하소설 같은 산들에 가깝다. 어디까지나 취향일 뿐이라지만 그마저도 고향이 동해안 쪽이라는 태생적 한계를 벗어나지 못하는 것일까.

600여 년 동안 일출의 장엄함을 지켜왔을 아름드리 '관음송' 소나무 밑동에 한 여자의 이름이 커다랗고 깊게 새겨져 있었다. 아침마다 애인에게 장엄한 일출을 선사하겠다는 그 뜻은 가상하지만, 언젠가 그 애인의 얼굴에도 자기 이름을 새겨놓지 않을까 두렵다. 관음송의 그 칼자국을 보고 동행한 정호승 시인이 얼굴을 잔뜩 찌푸리며 혀를 쯧쯧 차고 나는 발로 퍽퍽 찬다. 젊은 부부의 가슴에 안겨 사진을 찍던 아기의 눈이 동그래진다.

의상대 아래로는 아득한 바위 절벽이다. 그 절벽의 바위를 뚫고 나온 푸른 소나무가 푸른 허공에 손을 짚은 채 푸른 바다로 뻗어가고 있다. 위로 솟는 것 중에서 가장 위대한 것은 씨앗이다. 그리고 아래로 떨어지는 것 중에서 가장 위대한 것도 역시 씨앗이다. 다만 열매라는 외피에 감싸여 있을 뿐이다. 우리가 과일을 먹으면서 무의식중에 씨를 발라내는 것은 그 씨의 종족보존을 위한 것이다. 모든 씨앗 속에는 독이 들어 있다. 과일을 먹은 새들이 멀리 날아갈 때쯤이면 대부분 설사를 해 자연스럽게 씨가 퍼뜨려진다. 물론 씨를 먹은 바람도 멀리 불어가다 설사를 하기는 마찬가지다. 의상대의 푸른 소나무는 땅에서 자라 땅이 아니라 바다에 씨를 뿌리기 위해 저렇게 뻗어가고 있는 것이다.

샘터도 있고 동해바다를 그윽이 바라보며 오줌을 눌 수 있는 화장실도 있다. 물론 오래 눈다면 일출까지도 볼 수 있다. 화장실에 들어간 정호승 선배가 한참 지나도 나오지 않는다. 동해바다가 보인다고 감탄하더니 일출까지 보시려나…….

홍련암 아래쪽은 해변을 따라 아직도 군부대 초소와 철조망이 쳐져 있었다. 이 절에 갈 때마다 숨을 막히게 하는 목의 가시다. 돌아다니다 보면 우리나라의 경치 좋다는 곳은 대부분 군부대가 들어서 있다. 그 수려하고 아름다운 풍광이 총과 탱크에 진압되어 있다. '진경산수화'가 아니라 '진압산수화'인 것이다. 홍련암 가는 길의 철조망은 너무 낡아서 그 용도가 의심스러울 만큼 너덜거린다. 푸른 바다를 '접근금지구역'과 폐가로 전락시키는 이 철조망은 언제쯤 걷히려나. 철조망의 가시는 너무 뾰족해서 나비들도 앉지 않는다.

낙산사

경봉스님이 쓴 홍련암 편액은 그의 필체가 거의 그렇듯 서법에 얽매이지 않고 뜻을 살려 쓴 호방한 선필(禪筆)이다. 홍련암은 당나라에서 돌아온 의상 대사가 신라 문무왕 12년(672년)에 관음보살을 친견하고 난 다음 대나무 두 그루가 솟은 곳에 지은 화엄불전이다. 어느 날, 이곳을 참배하던 의상대사가 파랑새 한 마리를 만났다. 그 파랑새가 석굴 속으로 자취를 감추자 이상히 여긴 의상스님이 석굴 앞에서 7일 밤낮으로 기도를 했다. 마침내 7일 후 바다 위에 붉은 홍련이 홀연히 솟아났고, 그 홍련 한가운데에 관음보살이 나타나 있었기 때문에 이 암자 이름도 홍련암이라고 불렀다.

이 동해의 홍련암은 서해 강화도의 보문사, 남해 금산의 보리암과 더불어 우리나라 3대 관음성지로 잘 알려져 있다. 이 중에서도 제1성지를 들라면 단연 '세계 3대 관음성지' 가운데 하나이기도 한 낙산사 홍련암을 꼽지 않을 수 없다. 홍련암은 법당 마룻바닥 밑을 통해 출렁이는 파도를 볼 수 있도록 바닷가 석굴 위에 지어졌다. 물론 의상스님에게 여의주 한 알을 바친 용이 불법을 들을 수 있도록 하기 위한 각별한 배려였다. 지금도 법당 마룻바닥에 뚫어놓은 엽서 크기만 한 구멍으로 파도를 내려다볼 수 있다. 하지만 스님의 허락 없이 함부로 뚜껑을 열었다간 혼쭐난다. 몰래 보며 사진 찍다가 들켰던 지난겨울을 생각하면 아직도 등에 식은땀이 흐른다. 하기야 그런 마음으로 그 희귀한 파랑새까지 보려고 했으니, 내가 생각해도 절로 실소가 나오지 않을 수 없다.

통도사의 금와당에서 금개구리를 보듯 홍련암의 석굴에서도 불심이 깊은 이들에게는 파랑새가 보인다는 얘기가 있다. 그래서 이 마룻바닥의 구멍이 불심을 테스트하려는 사람들이나 호기심 많은 관광객들 때문에 날마다 몸살을 앓고, 또 손바닥 크기의 나무뚜껑은 칼이나 송곳, 쇠젓가락 등의 각종 날카로운 쇠붙이에 긁히고 찍혀 흉터로 얼룩져 있다. 필시 그 흉터 중 몇 개는 나의 '업적'이 분명할 터인데, 의상대의 소나무에 애인의 이름을 새겼다고 발로 퍽퍽 차며 흥분했던 내가 한심하기 그지없다. 뒤늦게 갑자기 발이 아파오기 시작한다.

멀리서 저녁예불 종소리가 울려오자 절마당이 부산스러워졌다.

스님과 불자들이 법당으로 들어가고 잠시 후 사람들로 가득 찬 좁은 법당에서 목탁소리와 염불소리가 들려왔다. 목탁소리는 절의 맥박소리로 들리고 염불소리는 절의 심장 박동소리로 들린다. 산이 깊을수록 바다가 넓을수록 더욱 적막해지는 이 두 소리는 추임새를 넣는 바람의 풍경소리에 의해 서로 그 무늬와 빛깔이 달라진다. 그 세 개의 소리가 서로의 모서리를 깎아가며 조화를 이룰 때 '관음(觀音)'이 오는 것이다. 보이지 않는 소리를 보는 것이다.

절에는 소리가 많다. 새벽예불과 저녁예불 종소리, 죽비소리, 목탁소리, 염불소리, 풍경소리, 운고소리, 독경소리, 꽃잎 피는 소리, 그 꽃잎 떨어지는 소리 그리고 큰스님의 기침소리……. 모두 큰 고요가 깃든 빛의 집, 대적광전(大寂光殿)에 사는 보이지 않는 '소리 가족들'이다. 이 소리들은 세상의 여느 소리들과 다를 바 없지만, 그러나 우리는 그것을 세상의 소리로 듣지 않는다. 아니, 소리 그 자체로도 듣지 않는다. 그것은 이미 소리가 아니다.

산사의 소리는 다만, 적막의 넓이와 깊이를 나타내주는 고요의 척도일 뿐

낙산사

이다. 그 척도의 추가 수평을 이루는 중심에 관음이 있는 것이다. 그래서 낙산사의 관음보살은 바다의 수평에 눈금을 그으며 중심을 향해 날아가는 푸른 새와 같은 것이다. 홍련암은 그 푸른 새의 기착지다.

지붕을 받치고 있는 법당 처마 끝의 용머리와 닭머리가 새로 단청을 한 탓인지, 저녁햇살엔 얼굴을 씻고 파도소리엔 금방 귀를 씻은 표정이다. 햇살에 얼굴을 맡겨도 파도에 귀를 기울여도 난 그런 표정이 나오지 않는다. 마음의 단청이 없는 탓이다. 아니, 단청할 마음마저 없는 탓이다. 그런 사람에게 저녁바다는 바람 한 점 없이 무심하다.

저녁예불을 뒤로하고 나오는데 정호승 시인이 요사채 담장에 꽃 피어 있는 야생란 몇 점을 보고 감탄한다. 나는 난 키우기에 대한 정 선배의 정성과 애착이 어느 정도인지를 잘 알고 있다. 그리고 꽃 핀 모습을 볼 때까지 난을 제대로 한번 키워보는 것이 얼마나 어려운지도 알고 있다. 자기 자식처럼 오랜 손길을 거쳐 마침내 환하게 피어난 난꽃을 보고 감탄하던 정 선배의 천진한 표정이 새삼 그렇게 싱그러울 수가 없다. 출판사 사무실 같은 내 방에는 담배 연기에 질식했는지 꽃이 피지 않았다. 난꽃 없이는 살아도 담배 없이는 못 사는 내 팔자 탓이다. 자기 팔자를 거역하면 신이 노한다는 게 내 지론인데, 어쩔 것인가.

홍련암을 벗어나 낙산사로 오르는데 거북이들이 사는 제법 큰 연못 하나가 나왔다. 지난 어느 여름날, 새벽예불 때 친구들과 우연히 낙산사를 산책한 적이 있었는데 어미 거북이들이 아기 거북이들을 데리고 연못의 바위 위로 올라가 목탁소리와 염불소리가 들려오는 법당 쪽을 일제히 보고 있더라는, 얼마 전 한 수녀가 들려준 바로 그 '관음지'였다. 수녀의 얘기가 아니더라도 그런 광경을 목격했다는 사람들이 더러 있는 걸 보면 단순히 우연의 일치만은 아닌 듯싶다. 한 번의 우연은 우연이지만 두 번의 우연은 필연이기 때문이다.

연못을 지나 가파른 언덕길을 올라서자 넓은 평지에 하늘을 찌를 것 같은 거대한 해수관음상이 나왔다. 아마도 내가 본 불상 가운데 가장 높고 큰 것이지 않았나 싶다. 남해 보리암의 해수관음상과 마찬가지로 바닷가 높은 산에 우뚝 솟아 있어서 그런지 마치 등대 같은 느낌을 주기도 한다. 등대는 바다를 비추고 해수관음상은 세상을 비춘다. 서로 비추는 것은 달라도 비추는 목적은 같다. 그 목적 때문에 자꾸 자기 키를 높인다. **상징을 넓이로 키우는 것은 부처의 뜻이지만, 상징을 높이로 키우는 것은 사람의 뜻이다. 사람의 뜻은 한없이 높아지려는 욕망을 갖고 있다. 그 욕망은 그러나, 외롭고 쓸쓸하다.** 해인사에서 우리나라 최고의 청동불상을 세우려다 불교계의 강한 반발로 무산된 적이 있었다. "중이 밥 먹고 하는 일 중 최대의 불사는 첫째도 참선이요, 둘째도 참선"이라는 성철스님의 말이 귓전에서 채 사라지기도 전에 일어난 일이어서 더욱 가슴이 아프다. 높은 것이 나쁜 건 아니다. 그러나 넓어지기도 전에 높아지는 것은 언제나 위태롭다.

해수관음상에서 원통보전으로 가는 길은 좁고 호젓한, 소나무 울창한 오솔길이다. 제아무리 뼈에 사무친 원수라 할지라도 이 오솔길을 나란히 걸을 때

끝없이 펼쳐진 동해바다를 바라보면, 마치 뇌수와 내장이 다 빨려 나가는 것 같다. 도무지 내가 간섭하거나 참견할 틈을 주지 않는 바다다. ⓒ 임재천

만큼은 더없는 형제가 될 정도로 운치가 뛰어나다. 다만 정호승 선배의 불만 섞인 말처럼 이 좋은 오솔길이 돌을 깔지 않은 흙길 그대로였다면, 정말 산수화에나 나올 법한 그런 그림 같은 길이었을 게다. 오른쪽 소나무숲 사이로는 저녁햇살이 한 줌씩 비쳐 들어오고, 왼쪽 솔숲 사이로는 동해 푸른 바다가 한 잎씩 언뜻언뜻 비쳐 들어온다. 한 줌의 저녁햇살과 한 잎의 푸른 바다를 양손에 노처럼 움켜쥐고 솔향에 잔뜩 취한 몸을 느릿느릿 저으며 나아간다. 집으로 돌아가는 뻐꾹새 울음소리가 구슬피 들려오고 그사이로 풍경소리가 반주를 넣는다. 낙산사에 와서 혼자가 되는 것은 이 길뿐이다. 동해 푸른 바다를 보고 잃어버린 나를 이 오솔길에서 다시 찾는다.

원통보전은 '조신의 꿈'을 통해 애욕의 무상함을 깨우친 설화의 현장이다.

낙산사에서 수행하던 조신스님이 이 고을 태수의 딸을 사모하여 낙산 관음보살에게 인연을 맺게 해달라고 빌었다. 그러나 그 여자가 몇 해 뒤에 다른 남자와 결혼해버리자 상심한 조신스님이 그 원통함을 보살 앞에 호소하며 슬퍼하다 잠들어버렸다. 꿈속에서 스님은 그녀를 만나 그동안 못다 한 사랑을 불태우며 아들을 다섯이나 낳아 어렵게 키우지만 차츰 거지가 되어 산야를 떠돌게 된다. 그러다 급기야 아들 하나를 굶겨 죽이는 지경에까지 이르고, 결국 네 아이를 둘씩 갈라 부인과 헤어지게 되었다.

꿈에서 깨어난 조신스님은 자신의 허망한 일생과 더불어 자기 머리가 갑자기 백발로 변해 있음을 알았다. 이광수의 《꿈》이란 소설이 여기서 빌린 꿈이기도 하지만, 그 일장춘몽이라는 게 조신을 통해 한 인간의 환상이 아닌 벌거

벗은 허상을 앞당겨 보여줌으로써 그가 마침내 대오각성해 처음부터 새로이 수행을 쌓을 수 있었던 것이다. 이처럼 꿈마저도 현실보다 더한 현실로 받아들여 새로운 정진의 계기로 삼는 걸 보면, 나의 그 수많은 꿈들은 꿈보다 더한 꿈에 지나지 않았던 모양이다. 차라리 꿈이나 꾸지 말걸 그랬다.

원통보전을 둘러싼 황톳빛 담장이 가을 강의 속살에 닿는 저녁노을처럼 애잔하다. 암키와와 황토를 다져 켜켜이 쌓고 그 사이사이에 동그란 화강암을 다소곳이 끼워 넣어 마치 노을 진 담장에 둥근 별들이 심어져 있는 듯하다. 그 별들 사이로 조신의 꿈이 나비의 그림자처럼 어른거리더니 어느새 붉은 담장을 오르내린다. 찰나의 혼몽이다.

원통보전 마당의 7층석탑 앞에서 밖으로 내려가는 길은 어릴 때 외할아버지 산소에 따라갔다 돌아오는 길처럼 아늑하기 그지없다. 그리고 아름답다. 아래쪽을 멀리 내려다보면 여러 개의 낮은 문들이 보인다. 계단 위에서 보면 지붕만 보이고, 계단을 내려가서 보면 열린 문이 보인다. 여러 번 이곳을 왔지만 올 때마다 이곳은 꿈결 같은 미궁이다. 엄연히 존재하는 곳이지만, 그러나 나에게는 현실에 존재하지 않는 '미진(微塵)'의 세계다. 그 이유를 난 아직도 모른다. 돌아가면 난 또 꿈결처럼 이곳이 떠오를 것이다. 분명 다녀온 곳임에도 그런 곳이 있었던가. 그런 곳이 언제 있기나 했던가……. 여전히 아련한 혼몽에서 깨어날 줄을 모른다. 깨어나서 확인하려는 내가 두려운 것이다.

이제 어둠이 내려 사물의 윤곽마저 손에 잡히지 않는다. 종무소에 들러 내가 오래전에 알았던 스님 한 분이 여기 계신다는 풍문을 듣고 찾아왔다고 하니, 이미 몇 해 전에 입적하셨다고 한다. 쌀 씻은 물이 개울을 하얗게 덮고 있었다. 냄비에 김이 모락모락 피어오르고 밥이 익어가는 냄새가 났다. 아주 오래전 고등학교 때 스님과 둘이 여행을 갔는데, 그때 능숙하게 밥을 짓던 스님의 모습이 아련히 떠올랐다. 아마 그 당시 스님은 광이 나는 백구두를 즐겨 신었는데, 나에게는 그게 그렇게 신기할 수가 없었다. 하루는 내 딴엔 심각하게 물었는데 돌아온 대답이란 게 영 속이 거북했다.

"스님은 와 까만 고무신은 안 신고 하얀 백구두만 신는교?"

"남이싸 뭘 신든 니가 무신 상관이고? 그리구 이놈아, 이게 부처의 해골바가지란 것도 모리나? 하하하!"

"해, 해골바가지 좋아하시네, 이거 순 땡초 아이가……."

"어~쭈, 이 자슥 봐라. 이 대가리 피도 안 마른 게, 니 방금 뭐라꼬 꿍시렁거렸노?"

"마, 별거 아입니더……."

"허허허, 중놈은 누가 뭐라 캐도 역시 땡초가 최고인 기라! 우하하하……."

"쯔쯔쯧, 확실히 맛이 갔구마……."

"하모, 갈라믄 확실히 가야제. 그렇지만서도 우리 엄마가 아시면…… 흑흑흑……."

"또 운다, 중놈이 엄마가 어딨노!"

"그래, 니 말이 맞다! 히히히……."

내 심한 비아냥도 곧잘 받아주던 소탈한 스님이었다. 무슨 사연인지 술만 마시면 넋 나간 사람처럼 하루 종일 먼 산만 하염없이 보며 울다가 웃다가…….

하여튼 그 시절 머리가 약간 돈 것 같은 이 '땡초'하고 난 참 많이도 같이 돌아다녔다. 배가 출출하면 스님의 바랑에서 생쌀을 한 줌씩 꺼내 오물오물 씹는 맛이 그렇게 좋을 수가 없었다. 물론 스님한텐 술안주였지만.

지금 생각해보니 김성동의 소설 《만다라》에 나오는 그 지산스님과도 유사한 면이 없지 않았다. 한때 철학에 미쳐 있었다는 이 스님과 어떻게 헤어졌는지는 잘 모르겠으나, 한시도 잊어본 적이 없었다. 그런데 이 낙산사에 와서 그의 부음을 들을 줄이야⋯⋯. 가슴에 화상이라도 입은 것처럼 마음이 미어지며 눈시울이 뜨거워졌다. 그렇지만 전국의 수많은 스님들 중 같은 법명도 부지기수이니, 입적한 스님이 그저 동명이인이기를 바랄 뿐이다.

오늘은 여기서 묵념.

세상에서 가장 슬프고
가장 장엄한 법당

'팽목항법당'

스님들은 침묵했다.
설사 부처님이 와도 침묵했을 것이다.

아이들은 봄에 떠났지만 봄에 돌아오지 않았다. 다음 봄에도 돌아오지 않았고 그다음 봄에도 돌아오지 않았다. 돌아오지 않아도 봄마다 꽃이 피고 비가 내렸다. 떠난 아이들은 목적지에 도착하기도 전에 더 멀리 떠나버렸다.

비오는 날, 진도 바다로 떠났다. 마음보다 발이 먼저 떠났다. 돌아오지 않는 아이들처럼 내가 나를 떠났다. 생애 처음 홀로 찾는 진도 바다. 세월호 침몰 1주기 얼마 후였다. 알맹이는 없고 껍데기만 남은 제주 4·3추념식을 외면

하고 구럼비바위가 사라진 강정으로 갔다가 돌아온 다음이었다. 강정 바다의 해군기지 건설현장으로 가는 아스팔트 도로. 그 도로에 나란히 찍힌 노란색 발바닥 도장 위로 벚꽃과 유채꽃들이 떨어져 있다. 꽃들은 목이 꺾여 빛깔을 잃었다. 진도 팽목항에는 구럼비의 노란 깃발이 세월호의 노란 리본으로 바뀌어 있었다. 깃발은 펄럭이지만 리본은 펄럭이지 않는다. 깃발은 머리 위에 있지만 리본은 가슴에 있다. 깃발은 글이 있지만 리본은 글이 없다. 깃발은 말이 필요하지만 리본은 말이 필요 없다. 깃발은 바람 따라 방향이 바뀌지만 리본은 바뀌지 않는다. 바람 속의 깃발은 차갑지만 가슴속의 리본은 따뜻하다. 리본과 가슴은 체온을 나눈다. 가슴은 리본에 피를 전달한다. 리본은 심장에 꽂혀 있다.

팽목항을 찾은 학생들의 명찰마다 노란 리본이 달려 있다. 아이들도 그랬고 어른들도 그랬다. 모두 자기 이름을 버렸다. 때로는 자기 이름을 버려야 할 때가 있다. 높은 산 홀로 높을 리 없고 낮은 산 홀로 낮을 리 없다. 지금이 그때다. 이름 없는 노란 리본들이 모여 진도 바다의 물결을 이룬다. 물결이 거대한 파도로 변하는 것은 태풍이 올 때. 지금은 산개한 바람이 깃발 아래로 결집하는 태풍전야다.

팽목항의 가는 빗줄기가 내 가슴에 대못처럼 박힌다. 내 가슴을 관통한 대못은 다시 바다를 관통해 아이들의 영혼에 박힐 것이다. 불현듯 넓은 진도 바다가 작은 욕조로 변해 나를 급습한다. 누구나 자신만의 지울 수 없는 상처가 있다. 나에게도 있다. 난 생사가 오가던 '물'과 깊은 악연이 두 번 있다. 10살

때 익사 직전에 살아난 출렁거리는 강과 27살 때 물고문으로 신체포기각서를
쓰던 찰랑거리는 좁은 욕조다. 수평으로 찰랑거리던 욕조의 물이 강처럼 수
직으로 출렁거리는 순간, 빛은 꺾여 혼절한다. 난 그 혼절을 수없이 겪어 오
랫동안 내 인생에는 아예 그런 사실이 없었다고 자기최면까지 걸었다. 물고
문을 부정했다. 그것만이 물한테 박살난 내 몸과 정신을 나 스스로 구조할 수
있는 유일한 비상구였다.

그러나 비상구는 어둡고 좁았다. 한낮의 빛도 날아오는 화살처럼 보였고,
한밤의 어둠도 복면을 쓴 것처럼 보였다. 여럿이 함께 있을 때는 웃고 떠들며
달관한 도인처럼 행동했다. 그러나 홀로 있을 때 나의 가슴은 바람도 피해 가
는 사막의 봉쇄수도원이었다. 27살 물고문 이후 30년 만에 내 가슴의 쪽창을
조금 열어본다. 바람이 피하지 않고 들어온다. 쪽창을 조금 더 연다. 바람이
조금 더 들어온다.

그동안 난 여러 번 팽목항으로 가다가 돌아서고 말았다. 마음이 달릴수록
몸은 더욱 굳어졌다. 여전히 나에게는 넓은 진도 바다가 좁은 욕조로 보인 탓
이다. 평생 먹을 물을 하루에 다 먹은 자의 눈에는 모든 것이 욕조로 보인다.
나에겐 이 세상도 작은 욕조고 그 욕조가 이 세상에서 가장 깊다. 상처와 죽
음은 넓이에 있는 게 아니라 깊이에 있다. 그 깊이 때문에 인간은 본능적으로
아래보다 위로 치솟는다. 아이들은 거꾸로 깊이 가라앉았다. 그들의 영혼에
깊이 박힌 대못이 떠오를 때마다 아득해진다. 아무도 뽑을 수 없고 또 뽑을
수도 없는 못이기에 파도치기 전에 거품이 먼저 일었는지도 모른다. 상처는

더 깊은 상처가 위로하고, 죽은 자는 더 먼저 죽은 자가 위로할 뿐이다. 지금 아이들의 상처는 죽음보다 더 깊다. 죽음은 결과지만 상처는 과정이다. 아이들은 배에서 바다 아래까지 그 긴 극한의 과정을 눈 뜬 채 한 단계씩 겪었다.

그 극한의 과정을 겪은 이들이 또 있다. 아이들의 부모들이다. 바로 내 앞에서 내 아들과 딸이 탄 배가 천천히 물속으로 가라앉는 모습을 두 눈으로 지켜보는 부모들의 심정을 무엇으로 설명할 것인가. 그들은 세상의 모든 고통을 단 몇 시간 만에 다 겪었다. 상처의 과정을 보는 그 몇 시간이 세상에서 가장 긴 시간이었을 것이다. 진짜 고통은 설명되지도 표현되지도 않는 고통이다. 부모들의 상처는 치유되지 않는다. 아이들이 돌아오지 않기 때문이다.

어디선가 빗속으로 목탁소리가 들렸다. 발이 움직였다. 오늘 이 팽목항에서는 마음이 아니라 발의 움직임을 따르기로 했다. 단음조의 느린 목탁소리가 교향곡보다 울림이 더 깊다. '팽목항법당' 옆 방파제에 수십 명의 스님들이 나란히 서서 바다를 보며 목탁을 두드리고 있었다. 스님들의 잿빛 승복이 비에 젖었다. 1년 전에 만난 금강스님(해남 미황사 주지)을 비롯해 법일스님(진도 향적사 주지), 진현스님(진도 쌍계사 주지), 중앙승가대 학인스님들과 또 여승인 다경스님(수덕사 견성암) 외 여러 비구니 스님들도 보였다. 사고현장을 보는 스님들의 표정은 모두 침통하다. 떨리는 염불소리가 빗줄기를 타고 바다 속으로 내려갔다.

2014년 4월, 세월호가 진도 앞바다에서 침몰한다는 비보를 들은 금강스님과 법일스님, 진현스님 등은 처음 '전원구조'라는 뉴스에 안심하다가 급히 팽

그들은 세상의 모든 고통을 단 몇 시간 만에 다 겪었다. 상처의 과정을 보는 그 몇 시간이 세상에서 가장 긴 시간이었을 것이다. 진짜 고통은 설명되지도 표현되지도 않는 고통이다. 부모들의 상처는 치유되지 않는다. 아이들이 돌아오지 않기 때문이다. ⓒ 다경스님목항으로 달려갔다. 그곳에는 이미 취재 나온 방송사와 신문사 등이 자리를 점령하고 있었다. 진도체육관 안에는 천여 명의 실종자 가족들이 식음을 전폐하고 망연자실해 있었고, 밖에는 천여 명의 자원봉사자들이 땀을 흘리고 있었다. 스님들은 급한 마음에 우선 진도체육관 정문 옆에 텐트를 치고 무엇이든 도우려고 애썼다. 그런데 수백 명의 학생들이 탄 배가 점점 가라앉아가는 절체절명의 순간에도 대통령은 7시간이나 행방불명이고 인명구조는 서로 미뤘다.

전국 각지에서 보내온 구호물자와 식품들이 가득 쌓여 있었지만 실종자 가족들은 눈길도 주지 않았다. 아이들이 배에서 나오지 못했는데 무엇이 넘어가겠는가. 더구나 아이들이 물속에 있으니 물 한 모금 넘기는 것조차 죄스러웠다. 곳곳에서 실종자 가족들이 탈진해 쓰러져갔다. 보다 못한 스님들이 함께 모여 공양으로 '용맹정진'을 하기로 했다. 4월 18일부터 스님들은 진도 향적사에서 죽을 쑤어 날랐다. 식음을 전폐한 실종자 가족들을 위해 스님들이 처음으로 팔을 걷어붙이고 나선 것이다. 5월까지 날마다 잣죽과 깨죽, 호박죽, 땅콩죽 등 천 명분을 만들어 날랐다. 모두 먹기 편하게 1인분씩 따로 포장했다. 또 떡과 과일도 한 사람씩 찾아다니며 일일이 손에 쥐여주었다.

실종자 가족들이 그 죽으로 조금씩 기운을 차렸다. 또 매일 수백 벌의 옷과 이불도 세탁해 날랐다. 스님들은 힘든 내색 하나 없이 묵묵히 땀을 흘리며 수행했다. 그렇다. 그게 '수행'이고 '정진'이었다. 이것을 본 다른 단체에서도 죽을 쑤어 나르면서 팽목항이 점차 활기를 띠기 시작했다. 그사이 4월 23일에는 방파제에 천막을 치고 '팽목항법당'을 개설해 실종자들을 위해 기도했다. 매일 아침 7시부터 저녁 8시까지 릴레이기도를 했다. 그러나 간절한 기도는 허망하게 무너지고 말았다. 정부는 단 한 명도 구조하지 못했다. 급기야 5월 초부터 시신들이 올라오기 시작했다. 팽목항은 오열과 통곡의 바다로 변했다.

스님들은 참담하고 암담하기 이를 데 없었다. 하루 만에 실종자 가족에서 유가족으로 변한 부모들과 마주하면 죄인인 양 절로 고개가 숙여졌다. 어디 스님들만 그렇겠는가. 그냥 유가족의 두 손만 꼭 쥐고 있을 뿐 그 어떤 말로도 위로가 되지 못했다. 말은 극한상황에서 무력하다. 극한상황에서 필요한 것은 침묵의 언어가 유일하다. 다행히 세월호 침몰사건에서는 '노란 리본'이 그것을 대신했다. 스님들은 침묵했다. 설사 부처님이 와도 침묵했을 것이다. 인양된 시신 앞으로 특종인 양 달려드는 취재기자들의 카메라가 곳곳에서 내동댕이쳐졌다. 마음을 추스른 스님들은 기도하면서 유가족들에게 서원을 담을 수 있는 메모지를 나눠주었다. 그 메모지들이 아이들의 찢어진 살점처럼 방파제에 걸렸다. 부모들의 애절한 사연에 방파제는 비가 오지 않아도 젖었고 바람이 불지 않아도 가슴이 찢어졌다. 시신인양이 소강상태에 접어들면서 팽목항도 조용해졌다. 그래도 스님들은 팽목항을 떠날 수가 없었다. 많은 사람들이 빠져나가 삭막한 방파제에 등을 달았다. 이제 사람들 대신 등불이 아이들을 기다렸다.

여름이 가고 가을이 깊었다. 아이들이 손톱으로 긁은 세월호 유리창의 핏자국 같은 붉은 단풍도 졌다. 그러나 여전히 아이들은 돌아오지 않았다. 세간

'팽목항법당'

의 발길도 뜸해지고 구호물품도 끊어졌다. 그러나 스님들은 각자 절의 공양간을 털어 음식과 음료수 들을 마련했다. 그리고 날마다 팽목항의 거친 바닷바람 속에서도 하루 13시간씩 간절하게 기도했다. 팽목항의 시신확인소에서 오열하고 실신하는 유가족들의 손을 잡아준 종교인은 스님들뿐이었다. 스님들은 시신수습과 입관을 도우며 천도의식을 지냈다. 또 비구니 스님들이 날마다 그런 유가족의 손을 꼭 잡고 함께 밤을 새우며 위로했다. 유가족들은 종교에 관계없이 스님들이 곁에 있는 것만으로도 고마워했다. 스님들은 기운을 내서 빨리 찾아달라며 수색하는 잠수부들에게도 철수하는 날까지 고기와 음식을 제공했다. 잠수부들이 물에 들어가기 무섭다며 염주를 달라고 해서 스님들이 손목에 채워주기도 했다.

전국의 많은 절에서 스님들과 불자들이 팽목항으로 찾아와 함께 희생자들의 넋을 기리며 합장했다. 통도사, 해인사, 운문사, 동학사, 선운사, 금산사, 송광사, 화엄사, 백양사, 대흥사, 수덕사, 중앙승가대, 청암사 등등 수없이 많았다. 금강스님은 "어디선가 보석 같은 스님들이 나타나 관세음보살 역할을 했다. 누가 시켜서 하는 것도 아니고, 오직 중생의 고통을 곧 내 고통으로 느끼는 연민심과 보살행에서 비롯된 것이다. 중노릇하면서 이토록 뜨겁게 희망을 느껴본 건 처음"이라고 말했다. 팽목항법당은 세월호 침몰 이후부터 구조, 수색작업 종료까지 하루 종일 목탁소리가 끊어지지 않았다. 세월이 흘렀다. 세월은 세월호를 기다려주지 않았다. 해가 바뀌고 달이 바뀌고 1주기가 왔다. 그렇지만 구조도 수색도 인양도 진실도 모든 것이 물거품이었다.

금강스님은 2015년 3월, 다시 팽목항에 법당을 열었다. 매일 오후 2시와 6

시에 기도를 했다. 스님은 세월호 침몰 이후 1년이 넘게 팽목항에서 목탁을 두드렸다. 어떤 날은 아무도 없는 방파제에서 혼자 바다를 보며 관세음보살님을 부르기도 했다. 또 진도체육관의 실종자들 가족 곁에서 200일을 지킨 비구니 법전스님은 이듬해 봄 다시 기도를 하기도 했다. 야윈 비구니 스님은 몸살을 앓으면서도 팽목항의 차가운 바닷바람과 맞섰다. 세월호 1주기 며칠 전에는 9명의 미인양자들 이름을 적은 풍등을 높이 띄웠다. 9개의 풍등이 9개의 영혼처럼 바다 위로 높이 날아갔다. 4월 16일, 팽목항법당에서 1주기 추모법회를 열었다.

아직도 진도 바다 맹골수도에는 9명의 실종자들이 갇혀 있다. 여전히 세월호 침몰 때처럼 인양도 미적거릴 뿐이다. 죽어가는 사람을 살리자는 데 이렇게 이유가 많은 것은 처음 본다. 모든 상황이 증거인멸을 위한 수순으로 보일 만큼 정부의 대응은 미온적이다. 사람을 살리는 것은 의지가 아니라 본능이다. 물에 빠진 사람을 보면 몸이 저절로 뛰어든다. 몸에 화살이 박히면 우선 빼고 봐야 한다. 정신은 불순하고 몸은 정직하다. 지금 아이들에게 필요한 것은 정신이 아니라 몸이다. 아이 엄마들은 바다를 보며 통곡하고 파도가 치면 혼절한다. 내 아이가 저 차가운 물속에서 나를 부르고 있다면 누군들 제정신이겠는가.

우리네 인생도 바흐의 마지막 〈푸가의 기법〉처럼 어느 날 뚝, 끊어지는 미완성곡이다. 그러나 누군가가 기억하는 동안만큼은 미완성곡이 아니다. 기억은 그 자체만으로도 기억투쟁이다. 그러므로 잊지 않겠다는 노란 리본은 분노와 진실을 탁본한 붉은 심장이다. 어떠한 경우에도 배는 딱 한 번만 뒤집어져야 한다. 물의 세(勢)라는 민심이 분노했을 때다. 그 외에는 모두 부당하다. 오래전에 본 영화 〈브이 포 벤데타〉 속의 대사가 자꾸 내 가슴을 찌르는 것도 단순히 먼저 산 자로서의 자책감만은 아닐 것이다.

> "물론 이렇게 된 가장 큰 책임은 국가가 져야 한다. 난 반드시 국가의 죄를 응징할 것이다. 하지만 기본적으로 사태가 이렇게까지 된 원인은 거기 앉아 있는 여러분들 때문이다. 바로 여러분들이 그동안 책임을 방기했기 때문이다."

4·16 세월호 이후 모든 바다는 진도 바다이고 모든 슬픔은 팽목항 슬픔이다. 우리는 모두 죄인이다. 죄를 지어서 죄인이 아니라 죄를 짓지 않아서 죄인이다. 국가와 국회를 믿고 기다린 죄. 그것이 우리의 가장 큰 죄다. 아이들은 IMF난파선에서 출생해 세월호난파선에서 사망했다. 우리도 지금 '대한민국'이라는 세월호난파선에 타고 있다. 맹골수도는 도처에 있다.

가만히 앉아서 기다릴 것인가.

아이들의 영혼이 묻는다.

작가의 요청에 사진을 흔쾌히 보내와 게재를 허락해주신 구경각, 김종엽, 김주대, 다경스님, 보광명, 봉문스님, 윈디정, 이원규, 이재수, 임재천, 초일스님께 진심으로 감사드립니다.

산
문
을
나
서
다

사랑하라
그러나 언젠가는 그 모든 것들을
떨쳐버리고 가야 한다는 것을 잊지 말아라
모든 구름들을 넘어서 가야 한다

— 《금강경》

모든 것은 기울어진다

모든 것은 사라진다

기울어지다 사라진다

·
·

피었으므로, 진다